Ann-Katrin Zellner

Stinkender Verdacht

Schwabenkrimi

Stinkender Verdacht

Schwabenkrimi

Ann-Katrin Zellner

epubli

Impressum

Text: Ann-Katrin Zellner
Covergestaltung: Laura Newman
design.lauranewman.de
Unter Verwendung von Stockdaten:
elements.envato.com, freepik.com

Herausgeber: Ann-Katrin Zellner
Korngasse 4
69221 Dossenheim
akzellner@web.de
geschichtenvonabisz.de
Druck: epubli ein Service der
neopubli GmbH, Berlin
Lektorat: Margarita Häfele, Syntax Lektorat

3.Auflage Juni 2020

Erstveröffentlichung: 29.01.2017

Printed in Germany

Bibliografische Information der Deutschen Nationalbibliothek

Die Deutsche Nationalbibliothek verzeichnet diese Publikation in der Deutschen Nationalbibliografie; detaillierte bibliografische Daten sind im Internet über http://dnb.d-nb.de abrufbar.

Alle handelnden Personen sind frei erfunden.

Jegliche Ähnlichkeit ist nicht beabsichtigt.

Landkarte

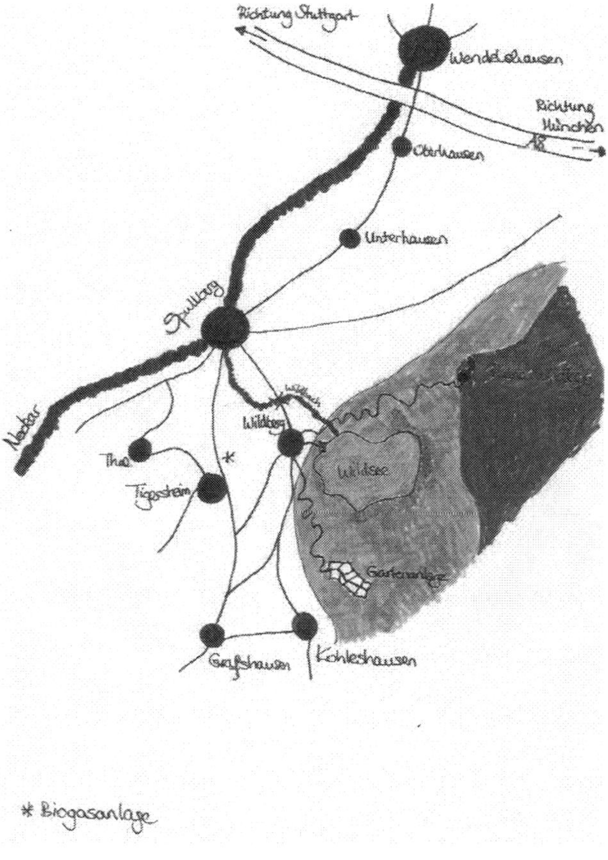

Richtung Stuttgart
Wendelshausen
Richtung München
A8
Oberhausen
Unterhausen
Neckar
Wildbach
Wildberg
Thal
Wildsee
Gartenanlage
Grafshausen
Kohleshausen
* Biogasanlage

1

MONTAG

"Wir wollen keine Biogasanlage!"

"Wir wollen keine Biogasanlage!"

"Wir wollen keine Biogasanlage!"

Genervt sprang Bürgermeister Hermann Knapp auf und begann unruhig um seinen rustikalen Eichenschreibtisch herumzulaufen. Der Protest ging jetzt schon seit drei Stunden am Stück und nervte ihn zunehmend. Dass es einigen Widerstand gegen seine geplante Biogasanlage im Tigersheimer Gatter geben würde, damit hatte er gerechnet. Aber dass sich so viele dagegen zur Wehr setzten, wäre ihm im Traum nicht eingefallen.

"Verdammt, kann mal jemand die Demonstranten vor meinem Büro vertreiben?", brüllte er verärgert.

In der nächsten Sekunde stand sein Sekretär Joseph Weizenbaum in der Tür. Der Bürgermeister war ein sehr jähzorniger Mensch und da war es für alle das Beste, sofort zu reagieren, um dem sonst folgenden Ärger aus dem Weg zu gehen.

"Die Demonstration ist angemeldet, da kann man nichts machen ..."

"Ja, das weiß ich doch!"

Der genervte Bürgermeister beendete seinen ruhelosen Lauf und ließ sich auf seinen schwarzen Stuhl fallen. Er wusste nicht weiter und ließ den Blick durch sein Büro schweifen. Die Wände waren mit Bücherregalen vollgestellt, einzig unterbrochen von einem Bild der Stadtkirche St. Michael. Nur die Fensterfront hinter seinem Rücken am Schreibtisch erzeugte einen Kontrast zu den düsteren Regalen. Als der Chef von der *Victor Bauer Energie GmbH*, kurz BauEn, ihm von der Biogasanlage vorgeschwärmt hatte, hatte er nichts von Nachteilen erwähnt. Und dann gab es da noch dieses kleine Geheimnis, von dem niemand erfahren sollte. War das alles kompliziert geworden! Er zog die Augenbrauen hoch und begutachtete den Stapel Papier auf seinem Schreibtisch. Er musste sich jetzt auf die ganzen Genehmigungen und Anfragen konzentrieren, damit er keinen Ärger mit den

"Los, raus. Ich muss hier noch den Stapel Papier durcharbeiten!", schnauzte er Joseph an. Das ließ sich der nicht zweimal sagen und verschwand, wobei er Hermann Knapp einen bösen Blick zuwarf, den dieser wie üblich nicht bemerkte.

Er warf immer wieder einen Blick nach hinten, als er durch die dunklen Gassen hastete. Die Angst saß tief.

Doch er wollte unbedingt sein Gewissen beruhigen. Er würde für seine Fehler geradestehen, auch wenn es bedeutete, dass er dafür einige Jahre im Gefängnis landen sollte. Er drückte seine Aktentasche fester an die Brust. Am Anfang hatte er keine Skrupel gehabt. Doch mittlerweile waren ihm Zweifel gewachsen, dass die Folgen unbedachte Ausmaße annehmen könnten. Er hatte sich informiert, eher um sein Gewissen zu entlasten. Doch das Gelesene begann nachträglich zu wirken. Um ganz sicher zu gehen, hatte er im Büro des Chefs nach Beweisen gesucht und die wichtigsten Dokumente kopiert, um damit zur Polizei zu gehen. Er hatte sie vorsichtshalber in einem Schließfach deponiert. Jetzt war es soweit, um damit an die Öffentlichkeit zu gehen. Doch irgendwie musste jemand Wind davon bekommen haben. Heute morgen lag im Briefkasten eine Drohung.

"Dreckiger Schnüffler!!! Lass die Finger von Dingen, die dich nichts angehen oder du wirst es bereuen!!!
XXX"

Die Xe waren in rot geschrieben und sahen aus wie getrocknetes Blut.

Er hastete weiter und stolpert über einen Ast. Schnell stand er wieder auf und humpelte weiter. Sein linkes Bein tat höllisch weh.

Plötzlich stand eine lange, dunkle Gestalt vor ihm. Er erschrak und suchte nach einem Fluchtweg, doch er fand keinen. Der Seitenweg war von hohen Mauern zweier Fabriken umgeben. Die Kapuze der dunklen Gestalt verdeckte ihr halbes Gesicht. Dennoch kam es ihm bekannt vor. Zum Nachdenken war jedoch keine Zeit mehr, denn auf einmal machte die Gestalt zwei große Schritte auf ihn zu und versuchte, ihm die Aktentasche zu entreißen.

"Nein! Nein! Nein!", brüllte er, doch den Angreifer interessierte das nicht. Er riss weiter und versetzte ihm einen harten Schlag ins Gesicht. Er taumelte, doch ohne die Tasche loszulassen. Der zweite Schlag traf ihn mit solcher Wucht, dass er zu Boden ging. Ein gut gezielter Tritt in seine Weichteile gab ihm den Rest. Er krümmte sich unter dem Schmerz auf dem kalten Boden zusammen, die Aktentasche unter sich zum Schutz. Doch es half nichts. Die dunkle Gestalt beugte sich über ihn. Etwas kaltes Hartes drückte sich gegen seinen Hals.

"Verräter", zischte die Gestalt. "Ich habe dir vertraut und wie bedankst du dich dafür?"

Er zitterte. Sein Kopf war wie gelähmt. Er konnte nicht vernünftig denken. Sein Herz raste. Die Klinge des Messers drückte sich fester an seine Kehle.

"Wenn du keinen Ärger haben willst, dann gib mir jetzt die Aktentasche!" Fast zärtlich drückte die Gestalt das Messer an seine Kehle. Etwas Warmes begann an seinem Hals herabzufließen.

"Niemals!", keucht er.

"Aaaah!!" Wie ein schneidender Blitz zog sich die Klinge an seiner Kehle entlang. Er bekam kaum noch Luft, das Blut strömte nur so aus der Wunde. Er spürte, wie mit dem Blut auch das Leben seinen Körper verließ.

Die Tasche, schoss es ihm durch den Kopf. Die Gestalt zog sie unter ihm hervor. Er bäumte sich noch einmal auf. Als nächstes spürte er einen stechenden Schmerz in der Brust. Das Messer steckte bis zum Schaft in seinem Herzen.

Als die Klinge erneut in seinen Körper eindrang, spürte er es kaum noch. Unbewusst registrierte er, dass ihm die Tasche entrissen wurde, doch er konnte nichts dagegen tun. Beim dritten Stich umhüllte ihn eine tiefe Dunkelheit.

2

DIENSTAG

Ich blickte schlaftrunken auf meinen Wecker und stand in der nächsten Sekunde senkrecht neben meinem Bett. Es war bereits halb neun.

"Verdammt, nicht schon wieder ..."

Nach diesem unvollständigen Satz stolperte ich quer durch mein Zimmer und verschwand schnell im Bad. Das würde wieder Ärger geben! Ich musste mir endlich angewöhnen, abends nicht mehr zu lesen und vor allem, ganz dringend, immer den Wecker zu stellen. Frau Gans stand kurz davor, mir wegen meines recht häufigen Zuspätkommens einen Verweis auszustellen, was ich meinem verplanten Gehirn in die Schuhe schieben musste. Da Frau Gans mich seit einigen Jahren kannte und daher wusste, dass ich es nicht mit Absicht tat, nahm sie es meist mit einem amüsierten Lächeln auf. Aber irgendwann war auch ihre Geduld zu Ende.

Zum Glück waren meine Eltern bereits aus dem Haus. Nicht auszudenken, was für eine Strafpredigt mir Mama wieder gehalten hätte. Zu Recht natürlich, aber scharf darauf war ich nicht. Besonders Papa legte sehr viel Wert auf Pünktlichkeit. Er war Kriminalhauptkommissar bei der Polizei in Spullberg. Er belehrte meinen jüngeren Bruder und mich regelmäßig darüber, wie wichtig es war, pünktlich zu erscheinen, obwohl es im Ländle ziemlich ruhig zuging.

Ich schnappte mir Schlüssel, Handy und meine Tasche, die ich dank Mamas Rat immer bereits am Abend vorher packte. Ich warf die Haustür hinter mir zu und holte mein Fahrrad aus dem Schuppen. Die Schule war mit dem Fahrrad in nur fünfzehn Minuten erreichbar, sofern man gut in die Pedalen trat. Siebzehn Minuten später erreichte ich den Pausenhof des Spullberger Twain-Gymnasiums, welches zu Ehren und Andenken an den Schriftsteller Mark Twain so hieß. Die Abenteuer von Tom Sawyer und Huckleberry Finn waren die Lieblingsbücher in meiner Kindheit gewesen. Ich schloss mein Fahrrad bei den anderen an der Überdachung ab.

Jetzt hatte ich noch etwa eine Minute, um meine WhatsApp-Nachrichten zu checken. Ein paar Nachrichten von meinen Freundinnen mit der Frage, wo ich den schon wieder abbleiben würde, einer süßen Guten-Morgen-Nachricht von meinem Freund Tobias und von Mama, dass ich doch bitte abends mit dem Hund Gassi gehen sollte, da sie länger arbeiten musste. Ich verdrehte die Augen. Nicht, dass ich nicht gerne mit Lasse Gassi gehen würde. Ich liebte den kleinen Labrador, der mein Leben auf den Kopf gestellt hatte, aber heute kam es mir sehr ungelegen.

Jäh wurde ich aus meinen Gedanken gerissen, als ich beinahe gegen die helle Tür meines Klassenzimmers gerannt wäre. Ich schüttelte den Kopf, steckte mein Handy in die Jackentasche und betrat das Klassenzimmer.

Der Kriminalhauptkommissar William Herle saß an seinem Schreibtisch und trank gemütlich eine Tasse Kaffee. Er blätterte in dem Stapel Papier vor sich. Nichts Wichtiges, man konnte alles liegen lassen. Er nahm den letzten großen Schluck aus seiner Tasse, stand schwungvoll auf und machte sich auf den Weg zum Kaffeeautomaten, der am anderen Ende des Flurs stand. Selbst ein Kriminalhauptkommissar hatte seine Schichten zu machen. Heute hatte er die Frühschicht erwischt. Sein Partner Florian Est ließ mal wieder auf sich warten. Aber er hatte ja noch ein paar Minuten Zeit bis zum Dienstbeginn. Man sollte alles nicht so eng sehen. William fischte eine 50-Cent-Münze aus seiner Hosentasche, stellte seine Tasse in den Ausgabeschacht und überlegte, was er nehmen sollte.

„Wie wär´s mal mit einer Tasse heißer Schokolade?“

William fuhr herum. „Mein Gott, Flo! Musst du mich so erschrecken?“

Der große Dunkelhäutige mit seiner tiefen Stimme, die man jederzeit wiedererkannte, grinste bloß.

William schüttelte den Kopf und entschied sich spontan für Cappuccino. Der Kaffee aus dem Automat war gar nicht mal so übel. Er ging zurück in sein Büro, das er sich mit Florian teilte. Eigentlich stand einem Kriminalhauptkommissar ein eigenes Büro zu, doch aufgrund der langjährigen Partnerschaft mit Florian wollte er nicht allein sein. Sie konnten sich blind aufeinander verlassen und ihre Gedankengänge ergänzten sich. Daher hatte er sich mit Händen und Füßen gewehrt, als das Thema vor einigen Jahren aufgekommen war. Florian hatte ihm zugestimmt und so hatten sie ihr gemeinsames Büro behalten.

Die heutige Schicht versprach, ruhig zu bleiben. Viel zu tun hatte William nicht. Er wollte ein paar liegengebliebene Protokolle durcharbeiten. Als Kriminalhauptkommissar musste man immer wissen, was in seinem Gebiet passierte. Er war für Spullberg und seine Untergemeinden zuständig. Dazu gehörten die beiden Richtung Wendelshausen gelegenen kleinen Gemeinden Unterhausen und Oberhausen, Wildberg mit der alten Ruine auf dem Berg und das kleine Thal. Das eigenständige Tigersheim unterstand auch dem Kommissariat Spullberg. Alle Protokolle wanderten über seinen Tisch, da er das Vergnügen hatte, vor dem Polizeichef des Landeskriminalamts Julius Winkler für alles, was schief ging oder unsauber ausgeführt worden war, geradezustehen. Das war nicht immer einfach, da der Chef zu cholerischen Anfällen neigte.

William schob die Gedanken beiseite und konzentrierte sich wieder auf seinen Papierstapel. Ein kurzer Blick zu Florian am Tisch gegenüber sagte ihm, dass dieser ihn kritisch beobachtete. Er sah schnell wieder auf sein Papier und versuchte, sich zu konzentrieren und das unbehagliche Gefühl zu unterdrücken.

Plötzlich stürmte einer der Streifenpolizisten herein und erschreckte die beiden Kommissare.

„Herr Herle, man hat soeben eine Leiche gefunden! In einer Nebengasse am Bahnhof! Ist heute Nacht ermordet worden!“

William schaute zu Flo, der nickte und William seufzte.

„Mord. Los geht‘s!“

Er schnappte sich das Telefon und klingelte Klaus Wagner, den Rechtsmediziner und besten Kumpel aus seiner Jugend, an.

„Hallo, der nächste Mord will untersucht werden. Kommst du? Ich schicke dir die Daten aufs Navi.“
„Ja, ich komme. Du weist doch, dass ich Navigationsgeräte nicht leiden kann. Sag mir die Adresse, ich kenne mich hier schon aus.“

William verdrehte die Augen. Klaus war nicht allzu überzeugt von der Technik. Er bevorzugte die Dinge analog.

„Ja, mach ich. Beeil dich, bevor die Presse Wind davon bekommt.“

„Klar doch. Bis gleich.“

Bevor William etwas erwidern konnte, hatte Klaus schon aufgelegt. Er stellte das Telefon auf die Ladestation, schnappte sich seine Schlüssel und sein Handy und rannte Florian hinterher, der wie üblich bereits auf dem Weg zum Auto war. Florian machte nicht viele Worte, er handelte einfach. Sie gingen zu ihrem Dienstwagen und fuhren mit Blaulicht zum Tatort.

Dr. Haas, der Notarzt, stand an einen Laternenpfahl gelehnt, direkt neben der gelben Tatortabsperrung. Der Tatort, eigentlich eine dunkle Gasse, war hell erleuchtet mit weißen Strahlern. So konnte den Ermittlern kein Detail entgehen.

„Guten Abend, Herr Herle. Also, meine Anwesenheit ist nicht notwendig, der Mann ist definitiv tot."

„Guten Abend. Ja, okay. Dann schauen wir mal."

William zog die ihm verhassten Gummihandschuhe sowie einen Einwegoverall über und betrat gemeinsam mit dem fast zeitgleich eingetroffenen Klaus den abgesperrten Tatort. Klaus war sofort auf die männliche Leiche fixiert, während William sich mehr auf die Umgebung konzentrierte.

Die nächsten Minuten war alles still. Selbst das vierköpfige Spurensicherungsteam gab kein Wort von sich, sondern arbeitete konzentriert und akribisch. Sie sammelten alle Beweise ein, auch wenn sie noch so unscheinbar waren. Keiner wusste schließlich, welche Spuren zum Täter gehörten und welche nicht. Einzig die Bewegungen der Männer waren zu hören. Die Gasse war umgeben von hohen Wänden, die zu zwei Fabrikhallen gehörten. Der Bahnhof lag von hier aus etwa fünf Minuten entfernt. Die Polizisten, die den Tatort abgesperrt hatten, verhielten sich ruhig, denn der einzige Zeuge war bereits befragt worden. Er hatte den Toten auf seinem Heimweg von der Nachtschicht entdeckt. William schaute sich genauestens um. Der Tote lag zusammengekrümmt auf seiner linken Seite auf dem Boden. Der rechte Arm lag ausgestreckt, der linke war zusammengekrümmt, als hätte er etwas beschützen wollen.

„Hm", machte Klaus. William drehte sich um und ging zu ihm. Gemeinsam betrachteten sie die unzähligen Stichwunden, mit denen der tote Körper übersät war.

Das Hemd war komplett zerrissen. Das Blut hatte alles durchtränkt.

„Definitive Todesursache sind die Stichverletzungen und der hohe Blutverlust. Genaues kann ich natürlich erst nach der Obduktion sagen. Da war viel Wut im Spiel, Will.“ William nickte. Er spürte sie gut. Der ganze Tatort schien vor Wut zu vibrieren, die Dunkelheit und die hellen Lichter schienen ihn zu verhöhnen.

„Gibt es schon Hinweise auf die Identität des Mannes?“ rief William den Polizisten hinter der Absperrung zu. Die beiden schüttelten den Kopf.

„Will, ich hab die Brieftasche. Gib mir mal eine Beweistüte.“

William reichte sie Klaus aus dessen Koffer. Der legte die vor Blut triefende Geldbörse hinein und verschloss die Tüte. Weiter gab es nichts zu finden. Die eingetüteten Beweise der Spurensicherung wurden bereits verladen, um im Labor analysiert zu werden. William suchte daher Florian. Als er ihn am Bahnhof rauchend fand, schüttelte der Dunkelhäutige den Kopf. William drehte sich um und ging zurück zum Wagen. Jetzt ging die Arbeit erst richtig los.

Ich lag bäuchlings auf meinem Bett und grübelte. Mit meinem Freund Tobias lief es nicht ganz rund. In letzter Zeit war er sehr verschlossen und gab mir kaum noch

Auskunft über seine Pläne. Wenn ich mich mit ihm verabreden wollte, hatte er immer neue Ausreden parat. Er hatte seine Ausbildung zum Einzelhandelskaufmann abgeschlossen, kurz bevor wir zusammen kamen. Jetzt arbeitete er Vollzeit. Papa mochte ihn nicht besonders. Er meinte, Tobias sei ganz nett, aber ich solle auf jeden Fall vorsichtig sein. Es sei nur ein Gefühl. Mama meinte dazu bloß, da ich schon immer seine Kleine gewesen war, würde er eben auf mich besonders achten. Das hing auch mit seinem Job als Kriminalhauptkommissar zusammen.

"Anna!" Ich schaute auf. Was wollte mein kleiner Bruder? Er war fünfzehn und konnte sich eigentlich selbstständig versorgen.

"Ich komme!", rief ich und lief die Treppe von meinem Zimmer herunter. Chris stand in der Küche. Lasse hüpfte freudig um ihn herum.

"Kannst du mit ihm Gassi gehen? Ich bin zum Zocken verabredet."

"Was springt für mich raus?", fragte ich ihn. Eigentlich wollte ich heute noch Mathematik lernen, weil in zwei Tagen eine große Arbeit anstand, die ich nicht verhauen wollte. Daher kam mir das sehr ungelegen.

"Hm", überlegte mein Bruder. "Ich räume die restliche Woche die Küche auf!", verkündete er dann. Ich lachte. Ausgerechnet. Davor drückte er sich, wo er nur konnte.

"Na gut. Versprochen?" Ich glaubte ihm nicht so ganz.

"Heiliges Indianerehrenwort!" Mein Bruder grinste mich frech an. Ich gab mich geschlagen.

"Lasse, komm", sagte ich und der kleine Labrador folgte mir sofort. Ich band meine langen braunen Haare zu einem hohen Pferdeschwanz zusammen. Dann holte ich mein Handy und warf die Haustür hinter mir zu. Ich leinte Lasse an, der bereits fröhlich mit dem Schwanz wedelte. Ich ging die Straße entlang. Lasse lief freudig voraus. Meine Gedanken drehten sich weiter im Kreis. Das Wetter war wunderbar. Die Sonne schien noch. Die Tage wurden länger. Man merkte, dass der Sommer im Anmarsch war. Die Blumen auf den Wiesen blühten schon fast um die Wette. Ich lief und lief, aus der Straße hinaus bis auf die Felder.

Im Sonnenuntergang dachte ich weiter nach. Ich war Anna-Luisa Herle, die Tochter des Kriminalhauptkommissars William Herle, und im Januar achtzehn Jahre alt geworden. Mit meinem Freund Tobias war ich seit fast einem halben Jahr zusammen. In einem Jahr würde ich mein Abitur machen. Trotzdem hatte ich das Gefühl, dass irgendetwas nicht passte. Das mit Tobias war komisch. Ich sah ihn kaum noch. Letztens hatte er mich zwar von der Schule abgeholt, aber nur nach einem kurzen Kuss daheim abgesetzt. Ich wusste nicht mehr weiter. Meine beste Freundin Jenny hatte von Anfang an gesagt, dass er nicht zu mir passen würde. Die letzten Wochen sprachen nicht unbedingt für ihn. Ich sehnte mich nach einer liebevollen Umarmung. Aber ob ich diese von ihm erhalten würde, stand leider in den Sternen. Er schien sich kaum noch für mich zu interessieren. Ab und zu ein paar WhatsApp-Nachrichten waren mir geblieben. Ich konnte mich allerdings nicht erinnern, etwas falsch gemacht zu haben. Jedes Mal, wenn wir uns trafen, waren wir bei ihm gewesen oder er hatte mich in das Spullberger Kino *Traumpalast* eingeladen. Da war alles in Ordnung gewesen.

Plötzlich bellte Lasse und zog wie verrückt an der Leine. Ich erschrak, so tief war ich in meine Gedankenwelt hinabgetaucht. Der alte Herr Bauer! Er hatte Susi, seine Hündin, kaum unter Kontrolle. Ich ging näher auf die beiden zu. Lasse wedelte mit dem Schwanz. Susi kam näher und fing an, ihn zu beschnüffeln. Lasse versuchte, um sie herumzulaufen, jedoch hinderte ihn die Leine und so beließ er es bei einer halben Umrundung. Jetzt begann auch Susi, mit dem Schwanz zu wedeln.

"Sehen Sie, sie erkennt ihn doch wieder. Sie ist immer so vergesslich, wissen Sie." Der alte Herr Bauer strahlte. Ich lachte und zog an der Leine.

„Lasse, komm jetzt!“ Wir verabschiedeten uns und ich ging weiter den Weg entlang. Herrn Bauer traf ich oft auf meiner gewohnten Runde, die ich meistens mit Lasse ging. Lasse hüpfte und zog fröhlich an der Leine. Er brachte mich immer zum Lächeln. Ich atmete tief durch.

Ich werde mich meinen Problemen stellen. Der Gedanke beflügelte mich und ließ meine Laufgeschwindigkeit deutlich steigern. Ich erreichte die Häuser am Rande Spullbergs. Im Sonnenuntergang sah alles noch schöner aus. Ich war froh, dass ich hier im Schwabenland wohnen durfte.

Leichtfüßig schritt ich auf das Haus zu, in dem ich mit meinen Eltern und meinem Bruder wohnte. Ich schloss auf und ließ Lasse frei laufen, der sofort auf seinen Lieblingsplatz in der Mitte des Sofas zusteuerte. Ich stieg die Treppe hoch in mein Zimmer, warf meinen Schlüssel auf den Tisch und ließ mich auf das Bett fallen. Schnell den Wecker gestellt, damit nicht wieder das gleiche Desaster wie heute Morgen passieren konnte. Dann zappte ich durch die Programme im Fernseher, doch ich konnte mich nicht konzentrieren. Ich schaltete ab und verkroch mich unter der Decke. Morgen musste ich wieder pünktlich sein. Mit diesem Gedanken schlief ich ein und verwendete keinen weiteren an die Matheaufgaben, die ich hatte machen sollen.

3

MITTWOCH VORMITTAG

Der Bürgermeister schloss sich in seinem Arbeitszimmer ein. Das, was er jetzt anschauen wollte, war nicht für jedermann geeignet. Er zog einen weißen Umschlag aus seinem Jackett. Es knisterte. Seit eineinhalb Jahren bekam er jede Woche einen solchen Umschlag. Das darin enthaltene Geld legte er auf ein extra Konto. Da niemand etwas davon erfahren durfte, wurde es über zwei andere Konten auf eines in der Schweiz überführt. Er wollte keine Steuern zahlen. Schließlich handelte es sich hier mehr oder weniger um Erpressung. Als Gegenleistung für die Geldumschläge sollte er dafür sorgen, dass die Biogasanlage am Tigersheimer Gatter gebaut werden konnte. Als Bürgermeister oblag ihm die letzte Entscheidung.

Allerdings ließen sich die Gemeinderäte nicht so ohne Weiteres überzeugen. Er seufzte. Die Widerstandsbewegung trug auch nicht zum Positiven bei. Er nahm aus seinem Tresor hinter dem Bild von der Stadtkirche St. Michael ein schwarzes Büchlein. Er ging zum Schreibtisch und setzte sich. Der Kugelschreiber war leer. Ein Fluch entglitt ihm. Der nächste funktionierte auch nicht. Der dritte tat dann seinen Dienst.

Er zog die Augenbrauen hoch und schlug das Büchlein auf. Er nahm den Umschlag und zählte das Geld. Es war die gleiche Summe wie jede Woche. Er trug sie in seine Tabelle ein. Befriedigt überflog er die fortlaufende Tabelle. Der Kontostand konnte sich sehen lassen. Die große Hürde, die ihm bevorstand, musste er jetzt nur noch meistern. Diese bestand aus der Umsetzung des Deals. Die Durchsetzung des Baus der Biogasanlage. Er fand, dass die Vorteile überwogen. Der Gemeinderat war jedoch skeptischer und hatte ein Gutachten eines unabhängigen Gutachters gefordert. Der Termin war auf die nächste Woche festgesetzt. Dafür mussten sie dann gemeinsam zu dem Grundstück fahren, welches bereits ausgewählt worden war. Aber das war erst nächste Woche. Er schob die Gedanken beiseite und legte sein schwarzes Büchlein zurück in den Tresor. Jetzt wollte er erst einmal seinen Feierabend genießen.

Ihm zitterten die Hände. Das war eine der Nebenwirkungen, seit er seine Antidepressiva vor mehr als zwei Wochen eigenmächtig abgesetzt hatte. Der Arzt hatte ihn davor gewarnt. Sie hatten sein Gefühl, unnütz zu sein, aber kaum verringern können. Er saß an seinem Schreibtisch im Büro. Es lag etwas abseits und er hatte das große Glück, dieses kleine Kabuff mit etwa drei mal drei Metern für sich allein zu haben. Das einzige Geräusch, das die momentane Stille unterbrach, war das nervige Ticken der Uhr. Sie zeigte 13.15 Uhr an. Alle anderen Büroangestellten waren bereits zur Mittagspause aufgebrochen. Auch der Chef machte gerne pünktlich

Pause. In einer großen Firma wie dieser konnte man sich das erlauben. Er arbeitete jedoch am liebsten die Pause durch, denn dann hatte er seine Ruhe.

Heute konnte er sich nicht konzentrieren. Wieder und wieder wanderten seine Gedanken an den dunklen Abend zurück. Noch immer spürte er die Wut. Sie füllte seine ganzen Gedanken aus. Wie hatte er es nur wagen können, ihn so zu hintergehen? Er schlug mit der Faust auf den Tisch. Dabei fielen einige Blätter vom Stapel auf den hellen Boden. Er fluchte und bückte sich, um sie schnell aufzuheben. Seine Hand tat weh. Er hätte heute zuhause bleiben sollen. Aber um nicht aufzufallen, war er doch hingefahren. Seine Gedanken kreisten immer noch um den dunklen Abend. Jeden Stich hatte er verdient.

Plötzlich öffnete sich die Tür. Er erschrak fürchterlich.

„Hey“, grinste der eintretende Mann. „Bitte entschuldige. Aber ich brauche unbedingt noch die Daten für die neue Anlage. Sonst wird das mit dem Bau nichts mehr.“

„Hey.“ Er hatte sich schnell wieder im Griff und schickte ein Lächeln hinterher, damit dem Mann seine innere Unruhe nicht auffiel. „Klar, Moment, ich hab sie hier irgendwo.“

Ein paar hin und her verschobene Blätter später zog er mit einen Grinsen die richtigen Dokumente heraus. Er gab sie dem Mann, der sich mit einem Dank schnell zurückzog. So hielten es die meisten, wenn sie in sein Büro kamen. Er seufzte und machte das Fenster auf. Die frische Luft tat ihm gut. Sie zog durch den Raum und ließ seinen Kopf klarer werden. Er hatte die richtige Entscheidung getroffen. Ein kurzer Blick auf die Uhr und er beschloss, heute früher Feierabend zu machen. Er schrieb eine kurze Nachricht auf einen Notizzettel und packte seine Tasche. Sorgfältig schloss er die Tür zu seine Büro ab. Das war eine reine Sicherheitsmaßnahme, niemand sollte ohne ihn in sein Büro gehen. Der Chef sah das allerdings völlig anders und hatte ihn erst letzte Woche ermahnt. Er legte den Zettel auf den Schreibtisch der Empfangsdame, die offenbar kurz zum Rauchen hinausgegangen war und verließ die Firma, so schnell er konnte. Erst draußen konnte er wieder frei atmen. Er warf einige besorgte Blicke in die Umgebung und ging dann schnellen Schrittes den steinigen Weg entlang.

William blickte auf die Uhr. Klaus hatte angekündigt, dass er einen neuen Assistenten anzulernen hatte und dieser heute den ersten Tag haben würde. Die Obduktion des Mannes aus der Gasse würde etwas warten müssen, obwohl sie absoluten Vorrang hatte. Nach einem kurzen Anruf im Labor hatte er zumindest erfahren, wer der Mann war. Günther Schwab. Der Name kam ihm bekannt vor, er konnte ihn allerdings nicht einordnen. Das geschah in letzter Zeit öfter. Er schüttelte den Kopf. So alt war er nun auch wieder nicht. Vor vier Monaten hatte er seinen siebenundvierzigsten Geburtstag gefeiert.

Der Chef hatte gestern direkt eine Sonderkommission aufgestellt. William sollte die Leitung übernehmen. Zusätzliche Beamte waren aus Stuttgart abgezogen worden, um sie zu unterstützen. Bei der Besprechung am heutigen Morgen war nicht viel herausgekommen. Klaus hatte die Fingerabdrücke des unbekannten Toten erfolglos durch das System laufen lassen. Der Ausweis aus der Brieftasche konnte jedoch gesäubert werden und so war der Mann als Günther Schwab identifiziert worden.

William schaute auf die Akte, die einer der Beamten für ihn angelegt hatte. Günther Schwab war schon einmal aufgefallen, da er mehrere Strafzettel in Spullberg und Stuttgart erhalten und nicht bezahlt hatte. William betrachtete die verschiedenen Daten, an denen die Strafzettel ausgestellt worden waren. Irgendetwas machte ihn stutzig. Er zog die Augenbrauen hoch und verglich die Daten mit einem Kalender. Ungefähr die Hälfte war im Süden Stuttgarts immer an einem Mittwoch ausgestellt worden. Zwar nicht jede Woche, aber immer zu ähnlicher Uhrzeit. Die anderen in Spullberg oder Wendelshausen. Hier gab es kein Muster. Er öffnete Google Maps und schaute sich die Straßen an. Sie lagen alle nah beieinander.

Seltsam, dachte William. Das Telefon klingelte. Er war im ersten Moment verwirrt, fing sich aber schnell wieder.

"Hallo, William." Klaus‘ Stimme klang etwas genervt. Sonst hörte man selten Gefühle beim ihm heraus. Er war sachlich und korrekt. Eine der Eigenschaften, die William besonders an seinem besten Kumpel schätzte.

"Hast du gerade was zu tun? Wenn nicht, dann komm doch bitte zu mir in die Rechtsmedizin. Dann kann ich dir unseren neuen Kollegen vorstellen. Außerdem habe ich ein paar Dinge entdeckt bei unserem Toten, die ich dir gerne zeigen würde. Ich denke, die helfen dir weiter."

"Du hast doch schon gearbeitet? Das ist ja super. Dann mache ich mich wohl besser gleich auf den Weg", meinte William erfreut.

"Das wäre von Vorteil." Klaus klang nun etwas spöttisch. "Bis gleich."

"Ja. Bis gleich." William legte auf und nahm sein Handy. Auf dem Weg hinüber las er schnell seine Nachrichten darauf. Florian würde sich um eine halbe Stunde verspäten, da ihn ein Stau aufhielt. William bat ihn, sofort in die rechtsmedizinische Abteilung zu kommen. Dabei war er so konzentriert auf das Tippen, dass er beinahe in einen Kollegen gerannt wäre.

"Hoppla, Herr Herle! Vorsicht! Nicht, dass du gegen die nächste Wand rennst." Der Klang der Stimme ließ William hochfahren.

"Na, das ist aber eine Überraschung!", freute sich William. Vor ihm stand Anton, der im Stuttgarter LKA arbeitete. Sie tauschten sich gerne aus. Es hatte oft Vorteile, mal eine unabhängige Meinung zu hören. In der Vergangenheit hatten sie öfter erfolgreich zusammengearbeitet.

"Und wie geht es dir?", fragte Anton.

"Bestens, und dir?"

"Super. Wie immer halt." Antons Grinsen verriet mal wieder seine gute Laune. Der Glatzkopf mit der schwarzen Kunststoffbrille war der Spaßvogel der Truppe.

"Ich habe die leitende Ermittlung in der Messer-Soko", erklärte William.

"Ja, das habe ich mitbekommen", erwiderte Anton. "Na, dann wünsche ich gutes Gelingen. Wenn du Hilfe brauchst, dann weißt du ja, wo du mich findest."

Er zwinkerte William zu und ließ ihn stehen. Der kam sich immer noch etwas überrumpelt vor. Er schüttelte den Kopf und wechselte in das rechtsmedizinische Gebäude, einen grauen Betonklotz, hinüber. Schon länger stand in der Diskussion, die Abteilung mit dem Zentrum in Stuttgart zusammenzulegen. Die Mittel, die man brauchte, um ein neues modernes Gebäude zu errichten, waren in der Haushaltsplanung des Landes jedoch nicht vorgesehen. So beließ man vorerst alles beim Alten. William öffnete die Tür und stand im geräumigen Vorraum. Eine ältere Dame hinter dem Tresen nickte ihm freundlich zu. In der Sitzecke saß ein kreidebleiches älteres Ehepaar. Offenbar hatten sie jemanden identifizieren müssen. Sie taten ihm leid.

Hinter der rechten Tür gelangte William in einen langen Gang. Einzig einige Fenster unterbrachen die graue Wand. Neonlicht tauchte alles in helles kaltes Licht. Am Ende des Ganges war Klaus´ Reich. Ein eigener Obduktionssaal, der mit dem Aufbewahrungsraum der Opfer verbunden war. Sein kleines Büro lag gleich nebenan.

"Hey, da bist du ja!" Klaus klang fast schon erleichtert. Er stand an einem der beiden Obduktionstische. Sein weißer Laborkittel war mit Blutflecken übersät. Vor ihm lag der Tote aus der Gasse. Ein ihm unbekannter jüngerer Mann, ebenfalls mit einem weißen blutbefleckten Mantel bekleidet, stand auf der anderen Seite des Tisches.

"Darf ich vorstellen? Unser neuer Kollege Benjamin Weißensee."

Benjamin reichte William die Hand.

"Sie müssen Herr Herle sein", sagte er vorsichtig lächelnd. "Sehr erfreut. Ich habe bereits viel von Ihnen gehört."

"Sag bitte William zu mir", erwiderte William und schüttelte dem sympathischen jungen Mann mit den blonden Haaren die Hand. Er zwinkerte Klaus zu. Der ließ ein schwaches Lächeln über sein Gesicht huschen und beugte sich wieder über den Leichnam. Benjamin lachte.

"Was denn sonst? Ich bin der Ben und jetzt zeige ich dir die Neuigkeiten. Komm!" William war von Bens Eifer überrascht. Wortlos folgte er ihm zum seitlich stehenden Computerarbeitsplatz mit dem großen Bildschirm an der Wand.

Zur gleichen Zeit stand ich mit meiner besten Freundin in einer der Nischen auf dem Pausenhof.

"Sebastian nervt mich so." Angriffslustig blickte Jenny mich an. Ich seufzte.

"Der meint es doch nur gut mit dir." Mein Argument ging in ihrem bösen Blick unter. Ich fühlte mich ja auch nicht besser. Meine Wut richtete sich gegen Tobias. Schon wieder hatte er mir vor ein paar Minuten abgesagt. Er hatte angeblich vergessen, dass er mit einem Kumpel dessen Auto reparieren wollte. Das war jetzt bestimmt das fünfte Mal in den letzten beiden Wochen.

"Tobias hat abgesagt. Glaubst du, er hat eine Andere?" Mein Blick blieb in der Ferne hängen. Jenny zog belustigt eine Augenbraue hoch.

"Ja, guten Morgen", lachte sie. "Hast du gedacht, er kommt zum Quatschen? Was sage ich dir seit Wochen? Klar hat der 'ne Andere. Das gebe ich dir mit Brief und Siegel!"

"Das hilft mir jetzt auch nicht weiter!", maulte ich frustriert.

"Schon klar. Aber ich habe leider recht. Komm jetzt. Ich will nicht schon wieder zu spät kommen." Jenny lief bereits Richtung Eingang. Ich folgte ihr schweigend. Ja, diesmal hatte ich erwartet, dass es klappen würde. Die ganzen weiteren Schulstunden dachte ich darüber nach. Selbst zwei Ermahnungen von meinem Lehrer halfen nicht. In der nächsten Pause beschlossen Jenny und ich, mittags ins Freibad zum Schwimmen zu gehen. Gesagt, getan. Um drei trafen wir uns am Stadtbrunnen.

"Hey, Kleine", strahlte sie. Ihr Grinsen wollte noch nicht ganz auf mich überspringen. Daher fiel meine Begrüßung etwas kühler als beabsichtigt aus.

"Hey."

"Jetzt komm schon! Das Wetter ist super, wir gehen schwimmen mit den anderen. Komm, lass uns noch ‘n Kuchen futtern!" Ihr Lachen steckte mich nun doch an. Sie hatte ja recht. Ich sollte weniger über Tobias nachdenken und das tolle Wetter genießen. Wir liefen zum Café Blues. Das war das beste Café weit und breit. Trotz des noch etwas bewölkten Wetters waren alle draußen stehenden Tische belegt. Wir beschlossen, uns reinzusetzen. Dort konnten wir ungestört reden. Im Inneren war kaum etwas los, daher entdeckte ich die Katastrophe sofort.

Ich blieb wie angewurzelt stehen und war fassungslos. An einem der hinteren Tische, gut einsehbar vom Eingang aus, saß Tobias. Doch er tat nicht das, was man normalerweise in einen Café tat. Das mir unbekannte Mädchen saß dicht bei ihm. Er flüsterte ihr etwas ins Ohr. Dann beugte er sich vor und küsste sie. Ich brachte kein Wort heraus. Tränen schossen in meine Augen, mein Herz brach, während sich die beiden leidenschaftlich küssten.

In diesem Moment drehte sich Jenny von der Theke um, wo sie bereits zwei Kuchenstücke bestellt hatte. Sie sah meinen Blick, folgte ihm und erfasste die Situation sofort. Wut spiegelte sich in ihrem Gesicht. Mit ein paar schnellen Schritten war sie an dem Tisch.

"Du Scheißkerl!", fauchte sie. "Du dreckiger Scheißkerl!"

Erst jetzt blickte Tobias auf. Sein Kiefer klappte herunter, als er Jenny und mich erkannte. Ich stand immer noch am Eingang. Die Tränen flossen nur so über meine Wangen. In meinem Kopf gab es keine Worte.

"Verdammt, Anna!", rief Tobias und eilte auf mich zu. "Das ist nicht das, was du denkst!"

"Ach, nein?!", schleuderte ihm Jenny wütend entgegen. "Du hast gerade eine andere geküsst! Was glaubst du denn? Bleib bloß weg von ihr!"

"Schatz, wer ist dieses Mädchen?" Das fremde Mädchen war aufgestanden und hatte die Arme verschränkt. Dieser Satz gab mir den Rest. Ich stieß Tobias beiseite, der versuchte, mich zu umarmen, und eilte zur Tür hinaus. Mittlerweile heulte ich Rotz und Wasser.

Wie konnte er mir das antun? Und dann so öffentlich! Offenbar war ich die einzige, die zu naiv war, es die ganze Zeit über nicht zu bemerken.

Wie konnte ich nur so dumm sein? Seine Blicke, die er anderen Frauen zuwarf, hätten nichts zu bedeuten. Er hätte ja mich. Die Tränen nahmen mir die Sicht. Ich konnte kaum atmen. Mein Herz war gebrochen, in tausend Teile explodiert. Er war mein erster Freund gewesen. Die Frage nach dem *Warum* geisterte durch meinen Kopf.

"Anna! Warte doch bitte!", hörte ich Tobias Stimme hinter mir. Ich hastete weiter. Er holte mich ein und packte meinen Arm. Als er in mein Gesicht blickte, stockte er kurz.

"Anna, es tut mir so leid. Ich habe das nicht gewollt." Er zog mich an sich und vergrub seine Nase in meinem Haar. Ich atmete seinen mir so bekannten Geruch ein.

"Nein." Ich schüttelte den Kopf und wand mich aus seiner Umarmung.

"Nein."

Mehr brachte ich nicht heraus. Jenny hatte uns eingeholt und zog mich an sich.

"Wage es ja nicht, dich noch einmal bei ihr blicken zu lassen!", herrschte sie Tobias an.

"Bitte, Anna! Höre mir zu!", flehte Tobias. Ich antwortete nicht und ging einfach weiter, ohne einen Blick zurück zuwerfen. Daher hörte ich nur, wie Jenny ihm eine Ohrfeige verpasste.

"Das hat ein Nachspiel!", brüllte Tobias wutentbrannt, aber wir hielten nicht an. Ich wollte nur noch nach Hause. An der Haustür schüttelte ich Jenny ab. Keine Gesellschaft konnte und wollte ich jetzt ertragen. Ich hastete an Mama vorbei, die mir beunruhigt hinterherrief, ob alles in Ordnung sei. Ohne Antwort zu geben, erreichte ich mein Zimmer und warf die Tür hinter mir zu. Ich fiel auf mein Bett und zog ein Kissen an mich. Meine Tränen wollten nicht versiegen.

4

MITTWOCH NACHMITTAG

Hermann Knapp tobte. Joseph stand mit gesenktem Kopf mitten im Raum. Natürlich war er der Buhmann als Überbringer der schlechten Nachricht.

"Was bilden die sich denn ein? Eine Versammlung wegen dem Straßenbau! Das ist doch schon alles durch!"

Er blieb hinter seinem Schreibtisch stehen. Joseph zog sich vorsichtig ein paar Schritte zurück in Richtung Tür. Hermann bebte immer noch, was Josephs Angst vor dem nächsten Anfall steigen ließ. Mit einer plötzlichen, ruckartigen Bewegung fegte Hermann den gesamten Inhalt von seinem Schreibtisch. Joseph hatte vor Schreck die Augen geschlossen, als Blätter, Ordner, Stifte, Haftetiketten und beinahe auch die Lampe auf den Fußboden krachten. Hermanns Wut war mit dem lauten Krach verraucht.

"Lass das Chaos hier liegen. Darum kümmere ich mich später. Erstmal kommen diese Möchtegernpolitiker an die Reihe!"

Mit diesen Worten stürmte er an Joseph vorbei zur Tür hinaus, darauf bauend, dass dieser ihm sofort folgen würde. Die Versammlung sollte im ersten Stock im kleinen Ratszimmer stattfinden. Der Raum bot für maximal zehn Leute Platz und war mit hellen Holzwänden ausgestattet. Die große Fensterfront, die eine ganze Wandseite einnahm, machte den Raum hell und freundlich. Es war das Lieblingszimmer des Bürgermeisters. Ohne anzuklopfen, stürmte er in den Raum. Die fünf Männer am Tisch zuckten zusammen.

"Also, legen Sie los. Ich habe nicht ewig Zeit!" Mit wütend funkelnden Augen ließ sich Hermann auf seinen Platz am Ende des Tisches fallen. Er schnaufte und wartete angespannt auf das kommende.

"Nun, Herr Knapp, da Sie uns nun endlich mit Ihrem Besuch beehren, können wir ja anfangen." Der ältere grauhaarige Herr, der gesprochen hatte, gehörte der stärksten Gegenpartei Hermanns an. Er war an der Wahl vor fünf Jahren gescheitert und Hermann triumphierend an ihm vorbei ins Büro eingezogen. Er hatte grundsätzlich eine andere Meinung und versuchte immer, alle seine Entscheidungen zu verhindern. Dadurch stellte er ihn als unfähig dar, die richtigen Entscheidungen zu treffen. Hermann bebte vor Wut, war aber entschlossen, kein Wort von sich zu geben.

"Wir haben uns wegen der Straßenbaugenehmigung nochmal Gedanken gemacht. Nachdem sie im letzten Jahr bereits genehmigt wurde, können wir hinsichtlich des demnächst stattfindenden Bautermins leider nichts mehr machen. Das wollen wir nicht unnötig ausweiten. Was uns neulich allerdings aufgefallen ist, als Sie uns die neuen Pläne zur Biogasanlage vorgelegt haben, ist die Lage. Das Tigersheimer Gatter scheint ja gut geeignet. Doch beschlossen ist es noch nicht, dass sie dort gebaut wird. Daher stellt sich mir nun die Frage, weshalb die Straße nun gerichtet und gleichzeitig verbreitert werden soll. Was haben Sie dazu zu sagen?", fragte der Mann ruhig.

"Was wollen Sie mir hier unterstellen?", polterte der Bürgermeister wütend.

"Unterstellen wollen wir erstmal gar nichts", erwiderte der ältere Herr gelassen. "Wir haben nur etwas festgestellt, von dem wir wissen wollen, wie Ihre Meinung dazu lautet."

Er blickte gelassen direkt in Hermanns vor Wut funkelnden Augen.

"Die Straße ist marode, wie Sie es mir selbst bestätigt haben." In Hermanns leiser, aber bestimmter Stimme schwang die unterdrückte Wut mit. "Es war an der Zeit, sie in einen guten Zustand zu versetzen. Außerdem fahren dort schon viele LKWs von Spullberg nach Metzingen entlang. Deshalb habe ich da keine Bedenken, weshalb man das nicht tun sollte. Zumal wir ja noch Budget übrig haben, dank unseres extremen Sparkurses der letzten Jahre."

Hermanns eisiger Blick strafte einen der anderen Herren, die sich bis dato nicht geäußert hatten. Der hatte den Stein ins Rollen gebracht. Aber da die Schwaben ja sowieso zum Sparen neigten, kam das bei den meisten Bürgern ziemlich gut an. Hermann hatte sich bis heute noch nicht bei ihm bedankt.

"Also", fuhr er fort. "es gibt kein Grund, diese Straße nicht erneuern zu lassen. Und selbst wenn irgendwann ein paar LKWs mehr darüber fahren, was macht das schon aus?"

"Wusste ich es doch!", unterbrach ihn der grauhaarige Mann. "Meine Herren, er hat sich soeben selbst verraten. Sie stecken also hinter ganzen Aktion! Ich habe einige Gerüchte vernommen."

Hermann lief der Schweiß an den Schläfen hinab. Er versuchte, klar zu denken. Nein, von seinem kleinen Geheimnis konnte keiner wissen. *Oder doch?* Was sollte er nur sagen? Ihm fiel nichts ein. Er saß in der Klemme. Die anderen sahen ihn bereits gespannt an. Er schwitzte noch mehr. Himmel Herrgott, ihm würde doch schnell eine Antwort einfallen!

"Also, ich ...", setzte er an und wurde von einem jungen Mann unterbrochen, der ohne anzuklopfen in den Ratsraum stürmte.

„Bitte vielmals um Entschuldigung“, sagte der Mann hustend. Er atmete tief durch und packte dann die Neuigkeit aus, wegen der er den ganzen Weg herübergerannt war.

„Man hat eine Leiche irgendwo beim Spullberger Bahnhof gefunden. Der Mann ist wohl erstochen worden. Heute Nachmittag um fünf findet eine Pressekonferenz statt mit dem Kriminalhauptkommissar Herle. Und Sie, Herr Knapp, müssen auch anwesend sein. Wegen der Beruhigung. Als Versicherung, dass die Polizei alles auf die Reihe bekommt“, berichtete er und blickte vorsichtig zu Hermann. Der stand wie angewurzelt da.

„Ja toll, da muss ich ja wohl hin“, murmelte er frustriert. Auf Pressekonferenzen hatte er überhaupt keine Lust. Die Reporter drängten ihn immer, genau die Fragen zu beantworten, welche er in seiner Rede gerne umging.

Sie ließen ihn auch nicht in Ruhe, wenn er zur Antwort gab, dass er sich nicht zu einem Thema äußern wollte.

„Sagen Sie bitte Joseph Bescheid, der soll sich um den Text kümmern. Ich habe noch einen Termin. Wir sehen uns dann an der Pressekonferenz. Bis später."

Mit diesen Worten verließ er schnell den Raum. Die anderen blickten sich an und einer der Herren schüttelte missbilligend den Kopf.

William blickte gemeinsam mit Ben auf den Bildschirm.

"Wir haben den Toten erst einmal gereinigt. Dabei haben wir festgestellt, dass es mindestens siebzig Stichwunden sind. Der ganze Oberkörper ist übersät. Ich kann echt nicht sagen, welcher Stich zuerst ausgeführt wurde. Der Stich direkt ins Herz war vermutlich der tödliche. Vielleicht war auch der hohe Blutverlust die Todesursache. Wir habe ihn gerade geröntgt, die Bilder müssten gleich kommen. Dann können wir schauen, ob er Vorerkrankungen hatte."

William hatte Ben schweigend zugehört. Die Organe waren regelrecht zerfetzt worden durch die vielen Stiche. Es musste ein Küchenmesser gewesen sein mit einer mindestens sechzehn Zentimeter langen Klinge. Sonst hätte man dem Opfer nie so tiefe Wunden beibringen können. Ein Piepsen riss ihn aus seinen Gedanken.

"So, die Ergebnisse vom Röntgen sind da! Klaus, kommen Sie?", rief Ben. Der nickte und kam ebenfalls zum Computerarbeitsplatz. Zu dritt beugten sie sich über die Röntgenaufnahmen. Der Tisch, auf dem sie lagen, war von unten beleuchtet. Deutlich sah man die Knochen auf den Röntgenbildern. Die Rippen wiesen einige Kratzer und Vertiefungen auf. Die stammten vom Messer. Das linke Bein sah etwas verdreht aus.

"Schaut mal, ich glaube, der hatte sich noch das Bein gebrochen", sagte William in die Stille hinein und zeigte auf das Bild mit dem linken Wadenbein.

"Der ist nur angebrochen", meinte Klaus. "Schau, die Risse sind nur ganz dünn und nicht durchgängig. So wie das aussieht, könnte diese Verletzung kurz vor dem Tod entstanden sein."

"Ja, der Boden war sehr uneben dort. Möglicherweise ist er gerannt und gestolpert", stimmte William Klaus zu. "Was wissen wir noch?"

"Er war soweit gesund. Nur ein kleines Blutgerinnsel hat sich in der Vene beim Herzen gebildet. Wäre unter Umständen zu einem Herzinfarkt herangewachsen. Das Schicksal meinte es wohl nicht so gut mit ihm", sagte Ben grinsend.

William strafte ihn mit einem bösen Blick.

"Todesursache?", fragte er knapp.

"Schwer zu sagen. Ich denke, der Stich ins Herz hat zum größten Blutverlust geführt." Klaus beugte sich nochmal über die Bilder. "Ich lasse die Blutanalyse durchlaufen und dann sage ich dir Bescheid."

"Alles klar. Ich schaue mal, was ich über den Herrn finden kann." Damit verließ William schnell den Obduktionsraum. Der kahl gehaltene Raum mit dem hellen weißen Neonlicht machte ihn immer ziemlich nervös. Er begann zu frösteln und konnte nicht schnell genug wieder hinauskommen. Dass Klaus es dort den ganzen Tag aushalten konnte, erstaunte ihn immer wieder. Aber seine Faszination für Tod, Mord und Kadaver besaß er, seit sie sich kannten. Für Klaus gab es kaum etwas Interessanteres, als einen Toten aufzuschneiden, um zu sehen, was den Tod verursacht hatte. Sein breit gefächertes Wissen hatte er sich mit den Jahren angeeignet. Dafür bewunderte ihn William. Schon früh war klar gewesen, dass Klaus Rechtsmedizin studieren würde. Er war mittlerweile einer der Besten. Da er in jungen Jahren seine Faszination noch nicht kontrollieren konnte, hatte er sich auf ziemlich waghalsige Aktionen eingelassen. William hatte versucht, auf ihn achtzugeben, was ihm nicht gelungen war. Und an diesem einen Tag im Sommer ...

Bloß nicht daran denken!, befahl er sich in Gedanken. Er hatte lange gebraucht, um das zu verarbeiten. Damals hatte er sich geschworen, die Unschuldigen zu beschützen. Er lief durch die Eingangshalle und nickte der älteren Dame am Tresen zu. Draußen atmete er erst einmal tief durch. Raschen Schrittes ging er zurück in sein Büro. Dort lagen bereits einige Dokumente auf seinem Schreibtisch. Von Flo fehlte jede Spur.

Na, der wird schon noch kommen, dachte er und inspizierte die Dokumente.

Der Tote hieß Günther Schwab, war fünfundfünfzig Jahre alt geworden und ein bekannter Steuerberater hier im Ländle gewesen. Er hatte bei einigen größeren Firmen die Steuererklärungen gemacht. William seufzte. Er brauchte unbedingt eine Kundenliste und Akteneinsicht. Das würde den Firmen nicht gefallen. Ihm grauste schon vor den Streitereien mit den Anwälten, die um jeden Preis die Akten unter Verschluss zu halten versuchten. Ihm erschien die Tat impulsiv und ungeplant, fast so, als wäre dem Mann aufgelauert worden. Ein Messer konnte man auch als Bedrohung auffassen.

In diesem Moment klopfte es an der Tür.

"Herein!", rief William. Der eintretende jüngere Kollege sah frustriert aus.

"Guten Tag, Herr Herle. Es ist mir leider nicht gelungen, die Presse außen vorzulassen. Sie bestehen auf eine Pressekonferenz. Sie sollen diese abhalten. Um fünf ist sie angesetzt. Tut mir leid. Ach, und der Bürgermeister soll auch kommen."

"Na gut. Aber ich werde keine relevanten Daten herausgeben. Geben Sie bitte dem Bürgermeister Bescheid, der soll die Leute beruhigen." William war nicht sonderlich begeistert, doch da er der Kriminalhauptkommissar war, musste er die Reden halten. Ihn nervten die endlosen Fragen, die oft den gleichen Inhalt hatten, nur von verschiedenen Reportern gefragt. Die Berichterstattung ließ auch zu wünschen übrig. Der junge Kollege nickte und verließ leise das Büro. William starrte auf den vor ihm liegenden Text. Flo trat ein und William erschrak schon wieder.

"Tut mir leid, früher ging es nicht." Er ließ sich schwungvoll auf seinen Stuhl fallen. "Was hab ich verpasst?", fragte er und fixierte William. Der gab brummend zur Antwort: "Der Tote war Steuerberater, ist fünfundfünfzig und wurde mit viel Wut erstochen. Bisher habe ich keine Zeugenhinweise. Und um fünf findet eine Pressekonferenz statt. Der Bürgermeister kommt auch. Ich soll reden. Aber ich denke, er wird wie üblich nicht erscheinen."

Flo lachte. "Viel Spaß. Das denke ich auch. Keine Sorge, ich komme natürlich mit", schob er hinterher, als er Williams wütenden Gesichtsausdruck sah. "Lass uns was essen, ich hab nichts gefrühstückt."

William nickte erleichtert und gemeinsam gingen sie zur Cafeteria.

Als die beiden später den Presseraum am Anfang des Gebäudes betraten, waren alle Plätze bereits belegt. Die meisten waren Journalisten diverser Zeitungen. Viele kannte William vom Sehen. Oft schon hatte er ihnen ihre vielen bohrenden Fragen beantwortet. Die Worte *Kein Kommentar* existierten bei ihnen nicht. So sollte es auch heute wieder sein. Er atmete tief durch und trat zu einem der jüngeren Kollegen. Der drückte ihm ein Blatt in die Hand.

"Keine Details, nur Wesentliches. Masse beruhigen. Kein Serientäter. Die Leute sollen trotzdem abends dunkle Gassen meiden. Zeugenhinweise zur Tatzeit“, las William ab. "Weiß ich doch alles", brummte er lauter und zerknüllte das Blatt. Ein böser Blick auf den Kollegen, dann trat er an das Rednerpult.

"Guten Tag, meine Damen und Herren."

Fast sofort verstummten die Gespräche. Alle waren gespannt, was wohl nun folgen würde.

"Mein Name ist William Herle. Ich bin der Kriminalhauptkommissar. Die meisten kennen mich bereits von anderen Pressekonferenzen. Wie vermutlich bereits bekannt, gab es vor zwei Tagen einen Mord. Ein Mann wurde erstochen aufgefunden."

"Weiß man denn schon, wer der Tote ist?", unterbrach ihn der erste Journalist.

"Ja, aber seinen Namen kann ich Ihnen nicht verraten. Haben Sie dafür bitte Verständnis. Was ich allerdings brauche, sind Zeugen aus der Bevölkerung. Daher bitte ich Sie um entsprechende Hinweise. Alle, die am Dienstag Abend in der Nähe des Bahnhofes waren und etwas gesehen haben, sollen sich unter der üblichen Nummer melden. Sie steht zur Sicherheit an der Tafel hinter mir."

"Schön, und was ist jetzt genau passiert?", fragte ein zweiter Journalist. "Ich kann Ihren Aussagen nichts für einen aussagekräftigen Bericht entnehmen. Können Sie uns genauere Angaben machen?"

William blickte den Mann an und überlegte kurz. Dann sagte er: "Der Todeszeitpunkt liegt zwischen elf und eins am Montag Abend. Der Herr ist fünfundfünfzig Jahre alt gewesen und wurde mit großer Wut erstochen. Mehr werde ich dazu nicht sagen."

William war sich des Risikos bewusst. Je nachdem, wie die Journalisten ihren Bericht formulierten, konnte das Trittbrettfahrer animieren. Das erschwerte die Suche nach dem Mörder erheblich. Er verließ trotz einigem Protest den Saal. Er hatte keine Nerven, weitere Fragen zu beantworten. Schließlich musste er einen Mord aufklären. Was ihm bei Scheitern oder langsam fortschreitenden Ermittlungen sowieso von den Journalisten vorgehalten werden würde. Der Bürgermeister war, wie er es erwartet hatte, nicht erschienen.

Walter zog seine Jacke aus und hängte sie zu den anderen. Die Diskussion war bereits in vollem Gange. Er betrat den hellen Raum, der zu den größten im Spullberger Rathaus gehörte. Kaum jemand blickte auf. Er grinste. So intensiv wie der bevorstehende Bau der Biogasanlage am Tigersheimer Gatter wurde selten ein Thema diskutiert. Eine Widerstandsbewegung hatte sich gebildet, viele waren dagegen. Doch der Bürgermeister Hermann Knapp und seine Parteianhänger wollten sie gegen jede Vernunft durchsetzen. Er zog die Augenbrauen hoch und ging an das Rednerpult.

"Guten Abend", sagte er. Die Reaktion war wie zu erwarten kaum vorhanden. Irgendwann würden sie sich die Köpfe heiß diskutieren. Walter wiederholte seine Begrüßung und die Leute wurden nach und nach stiller.

Walter ließ den Blick schweifen. Jetzt hatte er die volle Aufmerksamkeit aller Anwesenden.

"Guten Abend, meine Damen und Herren. Anlässlich des bevorstehenden Gutachtens durch Herrn Müller wurde heute nochmal eine Versammlung einberufen. Wie Sie vermutlich alle bereits mitbekommen haben, wird nächste Woche am Donnerstag um 14.00 Uhr der Gutachter kommen, um gemeinsam mit dem Bürgermeister und mir das Gelände anzuschauen. Ich bitte darum, davon abzusehen, unbedingt dabei sein zu wollen. Der Bürgermeister ist nicht sonderlich gut auf uns zu sprechen. Daher denke ich, dass es für alle so am sinnvollsten ist. Ich werde Tim Mayer mitnehmen, der anschließend einen Bericht schreiben wird und durch den Verteiler schickt. Dann ist die Ruhe gewährleistet. Vielen Dank für Ihr Verständnis."

Applaus schallte durch den Raum. Einige schienen von dieser Regel nicht besonders begeistert zu sein. Walter hielt es für das Beste, dass keiner der anderen dabei war. Der Bürgermeister war jähzornig und sollte nach Möglichkeit nicht gereizt werden. Sonst kam er womöglich noch auf den Gedanken, die nächsten Demonstrationen zu verbieten.

"Am nächsten Samstag findet eine weitere Kundgebung in der Spullberger Innenstadt statt. Ich brauche noch ein paar Freiwillige, die am Stand stehen können und welche, die unsere neuen Flyer verteilen. Wir müssen den Leuten endlich klarmachen, dass die Biogasanlage eine Fehlentscheidung ist."

Jubelrufe und durcheinander polternde Stimmen unterbrachen Walter. Der Tumult war kaum zu stoppen. Alle mussten sich einmischen, ihre Meinung zum Besten geben. Ein heilloses Durcheinander war die Folge. Walter beobachtete alles genau. Zumindest hatte er seine Freiwilligen für die Kundgebung am nächsten Samstag, so wie er es herausgehört hatte. Er wartete noch ein paar Minuten.

"So, jetzt bitte Ruhe. Die Freiwilligen tragen sich in die Arbeitsliste ein. Die liegt hinten am Tisch. Gibt es noch Fragen dazu?"

Die Stimmen der einzelnen verschmolzen zu einem Murmeln. Einige Wortmeldungen gab es bereits.

"Also dann", meinte Walter. Er klopfte auf das Pult und es kehrte wieder Ruhe im Raum ein. Ein älterer Herr stand auf.

"Ich habe da eine Frage. Was passiert, wenn der Gutachter das Grundstück am Tigersheimer Gatter für geeignet befindet? Dann wird der Bürgermeister die Anlage definitiv bauen."

Er hustete. Ein anderer nutzte die Gelegenheit und sagte: "Ich gehe davon aus, dass dieser Fall nicht eintreten wird, denn aufgrund der Beobachtungen mir bekannter Ornithologen gibt es dort mindestens eine seltene Vogelart, den Baumfalken, eine selten gewordene Greifvogelart. Er bevorzugt Landschaften mit weiträumigen Wiesen und Weiden sowie strukturreiche Waldgebiete. Er steht schon auf der Roten Liste. Wird jetzt also ein Teil des Waldes abgeholzt, dann verschwindet der Lebensraum des Vogels und ihm wird die Nahrungsgrundlage entzogen. Folglich ist der Baumfalke auch bald weg. Das finde ich nicht akzeptabel."

Der erste fiel ihm ins Wort.

"Nicht nur der eine Vogel. Es geht um das gesamte Areal. Alle müssen beschützt werden. Nur weil irgendein Bürgermeister unbedingt so eine blöde Anlage haben will, heißt das nicht, dass dies alle wollen. Man denke nur an die Unglücke, die bereits geschehen sind."

Einige nickten zustimmend, mindestens zwei verdrehten die Augen. Walter nickte.

"Genau. Deshalb können wir jetzt nur noch hoffen, dass das Gutachten zu unseren Gunsten ausfällt. Und am Samstag unsere Kundgebung abhalten. Wir müssen die Menschen zum Nachdenken anregen. Mehr können wir vorerst nicht tun."

Applaus schallte durch den Raum.

"Ach, eines hätte ich fast vergessen. Der Journalist der Stuttgarter Zeitung will einen Namen für unseren Widerstand, wie er es nennt. Ich finde, dass wir eher Leute auf den richtigen Weg bringen, aber gut. Wir brauchen jedenfalls für die Presse einen guten Namen."

Das Gemurmel im Saal war wieder angeschwollen. Die meisten diskutierten bereits über komplizierte Zusammenstellungen.

"So, gibt es gute Vorschläge?", fragte Walter in die Runde. Alle redeten durcheinander. Walter verdrehte die Augen. Ruhe und Ordnung waren bei solchen Veranstaltungen ja eher selten, dennoch würde er es bevorzugen. Ein jüngerer Mann war aufgestanden.

"Ja, bitte", sagte Walter. Der junge Herr mit den kurzen schwarzen Haaren lächelte.

"Ich dachte, wir packen da alles mit rein und nennen unsere Widerstandsgruppe Protest gegen die Biogasanlage am Tigersheimer Gatter, abgekürzt dann PBT."

Sofort wurde er von einer älteren Dame mit blond gefärbtem Haar unterbrochen.

"Das ist doch Quatsch!", empörte sie sich. "Viel zu lange! Wir brauchen etwas Kurzes, das sich den Leuten einprägt!" Zustimmendes Gemurmel. Einer der älteren Herren erhob sich und sagte, während er in die Runde schaute:

"Dann lässt es uns einfach Biogasanlage Protest nennen, BP. Ist kurz und einprägsam."

"Naja, also ich weiß nicht so recht." Die blonde ältere Dame rümpfte ihre kleine Nase. "Wieso belassen wir es nicht bei Protest?"

"Nein, das ist zu allgemein", widersprach der junge Mann. "Es soll ja nicht nur die älteren, sondern auch die jüngeren ansprechen."

"Ja, dessen bin ich mir bewusst", gab die ältere Dame zurück. "Ich meine ja bloß, dass das alles mittlerweile landesweit geht. Da braucht man ja nicht extra was zu machen. Das kriegen ja ohnehin alle mit."

"Aber viele kennen unsere Argumente nicht, die dagegen sprechen", mischte sich Walter ein. "Daher halte ich es für sinnvoll, einen Namen mit Ortsbezeichnung zu verwenden. Was haltet ihr vom Tigersheimer Protest?

Kurz dann TP. Wie auch immer, entscheiden müssen wir es jetzt sofort, dann können wir am Samstag alles mit einbauen."

Walter blickte in die einzelnen Gesichter.

"Mir würde TIP sehr gut gefallen", warf ein älterer Herr ein. "Tigersheimer im Protest. Was halten Sie den davon?"

"Hört sich gut an, ja", bestätigte Walter.

"Also gut, dann nehmen wir TIP. Punkt aus. Diskussion beendet."

Der junge Mann hatte schnell allein entschieden. Es waren zwar einige Proteste zu hören, aber im Großen und Ganzen stimmten ihm alle zu.

"Dann ist es entschieden. Druckt bitte die Flyer und Poster mit dem neuen Namen, als Logo nehmen wir wie bisher den Maiskolben mit der Sonnenblume."

Walter sprach und wandte sich ab. Das hier würden sie alleine regeln können. Er war nur der Vorstand und sollte entscheiden. Er ging zur Tür und hörte hinter sich noch die an jeder Ecke entbrannten Diskussionen, bis die Tür in das Schloss fiel.

5

DONNERSTAG

Er saß angespannt an seinem Schreibtisch und sah sich einige Blätter durch. Daten über Daten. Alle sollten in einer gemeinsamen Liste eingetragen werden. Das würde noch etwa eine Stunde in Anspruch nehmen. Als sich die Tür zu seinem kleinen Büro öffnete, war er fast erleichtert.

"Kommst du? Der Chef hat jetzt sofort eine Besprechung angesetzt. Lass alles liegen. Schnell. Irgendwas ist passiert."

Er nickte dem jungen Mann zu und stand auf. Das gekippte Fenster ließ er so, wie es war. Die Besprechung fand wie üblich im großen Raum des zweiten Stocks statt. Die beiden liefen die Treppe hoch. Weitere Mitarbeiter und Mitarbeiterinnen folgten ihnen schweigend. Im großen Raum nahmen alle leise flüsternd Platz. Der Chef stand bereits mit dem Rücken zum Tisch. Er schien gedankenverloren aus der großen Fensterfront zu starren. Als der letzte Kollege die Tür hinter sich schloss, saßen oder standen alle in kleinen Gruppierungen beisammen. Der Chef drehte sich um. Gerade als er zu seiner Rede ansetzen wollte, öffnete sich die Tür und ein paar Nachzügler kamen herein.

"Also, wenn nun alle anwesend sind, muss ich Ihnen leider eine schlechte Nachricht überbringen", sprach er und blickte die etwa vierzig Anwesenden nacheinander an. "Unser allseits geschätzter Steuerberater Günther Schwab ist tot", fuhr er fort, wurde aber von lautem Stimmengewirr unterbrochen. Die Mitarbeiter sahen ihn ängstlich und ungläubig an.

"Er wurde erstochen. Die Polizei wird morgen vorbeikommen und Befragungen durchführen. Ich bitte Sie, ihre Fragen ehrlich zu beantworten, um unnötige weitere Untersuchungen zu vermeiden. Das große Problem an der Sache ist, dass wir jetzt keinen Steuerberater mehr haben. Jemand muss die Sache erstmal übernehmen und mit mir koordinieren. So ist sichergestellt, dass Sie alle Ihr Geld am Ende des Monats auf dem Konto haben. Herr Eberle, würden Sie sich bitte darum kümmern? Wenn Sie Unstimmigkeiten finden, melden Sie sich sofort bei mir. Ich werde zusehen, dass ich einen adäquaten Nachfolger innerhalb der nächsten Woche finde. Noch Fragen?"

Keiner wagte es, sich nach dieser schrecklichen Nachricht auch nur zu bewegen. Herr Eberle war der erste, der eine Frage stellte:

"Muss ich den Beamten sämtliche Unterlagen aushändigen, die Herrn Schwab betreffen?"

"Das klären Sie vorher mit mir ab. Ich werde Rechtsanwalt Hartmann zu Rate ziehen", bestimmte der Chef.

"Weiß man denn schon, wann die Beerdigung stattfindet?", fragte eine blonde junge Dame. Ein paar Tränen liefen ihr über die Wangen.

"Voraussichtlich nächsten Mittwoch, wenn die Polizei mitspielt. Ich werde veranlassen, dass Sie ihn alle auf seinem letzten Weg begleiten dürfen. An diesem Tag bleibt die Firma zu. Schließlich ist er hier ein- und ausgegangen. Er kannte viele von Ihnen persönlich. Daher denke ich, dass dies im Interesse aller ist. Nun gut, Sie wissen Bescheid, gehen Sie bitte wieder an die Arbeit. Bei weiteren Fragen bin ich in meinem Büro erreichbar. Das war es. Vielen Dank für Ihre Aufmerksamkeit."

Die Kollegen erhoben sich langsam und verließen den Raum. Auch er ging in der Menge mit. Keinem fiel das leichte Zittern in seinen Händen auf. Erst als er sein kleines Büro erreichte, konnte er durchatmen. Um sich zu beruhigen, ordnete er die Blätter auf seinem Tisch neu. Doch das Zittern ließ nicht nach. Jetzt würde es ernst werden. Er durfte sich durch nichts verraten. Sonst wäre alles kaputt. Doch das Zittern hörte einfach nicht auf.

Fast panisch zog er die oberste Schublade heraus und griff nach der Dose mit den Beruhigungspillen. Er nahm einen großen Schluck aus seiner Wasserflasche. Die Tablette sollte laut Beschreibung auf der Packungsbeilage recht schnell wirken. Er hoffte es. Er konnte sich jetzt keinen Patzer erlauben. Nicht nach dem Zusammenstoß mit dem Steuerberater. Irgendwie hatte er eine Ahnung gehabt, dass dieser der Firma schaden wollte.

Der Druck, es vor allen geheim halten zu müssen, nagte an seinem Selbstwertgefühl. Seine Depressionen waren verstärkt zurückgekehrt, seit er die Antidepressiva nicht mehr nahm. Aber der Mann hatte dafür bezahlt. Mit jedem einzelnen Stich.

6

FREITAG

Ich stand in meinem Zimmer und blickte aus dem Fenster. Seit zwei Tagen hatte ich es nicht verlassen. Genauer gesagt, seitdem ich Tobias beim Küssen mit der anderen erwischt hatte. Ich reagierte kaum auf Nachrichten. Tobias hatte mehrmals versucht, mich anzurufen. Ich hatte nicht abgenommen. Die eingegangenen Mailbox-Nachrichten von ihm hatte ich auch nicht abgehört.

Meine Eltern waren arbeiten. Zum Glück ließ mich Mama in Ruhe. Ich wollte nicht darüber reden und hatte seitdem kaum gegessen. Ich beschloss, wenigstens einen Toast zu essen. Etwas zur Stärkung, denn in einer Stunde war die Orchesterprobe des HHC Tigersheim. Dort spielte ich seit vielen Jahren Akkordeon. Seit etwa drei Jahren sogar im großen Orchester. Darauf war ich sehr stolz und nichts konnte mich daran hindern, an der Probe teilzunehmen.

Ich riss mich von dem Ausblick an meinem Fenster los und ging nach unten in die Küche. Mein kleiner Bruder hatte mal wieder sein Abendessen, Mamas Auflauf, nicht ganz aufgegessen. Der war immer super, aber mir war nicht danach. Ich nahm einen Toast und steckte ihn in den Toaster. Als er wieder heraussprang, strich ich Nutella darauf. Den kleinen Rest, den ich nicht aufgegessen hatte, warf ich in den Mülleimer. Ich holte schnell mein Akkordeon und trug es vorsichtig zum Wagen. Ich hatte von meinen Eltern einen kleinen VW up zum achtzehnten Geburtstag bekommen. In schwarz mit lila Streifen. Die Kombination war einfach genial. Da ich eher selten fuhr, brauchte ich gerade mal eine Tankfüllung im Monat. Ich fuhr nach Tigersheim. Dort fand das Orchester im großen Musiksaal der Grund- und Hauptschule statt, die eigentlich nur noch die Grundschule beherbergte. Die Hauptschüler gingen nach Spullberg in die große Hauptschule, da es zu wenige Schüler für eine ganze Klasse gab.

"Hallo Anna!", wurde ich freudig begrüßt. So war das hier. Alle aktiven Spieler waren superlieb und man spürte jedes Mal den Zusammenhalt, zu dem jeder Einzelne seinen Teil beitrug. Walter, unser erster Vorstand, drückte mich kurz.

"Schön, dass du da bist. Und wie geht's dir? Was macht die Liebe?" Er zwinkerte mir verschwörerisch zu. Ich fing fast wieder an zu heulen. Zum Glück erlöste mich mein Kumpel Daniel.

"Hey, na, alles klar?", fragte er und umarmte mich. Ich entzog mich der Umarmung und meinte nur: "Klar, wie immer halt."

Mein schiefes Grinsen schien ihn nicht ganz zu überzeugen, aber glücklicherweise fragte er nicht weiter nach. Ich nahm mein Akkordeon und setzte mich auf meinen Platz. Unser Orchester ist in vier Stimmen aufgeteilt. Bass und E-Gitarre ergänzen es. Die Vierte, bei der ich mitspiele, ist meiner Meinung nach die schwierigste. Dafür, dass ich nur selten übte, konnte ich mittlerweile sehr gut mitspielen. Die meisten unserer fünfundzwanzig Akkordeonspieler waren jetzt da.

"Also, meine Lieben", sagte Walter und rieb sich dabei die Hände. "Ich hab euch heute nicht viel zu sagen. Der Arbeitsdienst für die Vatertagshocketse ist ja bereits eingeteilt. Jetzt habe ich nur eine Frage. Am Dienstag Morgen wurde der Günther Schwab tot aufgefunden. Ich kenne seinen Bruder und seine Frau ziemlich gut. Und sie hat mich gefragt, ob wir bereit wären, nächsten Mittwoch auf seiner Beerdigung zu spielen. Was haltet ihr davon? Hätten denn alle Zeit? Wir sollen um fünf da sein."

Wir blickten uns an und nickten.

"Klar können wir spielen." Ralph, unser Dirigent, nahm schon seine Noten heraus. "Was sollen wir spielen?"

"Er war auf unserem letzten Herbstkonzert. Ihm haben die Stücke sehr gefallen. Da wäre es doch angebracht, eines davon zu spielen?", meinte Walter, bevor jemand anderes sprechen konnte.

"Ja, das denke ich auch", kam es von Johanna aus der ersten Stimme.

"Jetzt sollte man nur wissen, was wir gespielt haben", sagte Olaf neben mir grinsend.

"Eines war *Summer of 69*", erinnerte ich mich nachdenklich.

"Spielen wir das Übliche?", fragte Heinz, der auch in der ersten Stimme spielte.

"Auf jeden Fall spielen wir *Adiemus*!" rief Theresa, die am Bass saß. Da hatte sie recht. Das passte immer gut. Auch wenn der Anlass diesmal nicht sehr schön war. Von dem Mord hatten wir alle bereits gehört. Papa hatte es beim Abendessen erzählt. Mama war der Appetit vergangen und ich wollte alle Details hören, mit denen er natürlich nicht rausrückte. Ich bräuchte solche schmutzigen und betrübenden Dinge nicht zu hören, vor allem nicht beim Essen und in Gegenwart meiner Mutter, lautete die Ermahnung.

"Der *Dreamer* passt auch ganz gut", wurde ich von Birgit aus meinen Gedanken gerissen. Ja, das stimmte. Ein wunderbares Stück von Ozzy Osbourne.

"Welche Zugabe hattet ihr damals als Erstes gespielt? Die hat ihm sehr gut gefallen", warf Walter in den Raum.

"*Misteriosa Venezia* war das!", rief Olaf.

"Okay, dann das und *Summer* und *Adiemus*. Was noch?" Ralph schaute seine Noten durch. "*Choral* und *Morgens um sieben* würde auch passen. Oder *Trumpet*?" Er blickte uns fragend an.

"Warum nicht alle?" Walter grinste. "Ich ruf morgen die Frau Schwab an und frag mal nach dem Ablauf. Ich bin dann mal weg. Bis später!" Er winkte und verließ den Raum.

"Er muss ja nicht spielen", lachte Ralph. "Ja, dann lasst uns alle durchspielen. Summer!"

Wir lachten alle und suchten flugs die Noten heraus. Die ersten Takte erklangen. Einfach ein Hammer Stück.

Trotz der vielen Dreifachgriffe konnte ich fast komplett mitspielen. Es zauberte mir das erste Lächeln seit zwei Tagen auf mein Gesicht. Jetzt wusste ich wieder, weshalb ich so gerne spielte. Das überraschte mich jedes Mal aufs Neue. Auch *Adiemus* war der Wahnsinn, auch wenn es mich mehrmals aus dem Takt warf. *Misteriosa Venezia* probierte ich erst gar nicht, da haute es mich jedesmal raus. Ich konnte es mir nicht erklären. Der Rest klappte ganz gut, wenn auch mit Wiederholung. Dann war erst einmal Pause.

"So, jetzt erzähl mal Genaueres." Daniel strahlte mich an. Nikolas und Sophia traten auch näher. "Hallo Anna", begrüßten sie mich.

"Ja, viel mehr weiß ich ja auch nicht", versuchte ich mich herauszureden. Die anderen lachten. "Ja, ist doch so. Papa hat nur gesagt, dass er erstochen wurde. Mit großer Wut und vielen Stichen. Jetzt muss er ja erstmal ermitteln."

"Okay, ja, hast ja recht." Daniel lachte. Wir quatschten noch über Allgemeines, dann spielten wir weiter. Diesmal die Stücke für unser nächstes Herbstkonzert. Da freute ich mich jetzt schon darauf. Wenn es klappte, würde ich wieder die Moderation wie im letzten Jahr übernehmen.

Als ich später wieder in meinem Zimmer war, waren die Gedanken an Tobias wieder allgegenwärtig. Ich konnte sie nicht länger verdrängen. Die Tränen flossen schon wieder. Ich schaltete schnell den Fernseher ein, um mich abzulenken.

7

SAMSTAG

William trank seinen Kaffee leer und stellte die Tasse etwas zu hart auf den Tisch.

"Der wievielte ist das heute?", fragte Flo grinsend. William warf ihm einen bösen Blick zu. Sein Kaffeekonsum war größer geworden, seit er Kriminalhauptkommissar war. Das lag an dem vermehrten Stress, dem er mittlerweile ausgesetzt war. Verzichten konnte er aber nicht, denn sonst war er schlecht gelaunt.

"Fahren wir nachher in das Büro des Steuerberaters?"

"Klar. Haben wir doch ausgemacht. Vielleicht finden wir ja was. Wenn nicht, fahren wir nochmal zur Frau Schwab." William dachte zurück an die erste Begegnung mit ihr. Im Labor hatte Klaus die Brieftasche schnell trocknen können und den Ausweis gefunden. Daraufhin waren William und Flo zu der Ehefrau gefahren, um ihr die schreckliche Nachricht zu überbringen. Sie war schon an der Tür zusammengebrochen, bevor sie etwas sagen konnten. Im Wohnzimmer hatten die beiden sie vorsichtig auf das Sofa gelegt. Flo war in die Küche gegangen und mit einem Glas kalten Wassers aus dem Hahn zurückgekehrt.

"Wir ... wir haben eine schlechte Nachricht zu überbringen", hatte William sich vorsichtig vorgetastet, während die Frau das Wasser getrunken hatte.

"Ist schon okay. Es geht um meinen Mann, richtig?" Sie hatte ihn mit bleichem Gesicht und großen Augen angeblickt. William hatte geseufzt.

"Ja, leider. Wir müssen Ihnen mitteilen, dass Ihr Mann einem Mord zum Opfer gefallen ist. Er wurde erstochen. Es tut mir leid."

"Warum?" Das kaum hörbare Wort hatte William ihre Gefühle offenbart. Sie hatte ihn angestarrt.

"Ich weiß es noch nicht. Aber wir werden alles daran setzen, um aufzuklären, was passiert ist. Haben Sie vielleicht einen Verdacht? Wissen Sie, ob Ihr Mann Feinde hatte? Jemand, der ihm so etwas antun würde?"

"Darf ich ihn sehen?", hatte sie gefragt, ohne seine Fragen zu beantworten. "Ich will ihn nochmal sehen, bevor ich ihn ..."

Dann hatte sie angefangen zu weinen. Die beiden waren noch geblieben, bis die Schwester der Frau gekommen war. Auch sie konnte die Fragen nicht beantworten. Als nächstes würden sie sich das Büro des Toten ansehen. Sie mussten wissen, mit wem er zusammengearbeitet hatte. Dies stellte eine große Herausforderung dar, denn ein bekannter Steuerberater hatte viele Kunden. Viel Papierkram also.

"Wann fahren wir los?", unterbrach Flos Stimme seine Gedanken. William blickte auf die Uhr. Es war kurz vor drei und er hatte Hunger.

"Dann lass uns gleich losfahren und unterwegs kurz bei McDonald's halten. Ich hab noch nichts gegessen", schlug William vor.

"Ist gut", sagte Flo lachend und stand schneller im Gang, als William schauen konnte. "Los, komm jetzt oder willst du den ganzen Tag vertrödeln?"

William schüttelte den Kopf und folgte Flo. Er steckte noch schnell den Kopf in das Büro der Sekretärin und gab Bescheid, dass er mit Flo zum Steuerbüro fuhr.

"Ja, viel Erfolg beim Papiere sichten", wünschte sie. Diesmal musste William lachen.

Mit Chicken Nuggets, Hamburger und Pommes gestärkt fuhren sie weiter. Das Steuerbüro lag im ruhigen Unterhausen. Im Stockwerk darüber lag eine Zahnarztpraxis. Und der Rest des vierstöckigen Hauses bestand aus kleinen Wohnungen. Flo parkte direkt neben den Eingang und stellte ein Schild an die Windschutzscheibe. *Polizei im Einsatz* stand darauf.

"Ist das nicht etwas zu auffällig?", fragte William mit einem kritischen Blick auf das Schild. Da sie mit einem Zivilfahrzeug unterwegs waren, um keine Aufmerksamkeit zu erregen, war das genau das Falsche. Doch Flo schüttelte nur den Kopf und deutete auf den Boden. Dort, wo das Auto stand, war kein offizieller Parkplatz mehr. Jetzt schüttelte William den Kopf. Das hatte er nicht gesehen. Sie betraten das Gebäude und steuerten auf die Tür zum Büro des Steuerberaters zu. Da sie nur angelehnt war, traten sie ein.

"Das Büro hat geschlossen! Bitte entschuldigen Sie." Die Stimme gehörte einer blonden, durchaus attraktiven jungen Frau, die hinter einem der unzähligen Aktenstapel hervorschaute.

"Ich bin William Herle, Kriminalhauptkommissar Kripo Spullberg."

"Herrje, ist es denn schon nach drei? Entschuldigen Sie bitte. Ich muss hier sämtliche Unterlagen sortieren." Mit diesen Worten kam sie hinter dem Schreibtisch hervor.

"Maria Schwarz. Ich bin Herrn Schwabs Sekretärin. Meine Kollegin ist im anderen Zimmer. Der Chef hat immer eine Unordnung in seinen Unterlagen. Er hat wichtige Blätter verlegt oder sie in die falsche Akte oder die Akte ins falsche Register einsortiert", erzählte sie zerstreut. William und Flo tauschten belustigte Blicke aus.

"Wie war er denn so als Chef?", stellte William schnell eine Zwischenfrage, bevor sie weiter reden konnte.

"Er war immer zuvorkommend. Nett, höflich. Manchmal charmant."

"Hatte er Feinde? Oder gab es jemanden, der ihm aufgrund einer vielleicht nicht korrekt ausgefüllten Steuererklärung böse war?"

"Ich wüsste nicht, ob dies in irgendeiner Form relevant wäre", erwiderte sie kalt.

"Na, irgendjemand war wohl ziemlich schlecht auf ihn zu sprechen, denn anderenfalls wäre er ja heute bei Ihnen", gab William leicht gereizt zurück. "Meine Aufgabe ist es, den Mörder zu fassen. Oder decken Sie ihn womöglich?"

William fixierte sie. Man sah richtig, wie es in ihrem Kopf arbeitete. Dann brach sie in Tränen aus.

"So war das nicht gemeint", flüsterte sie zwischen den Tränen. Flo trat wortlos zu ihr und nahm sie in den Arm. Der schwarze Hüne und die kleine blonde Frau nebeneinander sahen so seltsam aus, dass William beinahe gelacht hätte. Normalerweise tat der schweigsame Flo so etwas nicht. Wenn William nicht gewusst hätte, dass er eine Freundin hatte, müsste er sich beinahe Gedanken machen müssen. Obwohl Flo kein Wort sprach, hatte die Geste eine beruhigende Wirkung auf Maria.

"Es tut mir schrecklich leid. Ich bin nur ziemlich fertig mit den Nerven." Sie putzte sich die Nase, löste sich aus der Umarmung und fuhr fort: "Ich bin noch nicht so lang bei ihm. Aber wenn Sie Unterlagen benötigen, gebe ich Ihnen alles." Ein schwaches Lächeln huschte über ihr Gesicht.

"Wir brauchen als Erstes eine Liste mit sämtlichen Kunden, die bei Ihnen waren. Auch große Firmen. Irgendjemandem ist er wohl auf den Schlips getreten", sagte William. Sie nickte.

"Das dauert eine Weile. Wollen Sie solange warten oder soll ich sie Ihnen zufaxen? Brauchen Sie wirklich alle?"

"Sagen wir, die letzten drei Jahre. Das dürfte genügen. Oder Flo?"

William drehte sich um. Flo war an ein Bild von der Stadtkirche St. Michael herangetreten.

„Ja, denke ich auch“, meinte er zerstreut. William war kurz irritiert, wandte sich aber wieder der Frau zu, ohne weiter nachzudenken.

"Okay, dann schicken Sie mir bitte die Liste ins Büro. Hier haben Sie meine Karte. Und danke nochmal, dass Sie sich an so einem Samstag Zeit nehmen konnten."

"Einer muss ja hier Ordnung in das Chaos bringen", meinte Maria mit einem schiefen Grinsen. Alle lachten.

"Dann wünsche ich noch viel Erfolg und machen Sie nicht zu lange, dann können Sie wenigstens noch ein wenig das schöne Wetter genießen."

"Danke, Herr Herle. Ich mache nur noch Ihre Liste fertig und dann gleich Feierabend." Maria lächelte.

William und Flo verließen das Büro.

"Na da bin ich ja mal gespannt, was dabei heraus kommt", sagte William. Flo nickte bloß. "Lass uns auch Feierabend machen. Das Wetter ist zu herrlich."

Flo stieg ins Auto. William folgte ihm. Die Sonne schien und ließ Sehnsucht nach dem Sommer aufkommen. Leider war es noch nicht ganz soweit.

Jeden Donnerstag und Samstag fand auf dem Kolumbusplatz der Wochenmarkt statt. Viele Leute kamen, um frisches Obst und Gemüse von umliegenden Bauern zu kaufen. Auch Fisch und Käse fanden immer regen Anklang. Für Gärtnereien war es ebenfalls ein guter Nebenverdienst. Es gab Blumen und Sträuße, einer schöner als der andere.

Walter schlenderte entspannt über den Markt. Die Sonne streckte die ersten Strahlen über die Hausdächer. Viele der Leute kannte er und so dauerte es eine Weile, bis er den Stand der Widerstandsgruppe erreichte. Ein kleines Schwätzchen hier und da war wichtig, um die wesentlichen Dinge zu erfahren.

Am Stand angekommen, staunte er erstmal nicht schlecht. Die Gruppe war in den zweieinhalb Tagen seit dem letzten Treffen sehr fleißig gewesen. Sie hatten große Plakate und Stapel von Flyern gedruckt. Kugelschreiber und Buttons lagen als Werbegeschenke für die Leute bereit. Einige Mitglieder der Widerstandsgruppe waren noch mit dem Aufbau des Standes beschäftigt. Sie hängten Banner auf, um mehr Aufmerksamkeit zu erregen und stapelten die Kisten mit den restlichen Flyern. Da blieb bereits das erste neugierige ältere Ehepaar stehen.

"Was bedeutet TIP?", fragte der Mann interessiert. Walter sah sich schnell um, aber alle waren beschäftigt oder wirkten zumindest so. Er wandte sich dem Paar zu und zwang sich zu einem Lächeln.

"Es geht um den Protest gegen die geplante Biogasanlage am Tigersheimer Gatter", erklärte er dann. "Wir von TIP sind der Meinung, dass die Biogasanlage eine Fehlinvestition ist. Man denkt gar nicht an die verheerenden Folgen für die Umwelt. Stellen Sie sich doch mal vor, Sie fahren oben auf der Alb. Sie haben Blick auf weite flache Ebenen mit einigen Wäldchen. Und jetzt denken Sie an Maisfelder, mindestens zwei Meter hoch, undurchsichtig. Wenn Sie beide Bilder zusammensetzen, dann werden Sie unsere Zukunft sehen."

Der ältere Herr mit den grauen kurzen Haaren hatte aufmerksam zugehört. "Das ist ja aber nur ein kleiner Teil des Ganzen, finden Sie nicht?"

"Natürlich", erwiderte Walter. "Es gibt ja viel mehr zu bedenken. Nächste Woche am Mittwoch kommt der Gutachter und der entscheidet dann, ob das Gelände geeignet ist."

"Ich dachte, das wäre alles längst durch." Der Mann war verwirrt.

"Nein, gar nichts ist durch", beeilte Walter sich zu sagen. "Ich habe mit einigen Gleichgesinnten ein Gutachten angefordert, weil wir das Gelände für ungeeignet erachten."

"Die Verwertung der Biomüllmengen ist ja sinnvoll. Wo das stattfindet, ist doch letztendlich egal", meinte der alte Herr.

"Eben nicht", gab Walter zurück. "Das Gelände, welches unser werter Herr Bürgermeister für die Anlage haben will, liegt oben am Tigersheimer Gatter. Dort brüten einige seltene Vögel. Würde man da diese Anlage bauen, würde man ihren Lebensraum zerstören. Und nicht nur das. Es hat einige Unglücke in solchen Anlagen gegeben. In Riedlingen ist der Fermenter explodiert.

Die Masse wurde weit über die umliegenden Felder verteilt und hat sie unbrauchbar gemacht. Und denken Sie nur an die Lärm- und Geruchsbelästigung, die dabei entsteht, wenn die ganzen LKWs kommen und die Müllmengen bringen. Die ganzen Gase, die entstehen. Schwefelwasserstoff ist hochgiftig! Wenn durch unsachgemäße Handhabung der Filter ausfällt, wird das Zeug freigesetzt. Das ist unverantwortlich."

Walter redete sich immer mehr in Rage.

"Das Land wird nur noch zur Erzeugung von Mais genutzt, der dann im Ofen zur Erzeugung von Gas und schließlich Energie landet. Überall hungern Menschen und wir verheizen extra angebauten Mais. Das ist doch nicht gerecht! Wir haben eine Unterschriftensammlung gestartet. Dieses Projekt muss endlich vom Tisch! Nur unser ach so toller Herr Bürgermeister schaut bloß darauf, wie toll es bei anderen funktioniert und was die für Kohle damit machen, sieht aber nicht die Nachteile!"

"Nun ja, besonders interessiert hat mich das Ganze ja noch nie wirklich. Ich weiß nicht, ob es sinnvoll ist, für etwas zu unterschreiben, von dem ich keine Ahnung habe", gab der Mann zu bedenken und unterbrach damit Walters Redefluss, dem er bis dahin still und aufmerksam gefolgt war. Walter hob die linke Augenbraue und drückte dem überraschten Herr mit einer Bewegung einen der neu gedruckten Flyer in die Hand.

"Am besten, Sie lesen hier mal ein bisschen nach. Es stehen alle relevanten Informationen drin. Wenn Sie weitere Fragen haben, dann können Sie sich gerne an die Mitarbeiter von TIP wenden. Die Telefonnummern stehen auf der Rückseite ganz unten." Walter schickte ein Lächeln hinterher.

Der Herr betrachtete den grünen Flyer. Das Logo von TIP war knallgelb und stellte eine große Sonnenblume mit zwei Maiskolben als Stängel dar. In der Mitte der Blume prangten die drei schwarzen Buchstaben. In der Zwischenzeit waren weitere Passanten stehen geblieben. Sie begannen Unterhaltungen mit den anderen Mitgliedern der Widerstandsgruppe. Auch Norbert war inzwischen aufgetaucht. Damit hatte Walter nicht gerechnet. Normalerweise kam er zu spät oder gar nicht. Aber er war mit Leib und Seele beim Widerstand dabei. Er hatte viele wichtige Leute an Bord geholt, darunter auch welche, die ihnen finanziell halfen. Die Sponsorenliste wurde um einiges länger. Gerade sprach er mit einem jungen Mann.

"Die Biogasanlage ist definitiv ein Fehler. Da gibt es nichts daran zu rütteln", erklärte Norbert mit seiner leisen, aber sehr bestimmenden Stimme. "Verkauft wird sie dem Volk als ökologisch sinnvoller Beitrag zur Energiewende. Genau genommen geht es nur um Profit. Man muss mal schauen, was die Chefs der Anlagefirmen an Geld erwirtschaften. Weil alle der Meinung sind, dass man aufgrund des zunehmenden Energieverbrauchs andere fossile Energieträger braucht. Da haben sie ja recht. Aber Sonne und Wind sind immer noch die besten erneuerbaren Energien. Sie sind zwar wetterabhängig, aber wenn man sich die gesamte Ökobilanz anschaut, hat Biogas verloren. Die liegt beim Biogas nur bei etwa 20 bis 30 Prozent. Denn man muss ja zum Beispiel auch den Treibstoff der LKWs miteinbeziehen, die die Speisereste zur Anlage bringen. Durch Anpflanzung bestimmter Nutzpflanzen züchtet man sich ganze

Monokulturen heran, die zur Auslaugung des Bodens führen. Jede Pflanze entzieht dem Boden ja bestimmte Nährstoffe. Davon erholt der sich nicht so schnell. Außerdem ..."

Wenn der so weiter macht, ist der Mann weg, dachte Walter und unterbrach Norberts Vortrag. "Norbert, ich brauch noch ein paar Informationen für Donnerstag. Können wir das kurz besprechen? Bitte entschuldigen Sie die Unterbrechung", wandte er sich an den jungen Zuhörer. Der war erleichtert, wie er sofort feststellte. Walter drückte ihm noch einen Flyer in die Hand und beobachtete aus dem Augenwinkel, wie er in der Menge des Marktes verschwand.

"Also, wie schaut es aus?", fragte Norbert gespannt.

"Ich weiß es nicht", sagte Walter und seufzte. "Wenn nur das Gutachten bereits vorliegen würde. Das macht mir am meisten Sorgen. Und irgendwas stimmt nicht mit dem Bürgermeister. Er war anfangs nicht begeistert von der Anlage. Doch seit ungefähr zwei Jahren setzt er sich vehement dafür ein. Irgendwas ist da faul."

"Faul ist die ganze Sache", lachte Norbert. "Aber eines garantiere ich dir. Wenn dieses Ding gebaut wird, werde ich es sprengen. Versprochen!"

Dann wandte er sich mit grimmigem Blick ab und ließ einen verdutzten und sehr beunruhigten Walter stehen.

8

MITTWOCH

Heute war die Beerdigung von Günther Schwab, dem ermordeten Steuerberater. Ich zog meine schwarze Hose an und überlegte, ob ich dazu auch eine schwarze Bluse wählen sollte. Zurzeit trug ich das überwiegend. Es hatte viel mit Tobias zu tun. Andere trugen jetzt bunte Sommerfarben, nur ich lief meistens in Schwarz herum. Ein Therapeut würde mir jetzt vermutlich erklären, dass ich mich nicht in meiner Trauer vergraben, sondern weiterleben sollte. Dem Schwarzen entgegenwirken. Tun und lassen, was mir gefiel. Aber das war nicht so einfach. Tobias war mein erster Freund gewesen. Das gebrochene Vertrauen steckte ich nicht so schnell weg.

In der letzten Zeit vor unserer Trennung hatte ich ihn kaum noch gesehen und nicht gewusst, woran ich war. Eigentlich seit Silvester. Das hatte ich mit Jenny am Bodensee bei der Hausparty eines Bekannten verbracht und nicht mit ihm. Darüber war er ziemlich sauer gewesen. Ab dem Moment hatte er kaum noch Zeit für mich gehabt. Obwohl er beteuerte, es sei nur stressig bei ihm, hatte Jenny schon früh ein anderes Mädchen vermutet und damit leider recht behalten. Er war ein Abenteurer. Das hatte mich angezogen. Ich hatte meiner Freundin nicht geglaubt. Ich hätte es tun sollen, es hätte mir einigen Kummer erspart. Es auch noch so zu erfahren, war das Demütigendste, was mir bisher passiert war. Noch immer ging ich nicht an mein Handy, wenn Tobias versuchte, mich anzurufen. Zum Glück war er noch nicht auf die Idee gekommen, vor meiner Haustür aufzutauchen.

Die Beerdigung, auf der wir heute spielen sollten, trug auch nicht zu einer Verbesserung meiner Stimmung bei. Da Papa in dem Fall ermittelte, war es selbstverständlich, dass auch er zu der Beerdigung ging. Mama ging pflichtbewusst mit, nur mein Bruder weigerte sich. Er war nach der Schule direkt zu seinem Kumpel Maik abgehauen, um dem Ganzen zu entfliehen. Soviel Glück wollte ich auch mal haben. Ich seufzte und nahm meinen schwarzen Pulli. Auf eine Bluse hatte ich wirklich keine Lust, zumal ich sie sowieso erst noch bügeln müsste. Und das hasste ich wie die Pest. Ich gab immer alles Mama, was zum Bügeln anfiel. Sie meckerte dann zwar jedes Mal aufs Neue, aber sie machte es zum Glück trotzdem.

Plötzlich hupte es draußen. Ich erschrak. Ein schneller Blick nach draußen zeigte mir, dass meine Eltern bereits im Auto warteten. Mein Akkordeon hatte ich schon am Morgen ins Auto gepackt. Ich schnappte mein Handy, warf die Tür hinter mir zu und rannte die Treppe herunter. Die Banane in der Obstschale auf dem Küchentisch hatte heute kein Glück. Ich nahm sie mit.

"Musstest du unbedingt den schwarzen Pulli anziehen? Eine Bluse wäre viel hübscher und angebrachter für diesen Anlass", empfing mich Mama missmutig. Ich verdrehte die Augen und erhaschte einen Blick auf meinen belustigt dreinschauenden Vater. Da musste ich doch kurz grinsen.

Die Beerdigung sollte am Spullberger Stadtfriedhof stattfinden. Papa parkte etwas abseits.

"Anna, geht's dir soweit gut?", fragte er mich. Sein Blick sah sehr besorgt aus.

"Ja, alles gut. Wirklich", log ich. Zur Bestätigung schickte ich noch schnell ein Lächeln hinterher, auf das Papa leider nicht ganz hereinfiel. Doch er sagte kein Wort mehr. Ein letzter kritischer Blick und dann gingen wir zum Friedhof. Viele Menschen strömten bereits in die gleiche Richtung. Der Mord hatte viele Leute aufgeschreckt. Sie wollten dem Toten daher alle die letzte Ehre erweisen. Außerdem spielte der HHC, was hier in den Örtchen rund um Spullberg immer das Zuhören wert war. Auch wenn der Anlass diesmal kein Grund zum Feiern war.

Die kleine Kapelle am Friedhof war bereits fast voll besetzt. Walter hatte mich sofort entdeckt und brachte mich in den kleinen Raum nebenan. Dort konnte ich mein Akkordeon abstellen. Die meisten anderen saßen bereits auf ihren Plätzen. Sie hatten das Orchester in die Ecke neben den Altar gequetscht. Etwas beengt, aber es ging. Ich drückte mich mitsamt meinem Akkordeon an den anderen vorbei und ließ mich auf meinen Platz fallen. Da fiel mir auf, dass es besser gewesen wäre, den Notenständer zuerst aufzubauen, bevor ich mich zu meinem Platz durchgeschoben hatte. In der ganzen Kapelle war es fast mucksmäuschen still. Keiner traute sich, ein Wort zu sagen. Der Sarg war offen aufgebahrt. Daneben stand eine ältere Dame und zwei junge Männer. Vermutlich waren das die Söhne.

"Hey, Anna", flüsterte Olaf neben mir. "Alles okay bei dir?"

"Hey, ja klar", flüsterte ich zurück. "Wie ist den jetzt der Ablauf?"

"Ach du, keine Ahnung. Lassen wir uns mal überraschen." Er zwinkerte mir zu und ich grinste.

Mittlerweile war der Pfarrer in einem schwarzen Gewand erschienen. Er hatte der älteren Dame am Sarg ein paar leise Worte gesagt und ihr die Hand gedrückt. Nun ging er langsam durch die Stille der Kirche zum Altar. Dort stellte er sich hin und hob die Arme.

"Seid gegrüßt, liebe Gemeinde, liebe Damen und Herren. Anlässlich des sehr tragischen Ablebens eines unserer bekannten Gemeindemitglieder haben wir uns heute hier versammelt. Wir wollen gemeinsam Abschied nehmen von Günther Schwab, der viel zu früh von uns gegangen ist. Lasst uns beten, dass der Herr seiner Seele gnädig sei. Er war ein guter Mensch. Ein solch tragisches Ende hat niemand verdient. Lasst uns beten, dass er im Himmel die Glückseligkeit erhält, die ihm zusteht. Er wurde plötzlich und unerwartet aus unserer Mitte gerissen. Lasset uns nun eine Schweigeminute einlegen. Anschließend wird der HHC Tigersheim *Adiemus* spielen", sprach der Pfarrer mit ruhiger Stimme.

Alle senkten den Kopf und schwiegen. Ich dachte wehmütig an Tobias.

Stopp!, befahl ich mir. *Jetzt geht es um die Trauerfeier. Das andere hat später noch Zeit.* Verstohlen blickte ich mich um. Mir war nicht ganz geheuer. Ralph lächelte mir zu. Die alte Dame wischte sich die Tränen aus den

Augen. Mama ebenfalls. Papa jedoch war ganz auf die Umgebung konzentriert. Heute Morgen hatte er gemeint, dass der Täter höchstwahrscheinlich zu der Beerdigung kommen würde. Da sehr viel Wut im Spiel gewesen war, wäre es möglich, dass der Täter heute die Trauerfeier stören würde.

Deswegen hatte Papa einige Polizisten in Zivil unter die Menge gemischt. Den einen oder anderen kannte ich vom Sehen. Da hob Ralph den Arm. Eins, zwei, drei und los. *Adiemus* erklang und brachte genau die Trauerstimmung zum Ausdruck, die jetzt alle brauchten. Viele hielten sich Taschentücher vor das Gesicht. Auch bei mir regten sich Tränen. Das war fürs Spielen nicht gut, weil die Noten verschwammen. Ich blinzelte ein paar Mal, da wurde es wieder besser. Der letzte Takt verklang in der Stille der Kirche.

"Ein wunderbares Stück", sprach der Pfarrer weiter. "Wir haben uns versammelt, um gemeinsam Abschied von einem geliebten Menschen zu nehmen. Er war, so wurde mir berichtet, ein liebevoller Ehemann und ein herzensguter Vater. Ein hoch geschätzter Steuerberater, sowohl von Kollegen als auch den zahlreichen Kunden. Er hatte immer ein offenes Ohr für die anderen, hörte sich ihre Sorgen und Nöte an. Gab gute Ratschläge. Auch wenn er mitunter etwas chaotisch war, was sein Büro angeht, hat er es doch geschafft, mit seiner charmanten Art alle zu erfreuen. Nie vergaß er etwas, wenn er es versprochen hatte. Leider kann er sein zuletzt gegebenes Versprechen gegenüber seiner Frau nicht mehr erfüllen. Sie wollten sich nach einigen arbeitsreichen Jahren vier Wochen Auszeit nehmen und eine große Kreuzfahrt unternehmen. Kein Mensch ist sicher vor der Gewalt einiger weniger. Und so ist es geschehen, dass ihm jemand auflauerte und ihm sein Leben nahm, als wäre er berechtigt zu entscheiden, wer stirbt oder wer weiterleben darf. Das sollte nur Gott allein entscheiden können."

Jetzt schaltete ich ab. Ich konnte mich kaum konzentrieren und ertappte mich dabei, wie ich wieder an Tobias dachte. Erinnerungen stiegen in mir auf, Dinge, die wir gemacht hatten, Orte die wir gemeinsam besucht hatten und sein Geruch, den ich trotz allem schmerzlich vermisste.

"Nun hören wir das Stück *Trumpet Voluntary*", sprach der Pfarrer. Damit riss er mich aus meinen Gedanken. Ralph hob die Arme und zählte leise. Dann spielten wir und die ersten Takte erklangen. Wieder wischten sich einige die Tränen aus den Augen. Die einfache Melodie Jeremia Clarks erfüllt immer wieder aufs Neue die Herzen. Als die letzten Töne verklangen, wischte sich selbst der Pfarrer verstohlen eine Träne aus dem Auge.

"Nun werden einige Worte der Ehefrau folgen." Er winkte sie herbei und zog sich hinter den Altar zurück. Sie stand auf. Ihr schwarzer Schleier verbarg ihr Gesicht kaum. Die Augen waren gerötet.

"Ich ... ich ... weiß nicht, was ich sagen soll." Ihre Stimme zitterte und war kaum zu verstehen. Da trat einer der beiden jungen Männer, die vorher am Sarg gestanden hatten, vor und legte ihr den Arm um die Schulter. Diese kleine Geste gab ihr Mut und sie sprach mit gefestigterer Stimme weiter.

"Danke, dass Sie alle gekommen sind. Das bedeutet mir sehr viel. Zu sehen, dass so viele Menschen an ihn denken. Wir gönnen ihm die Ruhe, die er nun hat, obwohl es für uns schwer zu begreifen ist, was sein Verlust bedeutet. Als ich ihn damals, vor über 35 Jahren kennenlernen durfte, war er davon überzeugt, durch seine Arbeit anderen helfen zu können. Das hat mich fasziniert. Der Sommer hatte uns fest im Griff. Wir trafen uns immer öfter. Er mochte Wanderungen, möglichst einsam. So waren wir oft unterwegs und suchten uns einsame Plätze, wo wir den Tag verbrachten. Schließlich heirateten wir und dann kam Max auf die Welt. Er war der Sonnenschein in unserem Leben. Und das wird er auch bleiben. Genauso wie Tom, unser zweiter Bub."

Sie lächelte dem jungen Mann neben sich zu. Er drückte seine Mutter fest. Dann sprach sie weiter.

"Er schenkte ihnen so viel Liebe und Geborgenheit. Der Kontakt zu ihnen war ihm immer sehr wichtig. Trotz der zunehmenden Arbeit hat er nie geklagt und immer Zeit für die beiden gehabt. Laute Worte lagen ihm gar nicht, aber seine Meinung konnte er, wenn es Zeit dafür war, durchsetzen. Er hat nie die Hand gegen einen seiner Söhne erhoben. Der Verlust eines so lieben Menschen ist kaum zu begreifen. Wir hatten noch so viele Fragen, die nun nicht mehr beantwortet werden können. Wir werden ihn in unseren Herzen tragen, egal was wir tun, egal wo wir sind. Er hat eine große Lücke in unserem Leben hinterlassen, die niemand zu schließen vermag. Wir danken ihm für das große Glück, einen so wundervollen Menschen kennengelernt zu haben. Ruhe nun sanft im Frieden und mach dir keine Sorgen, Günther. Wir alle lieben dich."

Nach diesen sehr gefühlvollen Worten trat sie langsam an den Sarg heran und gab ihrem toten Ehemann einen

Kuss auf die Stirn. Als sie sich wieder aufrichtete, sah ich die Tränen in ihren Augen.

"Wir haben letztes Jahr das Herbstkonzert vom HHC besucht. Sein Lieblingslied spielen sie jetzt", fügte sie leise hinzu.

Ralph hob schon die Arme und zählte leise. *Summer of 69* erklang. Bryan Adams. Der Ich- Erzähler erinnert sich an seine Jugend in seiner ersten Band mit seiner ersten Freundin, zu der er vorbehaltlos zurückkehren würde. Der Hit aus dem Jahr 1985. Immer wieder genial. Genau richtig für den Anlass. Wenn man könnte, würde man die Zeit zurückdrehen. Aber das ging ja leider nicht.

"Liebe Trauergemeinde, nun wird Max einige Worte sprechen."

Damit zog der Pfarrer sich wieder zurück und der andere Sohn trat an das Rednerpult.

"Der amerikanische Schriftsteller Thornton Wilder hat einmal gesagt: *Da ist ein Land der Lebenden und da ist ein Land der Toten, als Brücke dazwischen ist unsere Liebe.* Wir haben dieses lebende Land mit Günther erlebt. Manche von uns sind mit ihm einige Schritte gegangen, andere fast den gesamten Lebensweg. Über die Zeit haben sich Erinnerungen angesammelt. Nie vergessen werde ich die Szene, als ich mit vier in den Garten gelaufen bin. Papa saß wie immer auf der Bank und starrte in den Garten. Ich wollte, dass er mit mir Ball spielt. So gab ich ihm den Ball. Er schaute ihn wohl volle fünf Minuten an und sagte kein Wort. Dann fragte er mich, wie man damit spielt. Er hatte über der ganzen Arbeit verlernt, wie man Ball spielte. Ich lachte und zog ihn mit mir mit. Wir spielten und spielten Ball, bis die Sonne unterging. Mama hat uns nicht davon abbringen können. *Da ist ein Land der Lebenden und da ist ein Land der Toten*, sagte der Dichter. Wir haben viele solcher Erinnerungen, von denen erzählt werden könnte, mehr noch, als die Zeit hier und heute reicht. Über das Land der Toten können wir nichts sagen. Dahin ist er nun unterwegs. Wir wissen nicht, wie es dort sein wird oder was ihn erwartet. Wir wünschen ihm das Beste für den Weg, den er nun geht, für das Land, das ihn erwartet."

Die Leute klatschten. Ralph hob die Arme und wir spielten Ozzy Osbourne *Dreamer*. Ein Träumer, der von besseren Tagen träumt. Ich mag diesen Song. Er lässt einen davon träumen, weit weg zu sein, irgendwo zu sein, wo es schöner ist.

Als die letzten Takte verklangen, trat der Pfarrer vor und schloss den Sarg vorsichtig. Mehrere schwarz gekleidete Männer hoben den Sarg hoch und schritten langsam den Mittelgang der Kapelle entlang. Die verwitwete Ehefrau und die beiden Söhne folgten ihm als erste. Die restliche Trauergemeinde reihte sich nacheinander ein. Wir spielten noch einmal *Adiemus*, während die Menschen in Richtung des Grabes strömten. Ich sah Bürgermeister Knapp mit Papa ein paar Worte wechseln. Vermutlich ging es um den Fortschritt in den Ermittlungen.

Wir vom HHC folgten nicht. Als der letzte Takt verklungen war, blieben wir fast allein in der Kapelle. Schweigend bauten wir ab. Ich nahm mein Akkordeon und verließ schnell die Kapelle. Ich lief bis zum Auto. Dort lehnte ich mich an die Tür an. Ich konnte die Tränen kaum noch zurückhalten. Dann zog ich mein Handy heraus und steckte die Kopfhörer in meine Ohren. *Superheros* von *The Script* gab mir etwas Kraft. Ich atmete tief durch und schaute in den wolkenverhangenen Himmel hinauf.

9

DONNERSTAG

Er saß in seinem kleinen Büro. Mechanisch sortierte er die Datenblätter den Nummern nach. Der Drucker warf in letzter Zeit alle Blätter durcheinander. Zudem hatte das Fenster in dem klitzekleinen Druckerraum weit offen gestanden, sodass er erstmal alle 200 Seiten vom Boden hatte aufsammeln müssen. Nachdem am gestrigen Mittwoch die gesamte Belegschaft mit dem Chef auf der Beerdigung von ihrem Steuerberater Schwab gewesen war, musste heute die liegengebliebene Arbeit erledigt werden.

Zusätzlich musste noch ein Angebot für eine neue Anlage geschrieben werden. Sämtliche Kosten, bis zur kleinsten Schraube wollte der Kunde aufgelistet haben. Sein Kollege hatte gemeint, dass dies kein Problem sein würde. Nur hatte er vergessen, zu erwähnen, dass er die Woche darauf im Urlaub war. Der Kunde wollte das Angebot aber so schnell wie möglich haben. So war es an ihm hängengeblieben. Er wollte nicht den Anschein erwecken, dass ihm die Mehrarbeit zu viel wäre. Auch wenn er überhaupt keine Lust hatte, eine so große Datenliste zu erstellen. Vieles war zu beachten, Arbeitsstunden, Anfahrten, die Teile, Wartungen und so weiter. Er saß bereits den ganzen Vormittag an der Liste. Teilweise musste er die einzelnen Preise erstmal aus den analogen Datenlisten heraussuchen. Dazu wälzte er die dicken alten Aktenordner. Irgendjemand sollte mal alle Daten in die digitale Liste eingeben, dann wäre es einfacher. Aber wenn er das vorschlagen würde, müsste er alles selbst machen. Darauf war er nicht gerade scharf. Aber wenn er Glück hatte, würde der nächste Praktikant es erledigen.

Draußen schien die Sonne. Er seufzte. Wenigstens hatte das Zittern seiner Hände aufgehört. Er war wesentlich ruhiger, wenn er an den dunklen Abend zurückdachte. Auch auf der Beerdigung war er ganz entspannt gewesen. Neugierig hatte er die Trauergäste beobachtet. Die Polizisten in Zivil hatte er gleich erkannt. Besonders unauffällig waren sie ja nicht gewesen. Sie sahen sich einfach zu oft um. Erst hatte er Angst gehabt, hinzugehen. Was, wenn er sich nicht unter Kontrolle hatte? Was, wenn sie bereits wussten, was er getan hatte? Den völligen Kontrollverlust über sich hatte er noch nicht ganz verdaut. Er wusste nicht, ob ihm das Gefühl gefallen sollte oder nicht. Er schüttelte den Kopf.

Aber irgendwie hatte es ihm gut getan. Seine Kleidung hatte er nach dem dunklen Abend entsorgt. Niemand hatte ihn gesehen. Es war perfekt gewesen. Der Himmel bedeckt. Er wusste genau, wann er kommen würde. Widerstand hatte er nicht erwartet. Das Messer sollte nur eine Warnung sein. Dass er es benutzen würde, damit hatte er nicht gerechnet. Auf der Beerdigung hatte er alles nochmal erlebt. Die Wut, die ungebändigt in seinem Innern geherrscht hatte. Der Druck, der ihm genommen wurde, als er zustach. Alles war leicht geworden in diesem Moment. Dieses Gefühl war wieder allgegenwärtig.

Die Musik des HHCs hatte ihm gefallen. *Summer of 69* war sein Lieblingslied. Das Akkordeonarrangement hatte Stil. Sonst war er von Coverversionen nicht sonderlich begeistert, aber diese war genial. Das musste man den Spielern lassen. Auch die anderen Stücke hatten die Leute berührt. Man hatte es an den zahlreichen gezückten Taschentüchern gesehen. Ihn hatte es kaum interessiert. Ihm war das alles egal. Er spürte keine Reue. Schließlich hatte der Mann sich alles selbst zuzuschreiben.

Da klopfte es an der Tür. Er erschrak fürchterlich. Darauf war er nicht gefasst gewesen.

"Herein!", rief er, nachdem er einmal tief eingeatmet hatte. Paul trat ein.

"Hey, hast du im Besprechungsraum Akten liegen lassen? Der Chef tobt, weil alles durcheinander ist."

"Kann sein. Ich geh mal schauen." Er zuckte mit den Schultern. Sollte der Chef doch toben. Es interessierte ihn nicht. Paul nickte und ging aus dem kleinen Raum. Er warf einen Blick auf seinen Tisch und verließ kurz entschlossen ebenfalls sein Büro. Der Besprechungsraum war im zweiten Stock. Als er die Tür öffnete, stand der Chef Hannes Mayer neben dem Tisch und starrte ihn finster an.

"Wie oft soll ich Ihnen noch sagen, dass Sie keine vertraulichen Unterlagen irgendwo herumliegen lassen sollen?", polterte er sofort los, als er eintrat. "Wenn die Kunden das mitkriegen, halten die uns doch nicht mehr für seriös. Oder wollen Sie das etwa?" Hannes Mayer fixierte ihn verärgert.

"Selbstverständlich nicht", erwiderte er unterwürfig. Die Wut des Chefs konnte er nicht nachvollziehen. In dem Raum waren sonst nur Kollegen. Was stellte also das Problem dar? Schweigend und unter strengster Beobachtung vom Chef packte er die verstreut herumliegenden Akten zusammen auf einen Stapel. Als er sich abwenden wollte, stoppte Hannes Mayer ihn.

"In Herrn Schwabs Büro stehen einige Akten mit dem Vermerk *Vertraulich*. Können Sie diese bitte noch vernichten? Die Polizei muss nicht alles erfahren. Einen Nachfolger für Herrn Schwab habe ich immer noch nicht. Wenn Ihnen etwas einfallen sollte, bitte Meldung sofort an mich. Also, einen schönen Tag noch."

Schneller, als er denken konnte, war der Chef aus dem Raum verschwunden. Er warf noch einen Blick aus der großen Fensterfront. Der Blick über Feuerbach war wahnsinnig. Das Sonnenlicht ließ alles erstrahlen. Die hohen Gebäude der ansässigen Firmen, die meist Komplexe aus Beton und Glas waren. Eigentlich hatten er und der Chef ein gutes Verhältnis.

Schnell weg, bevor ich mich nicht mehr losreißen kann, dachte er und verließ eiligst den Raum. Erst brachte er die liegengebliebenen Akten in sein Büro, dann machte er sich auf den Weg in das Büro von Herrn Schwab.

Da der wegen der Steuersachen öfter länger in der Firma gearbeitet hatte, hatte der Chef ihm großzügigerweise einen Raum zur Verfügung gestellt. Dieser lag versteckt im Eingangsbereich, hinter einer Informationstafel. Er grüßte im Vorbeigehen die ältere Dame am Empfangsbereich. Auf den Fliesen hier hörte man jedes Geräusch, das gefiel ihm gar nicht. Erleichtert erreichte er die Tür. Die Akten lagen ordentlich gestapelt auf dem Tisch. Er nahm sie und schaute sich um. Alle Regale im Raum waren mit Ordnern oder den Schubeinlagen für Akten gefüllt. Beschriftet war alles mit einer sauberen, klaren Schrift. Er wandte sich schnell ab. Räume ohne Fenster waren ihm nicht geheuer.

Zurück in seinem Büro legte er die Akten auf den Tisch und zog den Aktenvernichter aus dem Schrank. Ohne Strom tat das Ding allerdings nichts. Fluchend suchte er das Kabel. Es lag ganz hinten im Regal. Schnell angeschlossen tat es seinen Dienst. Er nahm die oberste Akte und schlug sie auf. Daten über Daten, Zahlenkolonnen, Blatt für Blatt. Nichts, womit man etwas anfangen konnte. Er jagte die Blätter nacheinander durch den Vernichter. Dabei ließ er noch eigene Akten verschwinden. Sie landeten zerkleinert in Abermillionen Schnipseln im Boden des Gerätes. Er brachte das Gerät gleich zum großen Papiermüllcontainer und leerte alle gehäckselten Blätter hinein. Niemand sollte sie je wiederfinden.

Hermann Knapp saß an seinem Schreibtisch im Büro. Er schaute sich ein paar Berichte durch. Dann zog er die Akte für die Biogasanlage heraus. Heute war das Gutachten. Wenn alles klappte und der Gutachter dem Gelände sein Okay gab, konnte im nächsten Monat bereits mit dem Bau begonnen werden. Er las nochmal das Angebot der Victor Bauer Energie GmbH, kurz BauEn, durch. Insgesamt sollte die Biogasanlage neun Millionen Euro kosten. Das war der erste Brocken gewesen, den der Gemeinderat hatte schlucken müssen. Dann der Standort im geschützten Grünzug am Tigersheimer Gatter. Darüber waren die Tigersheimer sehr erbost gewesen und hatten sich mit den anderen teils heftige und hitzige Diskussionen geliefert. Sie hatten einige andere Standorte vorgeschlagen, doch er war hart geblieben. BauEn wollte eine Bundesstraße und so wenige Anwohnergebiete wie möglich in der Nähe haben. Daher war der Grünzug ideal für die Anlage. Die Stadtwerke machten ihm bereits die Hölle heiß. Sie waren die großen Sponsoren bei diesem Projekt. Die Genehmigung vom Regierungspräsidium Stuttgart lag seit letzter Woche vor. Einzige Bedingung war das Gutachten eines unabhängigen Gutachters. Wenn dieses positiv ausfiel, gab es die Startfreigabe für die Anlage und der Bau konnte beginnen. Somit war die Frage aus dem Raum, ob in einem geschützten Grünzug überhaupt gebaut werden durfte oder nicht.

"Wenn das Wörtchen *wenn* nicht wär', wär' ich schon längst Millionär", murmelte er. Sein Opa hatte den Spruch immer gebracht. Meistens, wenn es um Geld ging. Er war ein sehr sparsamer Schwabe gewesen. Fast ein Wunder war es, als der alte Herr am Ende doch eine Kleinigkeit herausgerückt hatte und wenn es nur fünf Mark waren. Er schüttelte die unliebsamen Erinnerungen ab und konzentrierte sich wieder auf die Akte.

Da BauEn mit einer Fertigteilbauweise arbeitete, konnte die Anlage innerhalb weniger Monate fertiggestellt werden. Zudem versprach er sich durch die verkürzte Bauzeit große Mehreinnahmen, welche die Stadt durchaus gebrauchen konnte. Rund die Hälfte des Erdgasverbrauches sollte so eingespart werden können. Und die Abfalltransportkosten würden sich verringern. Die umliegenden Gemeinden wollten anteilig Beträge zahlen, um ebenfalls von der Anlage zu profitieren. Die robuste Technik sicherte einen hohen Wirkungsgrad und einen niedrigen Eigenenergiebedarf. Dieser Teil war eine oftmals unterschätzte Einflussgröße für die Wirtschaftlichkeit einer Biogasanlage, worauf im Angebot mehrmals hingewiesen wurde.

Hierfür hatte BauEn ein programmiertes Lastmanagement entwickelt, das zum Beispiel Rührwerke, Pumpen, Förderschnecken und das Dosieren so steuerte, dass die Anlage optimal ausgelastet waren. Eine kurze Aufheizphase und die entsprechende Komponentenauswahl war sehr wichtig, um schneller zur Volllast zu kommen. Somit wäre der Wirkungsgrad deutlich erhöht. Eine innenliegende Edelstahlheizung garantierte eine um bis zu vier Wochen schnellere Aufheizzeit bei Inbetriebnahme. Dadurch ließe sich einiges an Brennstoff sparen und man hätte früher Volllasteinnahmen.

Auch die spezifische Ausrüstung hat einen Einfluss auf die Art und Menge der Substrate. Da an die Vergütung und Lagerung von Abfällen besondere wasserrechtliche und immissionensrechtliche Bedingungen geknüpft sind, muss je nach Input eine hygienische oder höhere Prozesstemperatur gewährleistet sein. Deshalb war ein Formular erstellt worden, auf dem genau festgehalten werden sollte, was für Abfälle von den Einzelnen zur Anlage gebracht werden durften. Beispiele hierfür waren Schlachtabfälle, Fette, Gemüseabfälle der Haushalte, Brennereischlempe, Molkereiabfälle, kommunaler

Grasschnitt, Speisereste und Rückstände aus der Lebensmittelindustrie.

Die Verwaltungsgemeinschaft, die vor einigen Jahren mit den anliegenden Gemeinden Wildberg, Tigersheim, Unterhausen, Oberhausen und Wolfshausen geschlossen wurde, hatte nun einen weiteren, großen Vorteil. Nicht nur, dass man bei Bedarf Bedienstete zur Verfügung stellen konnte, die anderen Gemeinden konnten Aufgaben wie den Bebauungsplan, die Bodenordnung, Städtebauförderung, Bauaufsicht, Gewässerunterhaltung oder die Aufgaben der Kassen und Rechnungsgeschäfte erledigen. Als sogenannte erfüllende Gemeinde war Spullberg für den Flächennutzungsplan und den Straßenbaulast, also die Verbindungsstraßen zwischen den Gemeinden, verantwortlich.

Ihm brummte der Kopf vom Lesen. Dennoch wollte er sich alles einprägen. Es sollte ihm kein Fehler unterlaufen. Das Gutachten musste gut ausfallen. Sonst wäre der Deal geplatzt. Das durfte auf keinen Fall passieren! Womöglich müsste er das Geld sonst zurückgeben. Das war nicht in seinem Interesse, denn die Summe ließ sich sehen. Er wusste noch nicht genau, wofür er sie ausgeben wollte. Es gab viele schöne Dinge, die man kaufen könnte. Ein neues Auto, ein Haus, Klamotten für seine Töchter und so weiter. Vielleicht wäre auch eine Weltreise drin? Einmal um die ganze Welt fahren, das wäre es. Doch stattdessen musste er sich um nervige Dinge kümmern. Nur aufgrund einiger sehr kritisch denkender Menschen in den anderen Parteien hatte er diesen ganzen Papierkram am Hals.

Dass sie nicht einfach mal meine Entscheidung akzeptieren können! Nein, man muss ja alles gleich in Frage stellen! Als ob es nichts Wichtigeres auf der Welt gäbe! Denen fehlt jegliche Autorität!, dachte er wütend, während er weiter in den Unterlagen über die Biogasanlage blätterte. Er hatte überhaupt keine Lust mehr darauf. Wäre doch schon alles vorbei! Er schlug den Ordner zu und raufte sich die Haare. Ein Blick auf die Uhr zeigte ihm, dass es nur noch zwei Stunden bis zu dem Termin waren. Davor brauchte er jedoch noch einen Kaffee. Er schnappte seinen Kaffeebecher und verließ sein Büro.

William blätterte den Stapel Papiere durch, der bereits vor zwei Tagen per Fax angekommen war. Maria hatte ganze Arbeit geleistet. Akribisch hatte sie sämtliche Kunden der letzten fünf Jahre aufgelistet. Alphabetisch, mit Namen, Adresse, Firma, Telefonnummer und dem Datum, wann derjenige das erste Mal mit Herrn Schwab in Kontakt getreten war. Hinter einigen Namen waren Sternchen vermerkt. Auf der letzten Seite stand in einer klaren, ausdrucksstarken Schrift:

"*Dies sind Kunden, die uns in der Vergangenheit einige Probleme bereitet haben. Manche haben Steuern hinterzogen. Mehr darf ich Ihnen wegen der Schweigepflicht nicht verraten. Grüße, Maria*"

William musste schmunzeln. So sehr er die Schweigepflicht von Ärzten oder Anwälten manchmal verfluchte, so wichtig war sie für die Menschen. Nur so konnten sie sicher sein, dass ihnen niemand durch die Kenntnis dieser persönlichen Dinge schaden würde. Sie konnten sich öffnen, ohne befürchten zu müssen, gleich verurteilt zu werden. Jeder war eben anders.

Zumindest hatten sie jetzt einige Anhaltspunkte, welche Personen schon mal auffällig gewesen waren. Überprüft wurden alle, aber genauer hinzuschauen war nie ein Fehler. Oft waren es Kleinigkeiten, die den Täter verrieten. Unterdrückte Wut, die nur in Stresssituationen hervortrat. Einmal war er von einem anfangs sehr ruhigen Mann wütend angegriffen worden, der sich zu Unrecht verhaftet gefühlt hatte. William hatte jedoch genau gesehen, wie er zuvor mit einem Schlüssel Kratzer in einen neuen Mercedes gemacht hatte und ihn auf frischer Tat ertappt. Zugegeben hatte der Mann es nie.

Die große Besprechung am Morgen hatte nur gezeigt, dass sie nichts Neues hatten. Nach dem Zeugenaufruf bei der Pressekonferenz letzte Woche trudelten täglich neue Hinweise ein, aber bisher war nichts Brauchbares dabei gewesen. Das betretene Schweigen wurde auch nicht besser als Julius Winkler auf Ergebnisse pochte. Woher sollten diese denn auch kommen? Der Mord war gerade eine Woche her und sie hatten überhaupt keine Anhaltspunkte. Einer der Beamten beharrte darauf, dass es sich um einen Serientäter handelte. Die Polizeipsychologin hatte ihm zugestimmt. Ihr vorgelegtes Profil von einem depressiven Einzelgänger mit einem typisch männlichen Beruf schien die anderen zu überzeugen. Sie war vom Chef persönlich hinzugezogen worden. Er hielt sehr viel von ihren Fähigkeiten. Solange er ihre Erfolge nicht unter die Nase gerieben bekam, war William das egal. Jeder weitere denkende Kopf konnte ihnen helfen.

Da steckte Flo den Kopf zur Tür herein.

"Hey, hey", meinte er vergnügt. "Der Obduktionsbericht ist fertig. Klaus wollte ihn mit uns allein durchsprechen. Wir sind im *Europa*."

Damit schloss er die Tür. William lachte. Flos kurze Art war einfach ein Segen. Kurz und knapp, ohne viele Worte. Er nahm den Papierstapel und steckte ihn in eine neue Akte. Das *Europa* war einer der großen Besprechungsräume im Präsidium, die alle nach den Kontinenten benannt waren. Auf dem Weg dorthin machte William noch einen kurze Abstecher ins Büro der Streifenbeamten.

"Hey, gibts was Neues?" fragte er in die Runde. Die anwesenden Streifenbeamten schüttelten den Kopf.

"Leider keine guten Neuigkeiten. Es gibt wieder zahllose Hinweise, aber nichts Verwertbares. Ich schreibe gerade am Bericht, Kevin überprüft noch was. Schätze bis heute Abend sind wir soweit durch", antwortete Lars, einer der Beamten, die so akribisch arbeiteten, dass man nicht nachfragen musste, was sie jetzt genau meinten. Alles war sauber aufgelistet, nichts fehlte. So machte das Sichten der Berichte auch deutlich mehr Vergnügen.

"Okay, super. Der Mord muss so schnell wie möglich aufgeklärt werden. Die Journalisten rufen mich jeden Tag an."

"Ja, bei uns auch und sie wollen uns Informationen entlocken. Da muss man höllisch aufpassen. Die werden immer raffinierter in ihrer Wortwahl."

"Hoffentlich kommt bald der richtige Hinweis", sagte William und verließ das Zimmer. Journalisten waren für ihn eine Plage. Sie wollten alle Informationen, am besten, bevor man sie selbst hatte. Die exakten Recherchen konnten aber auch Trittbrettfahrer animieren und dann konnten sie die ernsthaften Hinweise nicht mehr herausfiltern. Das war immer das Schlimmste, was einem guten Polizisten passieren konnte.

Als er im *Europa* ankam, waren die anderen bereits da. Klaus stand wütend neben dem Computer und tippte wie wild auf der Tastatur herum. Das war ungewöhnlich. Als Meister des Pokerface konnte man ihm nur in ganz seltenen Fällen eine Reaktion entlocken. Ben hing auf dem Stuhl daneben, anders konnte man es nicht nennen. Einzig Flo saß ordentlich mit gefalteten Händen an dem runden Tisch, einige Akten fein säuberlich vor sich gestapelt. Bei Ben und Klaus lag alles offen herum, verstreut über den halben Tisch. Will setzte sich leise zu Flo.

"Also, mit den Dingern steh´ ich echt auf Kriegsfuß!", schimpfte Klaus plötzlich. Ben und Will lachten. Flo hob nur belustigt eine Augenbraue.

"Dafür bin ich einfach zu alt!", schimpfte er weiter. "Ist doch wahr. Das Ding macht was es will. Wieso tut es nicht, was ich will?" Anklagend sah er Will an. Der grinste nur. Ben erbarmte sich schließlich.

"Lass mal gucken", meinte er und schob Klaus zur Seite. Der war nicht erfreut. Ben zeigte ihm, wie er die Diaschau ganz einfach mit einem Klick starten konnte.

"Ach, so einfach ist das", murmelte Klaus überrascht. Ben grinste über beide Ohren. Klaus und Technik, das waren meist zwei Welten.

"Lach du nur! Ich lache zuletzt!", drohte Klaus plötzlich. Alle prusteten los.

"Komm erstmal mit der Technik klar!", brummte Ben vergnügt.

"Sollten wir uns nicht mal um die wichtigen Dinge kümmern als um diese Kindereien?", ließ sich Flo auf einmal vernehmen. William blickte ihn belustigt an und meinte: "Alter Spielverderber. Aber recht hast du ja. Also, Jungs, Papa sagt, wir sollen arbeiten." Damit war der nächste Lacher gegeben.

"Jungs, ernsthaft. Also, was gibt´s Neues?" William musste ja selbst lachen. Da ging jede Autorität verloren. Sie rissen sich alle zusammen.

"Viel Neues gibt es nicht", sagte Klaus und ließ die Diashow starten. Einige Tatortbilder, Bilder des Toten und einige Röntgenaufnahmen später meinte Ben: "Ich hab die Beamten der Spurensicherung schon gelöchert, aber es gab kaum verwertbare Spuren am Tatort. Der Täter hat das Tatmesser mitgenommen. Es muss eine Klinge mit etwa sechzehn Zentimeter gewesen sein. Eventuell ein Küchenmesser, den Schnitten nach zu urteilen."

"Geh bitte nochmal zurück zu den Bildern, wo der Tote auf dem Boden liegt und dann zu denen, kurz nachdem man ihn weggebracht hat", unterbrach William ihn aufgeregt. "Ich hab da was gesehen."

Ben schob zwei Bilder nebeneinander. Das linke zeigte den liegenden Toten, das andere die weiße Markierung vom Umriss des Toten, nachdem man ihn weggebracht hatte. Gespannt blickten sie auf die Bilder. William fixierte sie, dann hatte er es.

"Guckt mal dort in der Mitte beim Bauch. Seht ihr das?" William zeigte bei beiden Bildern auf eine Stelle. Die anderen beugten sich näher heran.

"Da lag was Eckiges", sagte Flo nachdenklich.

"Stimmt!", rief Ben. "War bestimmt eine Aktentasche!"

"Genau das dachte ich auch", meinte William befriedigt. "Dann ruf ich die Frau Schwab an und frage, ob die Aktentasche da ist. Wenn nicht, hat der Täter sie. Und dann müssen wir rausfinden, was daran einen Mord rechtfertigt!" Das Jagdfieber hatte William gepackt. Der erste Hinweis. Etwas sehr Wichtiges musste sich in der Tasche befunden haben, andernfalls hätte sich wohl keiner dafür interessiert. Er war sich sicher, dass damit auch der Mord zusammenhing.

"Vielleicht hat er etwas entdeckt, was niemand sehen sollte", sprach da Flo mit seiner dunklen Stimme. "Ein Geheimnis, das einen Mord rechtfertigen würde. Betrug. Unterschlagung. Steuerhinterziehung. Drogenschmuggel. Ein anderer Mord."

"Es gibt noch keinen Anhaltspunkt dafür", widersprach Ben energisch. "Vielleicht war es ein Serientäter und er war zum falschen Zeitpunkt am falschen Ort? In der Tasche muss sich nichts befunden haben. Der Täter kann sie auch als Trophäe mitgenommen haben."

"Möglich", meinte William. Ihm gefiel Flos Theorie besser. "Ich habe hier die Liste von Marie. Da sind alle Kunden der letzten fünf Jahre von Herrn Schwab aufgelistet. Die mit Sternchen haben ihm Probleme gemacht. Gibt es noch neue Hinweise aus dem Reich der Toten?"

"Nein, nichts. Kein Alkohol, keine Drogen. Er hat sich soweit gesund ernährt. Kein Karies, nur eine Plombe. Nichts, was Veränderungen hervorrufen würde, nur der linke gebrochene Fuß. Nach den Röntgenaufnahmen habe ich festgestellt, dass dies tatsächlich kurz vor dem Tod eingetreten ist. Ja und dann eben die siebzig Stiche im Oberkörper. Das war sehr aggressiv. Er hat sogar einige Rippen angekratzt. Das passiert nur, wenn der Täter extrem viel Kraft oder Wut hat. Ich denke, hier trifft beides zu", schloss Klaus seinen Bericht. Die anderen nickten stumm. Jeder driftete in seine eigenen Gedanken ab. Sie brauchten mehr Hinweise. Nichts, von dem, was sie bisher wussten, ließ die Tat verstehen. Vielleicht hatte er sich auch gewehrt und der Täter war ausgerastet. Das hatte William auch schon einige Male erleben müssen.

"Die Bilder von der Beerdigung sind gerade reingekommen", unterbrach Flo die Stille. Er stand auf und öffnete ein neues Fenster. Er startete die Diashow. Die drei Kollegen hatten ganze Arbeit geleistet. Sie waren alle Hobbyfotografen, daher waren die Bilder von hervorragender Qualität und gestochen scharf. Man konnte alle Gesichter erkennen. Selbst er und Flo waren abgelichtet. Auch viele der anderen kannte er vom Sehen. An manche erinnerte er sich nicht, oder er hatte sie nicht richtig wahrgenommen. Keiner sah in irgendeiner Weise traurig aus. Ein jüngerer Mann trug ein graues T-Shirt mit der Aufschrift *Jeder, wie er es verdient*. Das war schon sehr grenzwertig.

"Den werden wir überprüfen", sagte Flo. William nickte. Die restlichen Bilder zeigten auch die Spieler des HHC Tigersheim sowie die Zeremonie bei der endgültigen Beisetzung. Seine Tochter Anna sah unendlich traurig aus auf dem Bild. Er vermisste ihr Lächeln, das jedes Mal den Raum heller und schöner wirken ließ. Er blickte auf die Uhr. Gleich drei. Zeit für Feierabend. Heute Abend war Grillen angesagt. Seine Eltern wollten vorbeikommen. Und er wollte nochmal mit Anna reden. Ihr Freund hatte Schluss gemacht. Tobias war ihm von Anfang an nicht sympathisch gewesen. Er hatte etwas an sich gehabt, was William nicht einordnen konnte. Etwas, das ihn zur Überzeugung gebracht hatte, dass er nur Ärger bereiten würde. Er wünschte sich jemand Herzlichen, der auf seine Tochter aufpasste und sie nicht in Gefahr brachte. Davor, dass in irgendeiner Weise Drogen im Spiel waren, hatte er am meisten Angst. Er wusste um die Folgen des Konsums und dessen Auswirkungen auf das Umfeld. Das wollte er mit aller Macht verhindern. Er nahm seine Akten und verließ wortlos das Zimmer. Feierabend für heute. Nichts gesagt war schließlich genug gelobt, wie es bei den Schwaben hieß.

In wenigen Minuten sollte das Gelände für die Biogasanlage begutachtet werden. Walter war nervös. Tim Mayer hatte sich krankgemeldet. Norbert hatte zwar angeboten, ihn zu begleiten, aber das hatte er abgelehnt. Er wollte sich konzentrieren, damit kein falsches Wort fiel. Alles hing jetzt von dieser Begegnung ab.

Allerdings befürchtete er, dass der Gutachter dem Projekt positiv gegenüberstand und es deshalb genehmigen würde. Das hätte katastrophale Folgen. Der Bürgermeister von Spullberg wollte auch anwesend sein. In der stillen Hoffnung, dass dieser ebenfalls alleine aufkreuzen würde, machte Walter sich auf den Weg.

Das Gelände befand sich oberhalb von Tigersheim in Richtung Spullberg. Dort lag der geschützte Grünzug, auf dem Hermann Knapp unbedingt diese Anlage bauen wollte. Er bog in die enge kleine Straße ab und parkte am Rand des kleinen Wäldchens. Noch war keiner da. Er genoss die Stille. Auch das Wäldchen sollte der Anlage weichen. Die Pläne hatte er sich den halben Morgen lang angeschaut. Ihm gefiel das alles nicht. Er hatte das dumpfe Gefühl, dass der Oberbürgermeister sich überhaupt nicht um die Folgen scherte und nur auf den Profit aus war. Einige Leute versprachen sich Mehreinnahmen durch den Bau der Anlage, die die Stadt durchaus gebrauchen konnte, für den Schulbedarf, das Krankenhaus oder die Sanierung verschiedener Straßen. Sollte das Geld jedoch in die Partei von Hermann fließen, war es fraglich, wofür es verwendet werden würde.

Das Geräusch eines Motors riss Walter aus seinen Gedanken. Schwungvoll kurvte ein schwarzer Mercedes der S-Klasse den engen Weg herauf und hielt direkt neben Walters kleinem Golf. Hermann Knapp stieg aus, dicht gefolgt von seinem Sekretär Joseph Weizenbaum. Damit hatte Walter gerechnet. Da Walter nicht viel von Hermann Knapp hielt, fiel die Begrüßung seinerseits recht kühl aus.

"Guten Tag, Herr Knapp."

"Guten Tag, Herr Richter." Das spöttische Grinsen verriet Knapps Siegesgewissheit.

Hoffentlich vergeht dir nachher das blöde Grinsen, dachte Walter kalt. Anscheinend beruhte die Abneigung auf Gegenseitigkeit. Denn mehr sprach Hermann Knapp nicht mit Walter. Stattdessen schaute er sich mit Joseph Weizenbaum das Wäldchen an.

"Das wird bald alles weg sein", hörte er Hermann befriedigt sagen. Joseph nickte nur. "Sobald die Genehmigung vorliegt, soll mit dem Bau begonnen werden. Ich werde keinerlei Verzögerung mehr dulden."

Der Bürgermeister war als hoch explosiv bekannt. Viele fürchteten sich vor seinen Ausbrüchen, die mitunter in wilden Beschimpfungen endeten. Sie taten lieber alles, um diese Ausbrüche zu verhindern. Auch wenn das bedeutete, nachzugeben und Hermann seinen Willen zu lassen. Walter hielt das für den falschen Weg. Aber mit dieser Meinung stand er recht allein da.

Das Brummen ließ ihn aufhorchen. Weit weniger schwungvoll, aber mit deutlich mehr Lärm fuhr der Gutachter mit einem schwarzen SUV vor. Walter wusste, wer er war, hatte aber persönlich noch nichts mit ihm zu tun gehabt. Er hatte den Ruf, alles genau zu analysieren, bevor er überhaupt eine Meinung äußerte, die er dann aber vehement vertrat. Seine Gutachten wurden längst nicht mehr angezweifelt. Daher hatte der Beamte vom Regierungspräsidium in Stuttgart ihn vorgeschlagen, als die Entscheidung für ein unabhängiges Gutachten gefordert wurde, um endgültig zu entscheiden, ob die Anlage nun gebaut werden konnte oder nicht. Walter hatte sich geschlagen gegeben. Gegen Entscheidungen des Präsidiums sollte man sich nicht querstellen. Das konnte böse enden, wie die Erfahrungen einiger Bekannter gezeigt hatte. Der Gutachter war ausgestiegen und auf sie zugekommen.

"Guten Tag, mein Name ist Roland Müller und ich werde heute das Gutachten zu der geplanten Biogasanlage erstellen", begrüßte Roland Müller die Anwesenden. Die nickten und reichten ihm die Hand. "Ich nehme an, dass Sie sich ausführlich informiert haben." Die Anwesenden nickten. "Sehr gut. Also, lassen Sie uns starten."

Er warf einen prüfenden Blick in alle Richtungen. Flüchtig traf sich sein Blick mit Joseph. Ein leichtes, kaum merkbares Grinsen huschte über sein Gesicht. Walter bemerkte es nicht. Er war damit beschäftigt, Hermann genauestens zu beobachten. Aus irgendeinem unguten Gefühl heraus war er sich sicher, dass Hermann etwas im Schilde führte.

"Ich werde einige Bodenproben nehmen. Dazu bräuchte ich dann Ihre Hilfe. Sie müssen mir genau erklären, wo die Anlage beziehungsweise die Behälter stehen sollen, ebenso den genauen Zufahrtsweg für die LKWs. Des Weiteren benötige ich von allen Anwesenden auf diesem Protokoll Ihre Unterschrift sowie den Grund, weshalb Sie anwesend sind. Ansonsten kann das Gutachten, welches ich hier erstelle, für ungültig erklärt werden."

"Gut, dann erledigen wir das als erstes", sagte Joseph. Die anderen unterschrieben. Bevor Walter das Protokoll unterschrieb, überflog er es.

Gutachten eines Baugrundstückes

Geplantes Unterfangen: Bau einer Biogasanlage zur Energiegewinnung und Senkung der Gemeindekosten für Energie

Gutachter: Roland Müller

Rechtsstreit zwischen folgenden Parteien:

Stadt Tigersheim, stellvertretend Herr Bürgermeister Jochen Schmidt

Stadt Tigersheim, stellvertretend Herr Walter Richter

Rummelhof Handel, stellvertretend Herr Handel

und

Firma Victor Bauer Energie GmbH, stellvertretend Herr Hannes Meyer

Stadt Spullberg, stellvertretend Herr Bürgermeister Hermann Knapp

Stadt Spullberg, stellvertretend Herr Joseph Weizenbaum

Stadtwerke Spullberg, stellvertretend Herr Martin Gondel

Grund:

Die Stadt Tigersheim mit dem Rummelhof Handel ist gegen den Bau der Anlage.

Die Stadt Spullberg ist für den Bau der Anlage, die von der Victor Bauer Energie GmbH gebaut wird.

Es wurden mehrere Baugrundstücke ausgewählt. Das am geschützten Grünzug bei Tigersheim gelegene Grundstück eignet sich für den Bau der Biogasanlage am Besten.

Da keine außergerichtliche Einigung erzielt werden konnte, hat das Präsidium Stuttgart ein unabhängiges Gutachten gefordert.

Dieses findet am heutigen Donnerstag, den 18.06., statt.

Folgende Personen sind anwesend:

Bürgermeister Hermann Knapp

Joseph Weizenbaum

Walter Richter

Roland Müller

Walter setzte seine Unterschrift hinter seinen Namen. Dann gab er das Protokoll an Roland zurück.

"Danke", meinte dieser zerstreut. Er hatte die Akte mit dem Plan in der Hand. Darauf waren die genauen Maße der Anlage verzeichnet. Er warf einige Blicke zwischen dem Plan und der Umgebung hin und her. Sein Gesichtsausdruck war konzentriert.

"Nun gut. Dann erklären Sie mal", forderte Roland Hermann auf.

Nach etwa einer Stunde Geschwafel, wie Walter es im Stillen bezeichnete, war Hermann mit seinem Vortrag fertig. Walter hatte ihm stillschweigend zugehört. Der Bürgermeister hatte sehr viel über Vorteile gesprochen, welche die Anlage bringen würde. Die Nachteile ließ er dabei schön unter den Tisch fallen. Roland hatte interessiert zugehört.

Sie waren das gesamte Gelände abgelaufen. Roland hatte einige Stöcke als Markierungen in den Boden gerammt. Oben hatten sie rote Farbmarkierungen. An jedem der Stöcke hatte er zusätzlich Bodenproben genommen. Diese wollte er im Labor auf verschiedene Schadstoffe und Nährstoffe testen. Sollten bestimmte Grenzwerte nicht eingehalten werden, konnte dies das Gutachten negativ beeinflussen. Darauf konnte Walter nicht hoffen.

"Gut, dann wäre ja alles geklärt. Ich werde das Gutachten schreiben und Sie erhalten in den nächsten Tagen die Abschrift", sagte Roland schließlich.

"Sehr gut", freute sich Hermann. "Können Sie schon eine Aussage treffen?"

Walter zog die Augenbraue hoch. Ein guter Gutachter gab seine Meinung nie preis, bevor er nicht das komplette Gutachten erstellt hatte.

Doch Roland sagte: "Wenn das Labor keine besonderen Schadstoffe nachweisen kann und die sonstigen Gehalte verschiedener Substrate im Boden stimmen, spricht meiner Meinung nach nichts dagegen."

"Super, dann ist ja alles klar!", jubelte Hermann und strahlte bis über beide Ohren. "Dann kann ich BauEn Bescheid geben und sie können Anfang nächsten Monat mit den Arbeiten beginnen. Nun, Walter, ich befürchte, Ihre Proteste mitsamt der ganzen Bewegung haben absolut und überhaupt nichts gebracht. Ich wünsche Ihnen noch einen angenehmen Tag."

Damit wandte Hermann sich ab und stieg schneller als jemand reagieren konnte in seine schwarze Mercedes-S-

Klasse. Joseph nickte nur knapp und stieg ebenfalls ein. Er startete den Motor und fuhr wieder schwungvoll fort. Walter und Roland tauschten nur Blicke aus.

"Nun gut. Ich werde Ihnen selbstverständlich das Gutachten zukommen lassen. Schätzungsweise brauche ich eine Woche zur Fertigstellung, da die Laborteste ein paar Tage benötigen. Helfen Sie mir bitte, die Kiste ins Auto zu tragen?"

"Natürlich", sagte Walter verstimmt. Er griff die Kiste auf einer Seite und hievte sie gemeinsam mit Roland in den Kofferraum, wobei Roland noch einige Dinge zur Seite schieben musste, damit genug Platz war. Sie gaben sich die Hand und dann fuhr Roland ebenfalls davon. Ein letzter schweifender Blick über das Gelände und auch Walter stieg in seinen Wagen. Er fuhr erstmal nach Hause, um den Schock zu verarbeiten. Anschließend rief er Norbert an, um ihm von dem Treffen zu berichten.

10

FREITAG

Ich versteckte mich immer noch in meinem Zimmer. Nicht einmal Jenny konnte mich dazu bewegen, irgendetwas draußen zu unternehmen. Zum Glück hatte ich noch eine Staffel *Game of Thrones*, die ich streamen konnte. Die Folgen dauerten jeweils eine Stunde. Zuerst schnell die Mathehausaufgaben gemacht und gerade als das Intro begann, klingelte mein Handy. Ich warf nur einen Blick darauf: Tobias. Ich drückte ihn weg. Kein Wort wollte ich von ihm hören. Anscheinend hatte er versucht, mit Jenny zu sprechen, dass es ihm ja so leid tue und so weiter. Sie hatte ihn weggeschickt. Wie eine Katze versteckte ich mich und leckte meine Wunden. Naja, ich futterte Schokolade und schaute Serien. Dazwischen ging ich missmutig in die Schule.

Plötzlich öffnete sich die Tür. Jenny kam grinsend und Kaugummi kauend hereinspaziert.

"Kleine, heute machen wir was!" Herausfordernd schaute sie mich an.

"An was hast du dabei gedacht?", fragte ich sie misstrauisch. Hereinzuplatzen und mich vor vollendete Tatsachen zu stellen war eine ihrer Spezialitäten.

"Am See ist wieder ein Fest. Alle sind da. Du musst auch kommen! Du schwänzt gerade alle wichtigen Termine!“

"Saufen tut ihr doch eh immer ohne mich. Wozu willst du mich dabei haben?"

Jenny verdrehte die Augen. "Weil du mich alleine lässt. Wie soll ich mich ohne meinen Kampfzwerg gegen Sebastian behaupteten?"

Wider Willen musste ich doch lachen. "Na gut, was steht auf dem Programm?"

"Och das übliche halt", meinte Jenny gelassen. "Schwimmen, chillen, grillen und trinken." Ihr Grinsen sprach Bände. "Wobei Sebastian will später ‘ne Hausparty schmeißen. Seine Eltern sind im Urlaub und die haben eine riesige Bude. Wir nehmen am besten alles mit. Warte, ich schreib ihm schnell."

Gesagt, getan. In meinem Kopf ratterte es. Seit wann war ihr der Typ so wichtig? Irgendetwas hatte ich wohl verpasst. Da musste ich sie nochmal fragen.

"Also, heute Abend ab sieben bei Sebastian grillen und chillen. Weißt du, was das Beste an der Sache ist?"

"Nö, woher denn? Ich war noch nie bei ihm", gab ich zur Antwort.

"Die haben einen Pool im Garten!", strahlte sie. Ich lachte. Das war natürlich das Wichtigste. "Los, pack dein Zeug, dann fahren wir zu mir und ich kann meine Sachen holen. Du musst mir helfen, den perfekten Bikini rauszusuchen."

Das ließ mich die Augen verdrehen. Auf eine Modenschau hatte ich keinen Bock. Darauf würde es garantiert hinauslaufen, weil Jenny sich wieder nicht entscheiden konnte, welcher Bikini für die Situation der Beste war. Ich erhob mich und schlurfte zum Schrank. Ein weißer Holzschrank, der sich über die gesamte Zimmerbreite zog. In der Mitte stand mein schwarzer Samsung Fernseher. Rechts waren Spiegeltüren, dahinter meine Klamotten. Links waren Schulsachen und sonstige Dinge, die ich aufhob. Ich öffnete eine der darunter liegenden Schubladen. Dort befanden sich meine fünf Bikinis, die ich besitze. Ohne nachzudenken griff ich nach dem schwarzen mit den neongrünen Bändeln. Mit zwei Handtüchern, Bürste und einem kurzen Kleidchen, das ich später drüber ziehen konnte, stopfte ich ihn in meinen kleinen Baderucksack. Fünf Minuten später hatte ich eine Jeanshose und ein helles T-Shirt ohne Aufdruck an und war geschminkt. Zum Glück hatte ich bereits heute Morgen beim Duschen meine Beine rasiert. Noch schnell meine Tasche packen und ich war startklar. Meinen Laptop hatte Jenny bereits herunterfahren lassen. Ich war immer noch nicht ganz überzeugt, dass der Abend gut werden würde. Aber man konnte ja nie wissen.

"Fertig? Super. Du wirst sehen, dass wird der Hammer!", freute sich Jenny.

"Was hast du vor?", fragte ich misstrauisch.

"Ach jetzt sei doch nicht so misstrauisch! Lass dich überraschen. Wird schon nichts Schlimmes passieren. Außerdem bin ich immer noch da und pass auf dich auf. Also keine Sorge."

"Ja, ist ja gut", sagte ich. Gemeinsam schlichen wir runter in die Küche. Im Kühlschrank gab es nichts, was mich anmachte.

"Wir müssen noch einkaufen gehen", meinte ich, während ich die Tür wieder schloss. Wir lachten und rannten hinaus. Meinen schwarzlilafarbenen VW *up* hatte ich dummerweise in der Sonne geparkt. Mit runtergelassenen Scheiben fuhren wir erst zu Jenny, wo ich etwa eine Stunde auf sie warten musste, bis sie sich endlich für einen knallroten Bikini mit schwarzen Blumen entschieden hatte, der mir auch gefiel.

"So, ich bin fertig!", rief Jenny aus ihrem Bad.

"Na endlich", gab ich erleichtert zurück und wurde prompt mit einem Kissen abgeworfen. Ich musste lachen.

"Siehst, wenn du lachst, geht es dir besser", erklärte meine Freundin lachend. Sie hatte oft solche Sprüche drauf. Wir stiegen in mein Auto und ich fuhr auf dem schnellsten Weg zum Kaufland in Spullberg. Dort kauften wir uns Würstchen und Steaks. Brot und Salat hatte Sebastian genug besorgt. Er wohnte in Wildberg, etwa fünf Kilometer von Spullberg in Richtung Blue Forest. Dort am Rande des Waldes besaßen seine Eltern ein großes Haus mit riesigem Garten, wo man grillen konnte und auch der Pool niemanden störte. Die nächsten Nachbarn waren etwa einen halben Kilometer entfernt. An die laute Musik hatten sie sich schon gewöhnt. Partys fanden dort öfter statt, da Sebastians Eltern beide berufstätig waren und oft auch tageweise unterwegs bei Kunden waren.

Das Haus war schlicht in Schwarz-Weiß gehalten. Die Autos parkten kreuz und quer. Daher stellte ich meins genauso wild neben einen schrägstehenden blauen Mini. Wir stiegen aus und ich hatte immer noch ein mulmiges Gefühl bei der ganzen Sache. Je näher wir dem Haus kamen, desto stärker hatte ich das ungute Gefühl, dass heute Abend noch einiges passieren würde. Jenny erzählte ich nichts davon. Sie hielt mich sowieso für zu pessimistisch.

Sebastian stand an der Tür gelehnt. Jennys Grinsen wuchs beinahe über ihre Ohren. Anscheinend hatte ich wirklich etwas verpasst, denn in der nächsten Sekunde hatte er sie umarmt und einen flüchtigen Kuss auf ihre Wange gehaucht. Die Blicke sagten alles. Mich umarmte er und murmelte "Hi", wobei er grinste, sodass ich ebenfalls grinsen musste. Nun gut, ich wollte ja nicht der Spielverderber sein.

Drinnen war die Party bereits in vollem Gang. Laute Musik lief, das neueste von Calvin Harris. *Blame* hieß es meines Wissens nach. Die meisten saßen oder standen draußen auf der Terrasse, ich kannte sie vom Sehen. Sie waren in unserer Parallelklasse oder auf der Realschule, die direkt neben unserem Twain-Gymnasium lag. In der Küche standen vier Jungen zusammen und tranken ein Bier. Sebastian hatte uns bereits zwei Gläser und eine Flasche eisgekühlten Sekt besorgt. Galant schenkte er uns ein und reichte uns gespielt vornehm die Gläser. Ich probierte vorsichtig. Der Sekt schmeckte prickelnd und süß.

"Der schmeckt gut", sagte ich. "Was ist das für einer?"

"Verrate ich dir nicht, Süße." Sebastian zwinkerte Jenny zu und ging Richtung Terrasse. Wir folgten ihm und begrüßten unterwegs alle, die wir kannten. Sie waren gut drauf. Allmählich fühlte ich mich wohler, was vermutlich auch am Alkohol lag. Die Sonne schien noch. Die Strahlen warfen durch die Bäume interessante Muster auf den Boden. Im Pool war niemand. Es schien aber vor Kurzem jemand darin gewesen zu sein, da einige nasse Fußspuren Richtung Tür führten.

"Gegrillt wird schon. Wenn ihr also euer Steak oder was auch immer ihr essen wollt, müsst ihr es dem Grillmeister in die Hand drücken", rief Sebastian von der Terrasse. Vor einer hüfthohen Steinmauer stand ein großer Grill in Metallic Schwarz. Dahinter, mit Schürze und Zange bewaffnet, Sebastians bester Freund Fabian. Er war bekannt für seine Grillkünste. Er war auch der einzige, der an den Grill von Sebastians Vater durfte, der sehr eigen war.

"Hey, Fabian", begrüßten wir ihn. "Hat es noch Platz für unsere Steaks?"

"Hallo, Mädels", gab Fabian fröhlich zurück. "Für euch hab ich immer Platz, das wisst ihr doch. Ihr könnt mir euer Steak ruhig anvertrauen. Ich gebe euch dann Bescheid, wenn es soweit ist."

"Super, danke schön", strahlte Jenny. Sie zog mich wieder in Richtung Hauptparty, die halb auf der Terrasse und halb im Wohnzimmer stattfand. Die Stereoanlage war auf volle Lautstärke gestellt, mir brummte fast der Schädel vom Bass. Man konnte sich nur schreiend unterhalten. Kurz entschlossen trat ich an die Anlage und drehte erstmal die Musik auf die Hälfte der Lautstärke herunter. Das war immer noch laut, aber man konnte sich jetzt wenigstens einigermaßen verständigen. Es gab zwar einigen Protest, doch niemand drehte die Lautstärke wieder hoch. Ich schätze, dass die meisten ganz froh darüber waren. Doch niemand hatte sich getraut, etwas zu sagen oder tun. Später würde sie wahrscheinlich wieder hochgedreht werden, wenn mehr Alkohol geflossen und es den Leuten egal war.

Der Abend verging, es lief super Musik und es wurde viel gelacht und getrunken. Mein ungutes Gefühl hielt zwar an, aber ich betäubte es mit Alkohol und Essen. Zumindest versuchte ich es, doch es war wie eine fiese, flüsternde Stimme, die sich nicht betäuben ließ. Wie ein Moralapostel, der mir in jeder Sekunde sagte, dass irgendetwas nicht stimmte. Aber nichts Genaues, echt nervig. Ich ignorierte sie, so gut ich konnte.

Die Party war super. Ich flirtete mit einem ziemlich gutaussehenden Jungen namens Max mit pechschwarzen Haaren. Sein Lachen war mir als erstes aufgefallen. Sein grün kariertes Hemd mit der schwarzen Röhrenjeans stand ihm sehr gut. Immer wieder warf ich verstohlen Blicke zu ihm. Dabei ertappte ich ihn, wie er mich beobachtete und schnell weg sah, als er meinen Blick bemerkte. Ich aß mein Steak in der Küche mit Jonathan und Hannes, die über Autos quatschten. Irgendwann kam Max in die Küche, nahm sich ein Bier und mischte sich in die Unterhaltung ein, zu der ich nicht viel beitragen konnte. Ich hörte nur zu und beobachtete ihn die ganz Zeit an. Später am Abend forderte er mich zum Tanzen auf. Das Wohnzimmer war kurz davor in eine provisorische Tanzfläche umgewandelt worden indem alle Möbel zur Seite geschoben wurden. Die Tanzfläche war größer wie in der letzten Disko, in welche mich Jenny nach langem Zureden mitgeschleift hatte.

"Deine Langeweile steht dir ins Gesicht geschrieben. Woher kommst du?", fragte Max mich, als wir uns zu *Tage wie diese* von den *Toten Hosen* bewegten. Er hatte die Hände auf meine Hüften gelegt und führte mich leicht. Offenbar war ihm bereits aufgefallen, dass ich keine geborene Tänzerin war.

"Aus Spullberg und du?", antwortete ich ihm. Dass man mir meine Emotionen vom Gesicht ablesen konnte, war manchmal ziemlich ärgerlich. Diesmal war es feuerrot vor Aufregung.

"Aus Esslingen", sagte er mit einem Augenzwinkern, "der schönsten Stadt in der Gegend. Warst du da schon mal?"

"Klar", lachte ich. "Die Altstadt gefällt mir sehr gut."

"Gut, gut. Ich kenne da noch ein paar schöne Plätze. Vielleicht hast du Lust und wir schauen uns die mal an?"

"Gerne", strahlte ich. Max hob mich hoch und wirbelte mich im Kreis. Ich lachte. Alles schien auf einmal so leicht und schön zu sein.

Plötzlich packte mich jemand an der Schulter und zog mich an sich. Ich erschrak fürchterlich. Zwar hatte ich mitbekommen, dass immer wieder neue Gäste ankamen, hatte aber nicht weiter darauf geachtet, wer das war. Das hätte ich wohl besser getan, den der, der mich gepackt hatte, war niemand anderes als Tobias.

"Lass mich los!", schimpfte ich und versuchte, mich aus seinem Griff zu winden.

"Lass meine Freundin in Ruhe!", fauchte Tobias Max an. Der zog die Augenbrauen hoch und packte Tobias wortlos fest am Handgelenk.

"Lass sie los", entgegnete er ruhig.

"Was soll das? Lass das gefälligst, sonst schlag ich dir in die Fresse! Dann siehst, was ich von Typen wie dir halte, die meine Freundin anbaggern!", drohte Tobias ihm. Noch immer hatte er mich nicht losgelassen und zog mich in Richtung Küche. Die anderen hatten nichts davon mitbekommen. Max drückte noch fester und drehte Tobias mit einer einzigen Bewegung den Arm um. Der schrie auf und ließ mich endlich los. Ich flüchtete schnell in die Küche zu Hannes und Valentin, die dort am Kühlschrank standen.

"Der ist ja völlig durchgeknallt und stockbesoffen", sagte Hannes bestürzt und legte den Arm um mich. Zum Glück stand eine große runde Arbeitsplatte mitten im Raum zwischen uns und Tobias, der mir schwankend gefolgt war. Wenn er getrunken hatte, war er unkontrollierbar und man konnte nicht vernünftig mit ihm reden. Jede Kleinigkeit brachte ihn auf die Palme und manchmal schlug er sogar zu. Ich hatte dabei auch schon mal was abbekommen, das aber nie jemandem erzählt. Diesmal stand Max bedrohlich hinter ihm.

"Verlass das Haus", sagte er völlig ruhig, doch Tobias machte keine Anstalten, zu gehen. Auch als Sebastian im nächsten Moment in der Küche erschien, rührte er sich nicht.

"Du hast hier nichts verloren. Mein Haus, meine Party, meine Gäste. Wenn du jemandem was tust, tust du mir was. Und das, mein Freund, kann böse enden!", erklärte Sebastian wütend.

Doch Tobias höhnte nur: "Was hast du Jungspund mir schon zu erzählen? Anna gehört mir und basta. Los, komm her." Tobias war tatsächlich schon sechsundzwanzig und Sebastian erst einundzwanzig. Ich ging langsam in seine Richtung und schüttelte Hannes' Arm ab. Wenn man Tobias jetzt weiter reizte, würde er zuschlagen, das war so sicher wie das Amen in der Kirche. Hannes versuchte noch, mich zurückzuhalten.

"Du hast eine andere geküsst und mir vorgespielt, wir wären zusammen", sagte ich vorsichtig und leise, während ich auf ihn zuging. "Du hast nie Zeit für mich. Jedes Mal hast du was Besseres zu tun. Und wenns dann mal klappt, hängst du ständig am Handy und behandelst mich wie Luft. Warum sollte ich jetzt zu dir kommen?" Ich war von meiner Ruhe selbst überrascht. Tobias schnaufte.

"Und wenn schon. Du bist meine Freundin, basta!"

Da tauchte sein bester Kumpel Louis an der Tür auf, der wohl gemeinsam mit ihm hergekommen war. Mit ihm baute Tobias immer den größten Mist, was er selbst als *Abenteuer* bezeichnete, aber ich hatte schon einiges gehört, was sich nicht positiv anhörte. Louis stand mit verschränkten Armen neben ihm.

"Wer hat hier jetzt ein Problem?", brüllte Tobias plötzlich. Alle erschraken. Schneller als jemand reagieren konnte, hatte er ein Messer gezogen und fuchtelte damit in der Luft herum. Beinahe erwischte er sogar Louis.

Der konnte sich jedoch rechtzeitig ducken, obwohl er auch ziemlich betrunken war.

Keiner rührte sich vom Fleck, niemand wollte vom Messer erwischt werden.

Tobias schien sich langsam wieder zu beruhigen. Doch was als nächstes geschehen sollte, hatte niemand vorhergesehen: Ein Junge kam hereingestürmt und riss Tobias das Messer aus der Hand. Hannes und Valentin zogen mich aus der Schusslinie und stellten sich halb vor mich. Das Messer steckte neben Tobias linkem Fuß in der Fuge des Bodens. Der Fremde warf Tobias auf den Boden und schlug ihm die geballte Faust mitten ins Gesicht. Tobias bäumte sich auf und heulte vor Wut. Er schwankte und versuchte seinerseits den Jungen zu treffen, doch das funktionierte nicht. Tobias reagierte zu langsam und traf nur die Luft. Seine Wut steigerte sich.

"Du hast mir meine Vanni weggenommen!", zischte der Fremde, "meine Süße! Was fällt dir ein?" Jetzt hatte er das Messer in der Hand. Draußen ging die Party ungehindert weiter.

"Bastard", höhnte Tobias. "Du hast sie gar nicht verdient. Sie gehört mir. Guck dich doch mal an! So 'ne Hackfresse soll sie vorziehen? Dass ich nicht lache! Guck dir mal meinen perfekten Körper an!" Er stand schwankend da und hob beide Arme zur Seite. Seine Nase blutete. Das Blut floss über seinen Mund zum Kinn und tropfte auf den Boden.

Hoffentlich ruft jemand die Polizei, dachte ich entsetzt, *bevor noch was Schlimmes passiert*. Mein Handy steckte blöderweise in der Tasche im Wohnzimmer.

"Wer ist denn Vanni?", fragte Hannes mich leise.

"Das muss wohl die sein, mit der er mich betrügt", flüsterte ich zurück. Hannes nickte grimmig. Max stand noch immer bei Tobias. So wie er schwankte, würde ein Luftstoß genügen, um ihn umzuwerfen.

"Ach, Kevin. Wie oft soll ich es dir noch sagen?", lallte Tobias. „Vanni ist nichts für dich! So ein heißes Luder trifft man nicht alle Tage. Da muss man zugreifen."

Der nächste Schlag landete hart an Tobias' Kinn, warf ihn aber nicht um. In halb geduckter Haltung und mit einem Wutschrei stürmte er auf Kevin zu und rammte ihm den Kopf in den Magen. Kevin ließ das Messer fallen und hielt sich den Bauch.

"Du Wichser!", keuchte er. "Lass mich bloß in Ruhe! Dann nimm sie halt! Sie hat eh schon das halbe Dorf durch!" Kevin drehte sich um und ging Richtung Tür. Tobias hob blitzschnell das Messer auf und sprang auf Kevin zu. Ich versteckte mein Gesicht hinter Hannes. Kevin musste es aber gemerkt haben, er war schneller bei der offenstehenden Haustür, als ich es erwartet hatte. Tobias folgte ihm sofort. Sebastian und Max sahen sich an und setzten den beiden nach. Andere folgten ihnen.

Hannes drehte sich um und hielt mich fest.

"Geh nicht", flüsterte er. Ich nickte nur. Tränen flossen über mein Gesicht und tropften auf den Boden, während ich an Hannes' Brust lehnte.

Was draußen geschah, wurde mir später erzählt. Kevin stolperte wohl in der Dunkelheit über einen Stein. Diese paar Sekunden reichten Tobias aus, um ihn zu erreichen.

Tobias holte wutentbrannt aus und stach Kevin das Messer in den Rücken.

"Was hast du getan?", rief Sebastian entsetzt. Tobias ließ das Messer los. Er blickte fassungslos auf den blutenden Kevin herunter, der sich nicht bewegte. Als Max zu seinem Handy griff und den Notarzt alarmierte, rannte Tobias weg und verschwand in der Dunkelheit.

Helle Lichter blendeten mich und Hannes, als wir zur Tür gingen. Die Polizei war endlich gekommen. Der gleichzeitig eingetroffen Notarzt versorgte Kevin sofort. Sebastian ging mit einigen Beamten auf die Suche nach Tobias. Sie fanden ihn an einem abschüssigen Hang. Er war in der Dunkelheit gestürzt und hatte sich sein linkes Bein gebrochen. Somit bestand auch keine Fluchtgefahr mehr.

Max kam bleich auf mich zu und zog mich an sich.

"Alles wird gut", flüsterte er in mein Ohr. Ich nickte nur, während ich seinen wunderbaren Geruch einatmete und seinen warmen Körper an meinem spürte. Er gab mir schnell einen Kuss auf die Stirn, dann übernahm die Polizei das Kommando. Die Musik wurde abgestellt und alle mussten ihre Personalien angeben. Die Beamten waren sehr freundlich. Alle, die nichts mitbekommen hatten, durften gehen. Der Rest blieb erstmal zusammen in der Küche stehen.

"Möchte jemand ein Glas Wasser?", fragte Sebastian in die Runde. Er war leichenblass. Die meisten schüttelten den Kopf. Keiner konnte klar denken. Ein weiterer Beamter trat ein.

"Kevin wird gerade operiert. Es sieht leider nicht gut aus. Ich denke, es wäre das Beste, wenn alle nach Hause gehen. Morgen Mittag gegen 14.00 Uhr kommt ihr dann zum Polizeipräsidium und wir nehmen die Protokolle auf. Wenn jemand keine Mitfahrgelegenheit hat, werden wir euch selbstverständlich nach Hause bringen."

Später lag ich hellwach in meinem Bett. Meine Eltern hatten mich entsetzt abgeholt und Papa hatte auch Jenny heimgefahren. Noch immer drehten sich meine Gedanken um Tobias´ letzte Worte. Ich war zu erschüttert, um zu weinen. Doch irgendwann gab mein Körper nach und ich fiel in einen tiefen, traumlosen Schlaf.

11

DIENSTAG

Er stand in seinem Büro und grübelte. Noch immer hatte er die Schreie im Kopf. Sie ließen ihn nachts schweißgebadet aus dem Schlaf hochschrecken. Der dunkle Abend nagte an ihm, obwohl er ihm dieses unbeschreibliche Gefühl von Macht geschenkt hatte. Diese Gefühlsschwankungen waren das schlimmste. Normalerweise war er für Gefühle nicht anfällig. Er konnte sie zeigen, anderen gegenüber. In seinem Inneren war jedoch nichts. Seine letzte Freundin Kerstin hatte ihn einen Eisklotz genannt. Sie konnte seine Kälte nicht mehr ertragen, sein Desinteresse an Dingen, die sie mochte. Es hatte ihn nicht interessiert, als sie ihre Sachen gepackt hatte und verschwand.

Er schob die Gedanken beiseite. Er sollte sich um seine Aufgabe kümmern. Missmutig schaute er auf den Stapel Papier vor ihm. Unterlagen über ein Angebot, ausgedruckte Protestemails, der ganze Briefverkehr mit dem Auftraggeber, Notizen zu Telefongesprächen, auf die der Chef bestand und alles, was gerichtlich anlag.

Heute sollte das Gutachten kommen. Dann konnte endlich mit dem Bau begonnen werden. Der Auftraggeber war ziemlich angesäuert über die Verzögerungen aufgrund der Proteste aus dem Nachbarort. Das Landgericht Stuttgart hatte in dem Rechtsstreit entschieden, dass ein unabhängiges Gutachten stattfinden sollte. Fiel dieses positiv aus, dann würde dem Bauvorhaben ohne weiteres stattgegeben werden. Dafür musste er jedoch sein Postfach leeren, um zu schauen, ob die Antwort schon gekommen war. Die Postfächer befanden sich aber im Erdgeschoss und dort traf er jedes Mal seine Kollegen. Noch nie in den beiden Jahren war es ihm gelungen, seine Post unbehelligt zu holen.

Auf irgendwelche Gespräche hatte er heute absolut keine Lust, dafür war er zu aufgewühlt. Er riss das Fenster auf und atmete die kühle, frische Luft ein. Langsam beruhigte er sich. Ein Grinsen zog sich über sein ganzes Gesicht. Das Machtgefühl stärkte ihn. Das Gefühl, dass er Gott war. Dass alles von seiner Entscheidung abhing. Kurzentschlossen verließ er sein Büro und rannte die Treppe hinunter. Im Postraum, wo jeder Mitarbeiter sein eigenes Fach besaß, stand nur Hans, der Elektriker und Hausmeister.

"Ist wieder ein Kabel defekt?", versuchte er sich an einem Scherz. Hans war jedoch nicht zum Scherzen aufgelegt.

"Noi, des mol is do Sichahoitskosta.", brummte er. "Soa Segeel hod da on dem Ding baschdeld. Do schdimd älläs nemme."

"Das ist natürlich unverschämt", erwiderte er. Als er das Postfach mit seiner Lieblingszahl 24 öffnete, fielen ihm einige Briefe entgegen. Er fluchte und hob sie wieder vom Boden auf. Der große Umschlag war mit dem Logo des Landgerichts Stuttgart abgestempelt.

Zurück im Büro riss er den als erstes auf. Wie erwartet war das Gutachten von Herrn Müller darin. Er überflog es schnell: Positiv! Er atmete auf. Damit war dieses Thema endlich erledigt.

Konzentriert sortierte er in der nächsten Stunde die Unterlagen in zwei Ordner ein. Die Hälfte der Blätter war nicht mal gelocht. Doch das Lochen erledigte er nebenher, ohne sich aufzuregen. Als er fertig war, nahm er die Ordner und das Gutachten. Er trug alles zum Büro des Chefs, doch auf sein Klopfen reagierte niemand.

"Verzeihung", brummte plötzlich jemand hinter ihm. Er wirbelte herum. Sein Chef stand vor ihm mit einer großen dampfenden Tasse Kaffee in der Hand.

"Was gibt es?", fragte der Chef.

"Das Gutachten für den großen Rechtsstreit ist gekommen."

"Na, sagen Sie das doch gleich!", meinte der Chef freundlich, "lassen Sie mal sehen!"

Der Chef ließ sich auf seinen Sessel fallen. Er legte die Ordner auf den Schreibtisch und verschob dabei das Namensschild. Es sah fast aus wie das von Barak Obama, schwarz mit weißen Streifen. Nur dass nicht *Barack Obama* darauf stand, sondern *Hannes Mayer, Diplomchemiker*. Er schob ihm das Gutachten hinüber. Der Chef trank erstmal noch einen großen Schluck und lehnte sich zurück.

Die nächsten zehn Minuten war nur das Papiergeraschel vom Umblättern zu hören. Er verhielt sich ganz ruhig und blickte aus dem großen Fenster hinaus. Man hatte einen tollen Blick über Feuerbach. Wolkenloser Himmel, ein strahlendes Blau. Ein Flugzeug flog langsam von rechts nach links.

"Gut, dann kann ich den Hermann anrufen. Der Müller hat dafür was gut. Dieses Hin und Her ist mir ziemlich auf den Keks gegangen. Wusstest du, dass sogar eine Protestbewegung gegründet worden ist? Die verkünden überall, dass unsere Anlagen umweltschädlich seien und die Leute glauben das auch noch!", schimpfte Hannes. Er schlug mit der Faust auf den Tisch.

"Da muss jemand was dagegen machen! Die sind eine große Gefahr für unsere Firma! Ich will in den nächsten Jahren doppelt so viele Anlagen bauen wie jetzt. Die Versorgung der Welt mit Strom soll schließlich nicht nur von fossilen Brennstoffen abhängig sein!"

In seinem Kopf ratterte es.

Das wäre es doch!, dachte er. So könnte er dem Chef noch einen Gefallen tun. Wenn einige der Demonstranten plötzlich fehlten, würde die Bewegung sich vielleicht aus Angst selbst auflösen. Dafür mussten sie wahrscheinlich bedroht werden.

"Hören Sie mir eigentlich zu?", unterbrach Hannes seine Gedanken.

"Entschuldigen Sie, ich war für einen Moment abwesend", erwiderte er vorsichtig. Hannes schüttelte den Kopf.

"Also, dann schauen Sie zu, dass alles vorbereitet ist. Es soll keine Verzögerungen mehr geben. Am 1. Juli wird mit dem Bau begonnen!"

Hannes griff zum Telefonhörer und wählte eine Nummer. Das nahm er als Zeichen zu verschwinden. Er warf einen letzten Blick auf das Bild der Spullberger Stadtkirche St. Michael an der Wand hinter dem Chef und schnappte sich die beiden Ordner und das Gutachten. Zurück in seinem Büro dachte er weiter über die letzten Worte des Chefs nach, während er das Gutachten nochmal in Ruhe las. Die Idee fraß sich in seinem Kopf fest. Irgendjemand musste was gegen die Demonstranten unternehmen. Sie gefährdeten das Unternehmen. Sie stellten die Anlagen als gefährlich dar. Behaupteten, dass sie explodieren könnten.

Dass sie gesundheitsschädlich seien für Mensch und Umwelt wegen des Rückstandes, der als Düngemasse auf die Felder gekippt werden sollte.

Dass Monokulturen aufgrund von Extraanbau entstehen und die Belastung mit Giftstoffen in der Erde zunehmen würde.

Dass der Geruch die Leute stören würde ...

Eigentlich gefiel ihm der am meisten. Der Geruch nach Bauernhof. Nach Verwesung, wenn Abfall gebracht wurde. Zugegeben im Sommer war es manchmal schon etwas streng. Aber das waren ja meist nur ein paar Tage.

Er zog seinen Laptop zu sich her und tippte einige Worte ein. Die Seite der Protestbewegung sah ziemlich interessant aus, dass musste er ihnen schon lassen. Das Logo mit dem Maiskolben und der Sonnenblume war passend gewählt. Er vertiefte sich in die Liste mit den geplanten Terminen. Am Samstag gab es wieder einen Stand mit Getränken auf dem Wochenmarkt in Spullberg.

Da ließe sich doch bestimmt heimlich etwas hineinschütten? Nichts Gefährliches. Nur etwas, damit den Leuten schlecht wurde. Ein Abführmittel, zum Beispiel. Sowas bekam man doch auch frei in der Apotheke, überlegte er.

Nur bei der Dosis war er nicht ganz sicher. Aber das war ja eigentlich egal. Hauptsache, den Leuten wurde schlecht und sie sollten denken, dass dies von den Getränken der Protestbewegung kam. Das sollte das Interesse schmälern und die Leute negativ stimmen. Erstmal das Abführmittel besorgen und unauffällig in die Getränke mischen. Vorher brauchte er sich keine Gedanken machen. Er schaute auf die Uhr. Bald war Mittagspause. Da konnte er gleich zur Sonnenberg-Apotheke gehen. Vorsichtig blickte er sich um, schloss sein Büro ab und war im nächsten Moment unbemerkt nach draußen verschwunden.

William kochte seit Tagen vor Wut. Er konnte sich nicht beruhigen. Alle gingen ihm mittlerweile aus dem Weg. Er stampfte durch den Flur zum Büro. Flo blickte kurz auf, sagte aber kein Wort. Als eingespieltes Team wusste Flo, was William so auf die Palme brachte und dass man ihn in dieser Stimmung besser in Ruhe ließ, denn sonst bekam man die ungebremste Wut ab.

"Gibt es neue Informationen?", fragte Will, nachdem er seine Unterlagen auf den Tisch geknallt hatte. Er war eben vom Polizeipräsidenten Winkler von den Ermittlungen zu dem Mord an Kevin ausgeschlossen worden, da er indirekt betroffen war.

"Leider nichts. Die Befragungen sind abgeschlossen, die Protokolle liegen uns später vor", antwortete Flo ruhig. "Wie geht es Anna?", schob er seine Frage hinterher.

"Wie soll es ihr schon gehen? Ihr Ex Freund hat sturzbetrunken den Ex seiner Neuen umgebracht. Zum Glück hat sie das nicht gesehen! Außerdem hat er sie betrogen! Sie sitzt nur noch in ihrem Zimmer! Ich war froh, dass Jenny sie mitgenommen hat, damit sie mal rauskommt! Und jetzt das! Was denkt der Dreckskerl sich eigentlich dabei? Hätte er sich ihr doch bloß nie genähert! Ich könnte ihn umbringen! Und dann auch noch sturzbetrunken und bekifft! Das war ja noch die Höhe!", lud William seine Wut ab. Flo hielt still. "Das ist so eine Unverschämtheit! Der Junge war in meinem Haus und hat meine Tochter angefasst! Ich hab es gleich gesagt, dass der zu nichts gut ist! Der hat auch garantiert noch mehr mit Drogen zu tun, als ich bisher weiß! Du musst mir alle Informationen geben!", tobte er weiter.

Frustriert ließ er sich fallen, um im nächsten Moment wieder aufzuspringen und im Kreis um die beiden Schreibtische zu laufen, die zusammengeschoben in der Mitte des Raumes standen. Seine Unprofessionalität in diesem Moment übersah er dabei geflissentlich. Schließlich ließ er sich ausgepowert auf seinen Stuhl fallen. Zuhause war er der Vernünftige. Monika, seine Frau, wusste nicht weiter. Anna hatte sich eingesperrt und kam teilweise nicht mal zum Essen herunter. Falls sie doch kam, aß sie kaum was. Sie wurde immer dünner, war kaum mehr als Haut und Knochen. Dabei war sie schon immer dünn gewesen. Er schlug mit der Faust auf den Tisch. Flo schreckte hoch.

"Ich muss mit dem Jungen reden!", sagte Will mit einem entschuldigenden Blick. Das hatte er nicht beabsichtigt.

"Ich schau, was sich machen lässt", meinte Flo und stand auf. Als die Tür hinter ihm zufiel, vergrub Will den Kopf in seinen Händen. Es gab keine neuen Informationen zu Günther Schwabs Tod. Keiner hatte etwas gesehen. Der Bankdirektor wollte die Daten erst herausgeben, wenn Frau Schwab dem zugestimmt hatte. Da sie jedoch kurzfristig verreist und nicht erreichbar war, konnte er nichts machen. Die Überprüfung der verdächtigen Personen aus Marias Liste hatte auch nichts ergeben. Einige hatten Dreck am Stecken, aber das interessierte ihn nicht. Sollten sich die zuständigen Abteilungen dran hängen. Entsprechende Hinweise hatte er ihnen gegeben.

Die Magnetwand hinter ihm sah ziemlich leer aus. Es gab einfach keinen Anhaltspunkt. Herr Schwab war ein ordentlicher Steuerberater gewesen, viele der großen Firmen hatten ihn über den grünen Klee gelobt. Er war sorgfältig gewesen, bei dem was er getan hatte, und absolut zuverlässig. Will steckte in einer Sackgasse. Durch den Bekanntheitsgrad Schwabs machten nicht nur der Chef und die Medien Druck, sondern auch die Firmen, die wissen wollten, welcher bösartige Mensch den besten Steuerberater der Region umgebracht hatte. Julius Winkler, Chef der Landespolizei Stuttgart, hatte ihm bereits die Leviten gelesen und forderte lautstark

Ergebnisse. Aber es fehlten die Hinweise. Es gab nichts, was ein Motiv rechtfertigte. Gut, ein Mord war immer schlimm, egal was es für einen Grund gab. Doch wenigstens konnte William ihn normalerweise nachvollziehen, wenngleich er ihn meistens nicht verstand. Flo kam zurück und unterbrach Williams Gedanken.

"Du darfst ausnahmsweise zu Tobias", verkündete er mit einem Grinsen. William war perplex. Damit hatte er nicht gerechnet.

"Wie hast du das geschafft?", fragte er überrascht. Doch Flo grinste nur weiter.

Aha, da hatte er was gedreht, dachte William. Er zog die Akte des Falls heraus. Tobias lag in einem Einzelzimmer im Gefängniskrankenhaus, da große Fluchtgefahr bestand. Sein linkes Bein hatte er sich bei der Flucht gebrochen. Als die Polizisten ihn greifen wollten, hatte er sich gewehrt und die ganze Zeit wild um sich geschlagen. Der Alkoholtest ergab 3,4 Promille. Er konnte dem Haftrichter noch nicht vorgeführt werden, denn der komplizierte Bruch musste beobachtet und eventuell noch operiert werden. Zur Anklage kamen noch der Marihuanakonsum und -besitz dazu.

Und nicht zu vergessen die Bedrohung meiner Tochter!, dachte William grimmig. *Dem werde ich was husten!*

"Ich soll dich begleiten und darauf achten, dass du nichts Falsches tust", erklärte Flo und unterbrach William schon wieder in seinen Gedanken.

"Ich werde schon nichts Dummes tun", brummte der. "Wann darf ich zu ihm?"

"Um 15 Uhr in Begleitung der Staatsanwältin Fellen. Nur zur Sicherheit." Flo wich sofort ein paar Schritte zurück.

"Ernsthaft?", fragte William. Mit der Staatsanwältin hatte er so seine Probleme. Er fand sie manchmal ziemlich arrogant. Ihre Hartnäckigkeit dagegen schätzte er, denn sie gab nie auf. Dadurch konnte sie viele ihrer Fälle gewinnen. Trotzdem war er nicht gerade scharf auf eine Begegnung mit ihr. Ihn behandelte sie manchmal auch von oben herab, obwohl klar war, dass er der bessere Ermittler war. Sollte sie doch vor Gericht alles regeln. Er präsentierte ihr den Täter und die nötigen Beweise, die für eine gerechte Verurteilung nötig waren. Dafür konnte sie ja auch mal ein paar freundliche Worte mit ihm wechseln. Einige Kollegen, die versucht hatten, sich ihr anzunähern, bezeichneten sie als kalt.

"Na gut. Aber sie soll nichts sagen. Ich werde meine Befragung so durchführen, wie ich es für richtig halte!", erklärte William. "Ich bearbeite jetzt noch den Stapel Papier und dann werde ich den Jungen in die Mangel nehmen!"

"Das befürchte ich auch", sagte Flo. Er verzog sich aus dem Büro und kehrte erst kurz vor drei zurück. William war ihm dankbar für die paar Stunden Ruhe. Er hatte während dem Mittagessen den Artikel über Kevin in der Spullberger Zeitung entdeckt:

Betrunkener junger Mann ersticht Rivalen

Am vergangenen Freitag Abend gab es auf einer Hausparty in Spullberg eine lautstarke Auseinandersetzung, die für einen der Beteiligten tödlich endete. Laut Zeugenaussagen betrat spätabends ein nicht geladener Gast die Küche, wobei er wüste Beschimpfungen gegen die Anwesenden aussprach. Ein weiterer ungebetener Gast erschien und stritt sich mit dem ersten. Beide junge Männer waren stark alkoholisiert. Einer von ihnen zog ein Messer und stach auf den anderen ein. Er floh nach draußen, wobei der erste junge Mann den zweiten auf dem Parkplatz niederstach. Die sofort informierte Polizei konnte dem Messerstecher habhaft werden, als dieser einen Abhang in der Dunkelheit hinabstürzte. Der andere Mann überlebte die Nacht nicht. Er erlag seinen schweren Stichwunden. Zeugen berichteten von einem Streit um ein Mädchen.

„Bist du fertig?“, fragte Flo. William nickte und nahm die Akte

"Keine neuen Informationen?", fragte William, bevor sie gemeinsam das Büro verließen.

"Nein", gab Flo wie üblich lakonisch zurück. Sie gingen schweigend weiter. Das Gefängniskrankenhaus war mit einem kleinen Flügel an das normale Krankenhaus angebunden. Man gelangte nur über eine doppelte Türanlage und Kontrolle durch einen Wachmann in den Flügel. Hier lagen alle Häftlinge, die ärztliche Hilfe benötigten. Sie waren nur um einiges stärker bewacht als die normalen Patienten. Die Beamten brauchten zehn Minuten vom Polizeipräsidium bis zum Krankenhaus, und nochmal so lange, um in den abgeriegelten Flügel zu gelangen. Die Kontrolle war wie üblich schnell erledigt, denn der wachhabende Beamte kannte die beiden. Als Kriminalhauptkommissar war man eben bekannt, dadurch vereinfachten sich manche Dinge. Schließlich wollte sich keiner mit dem Chef anlegen. Hatte der doch das Meiste zu sagen. Die Staatsanwältin Andrea Fellen erwartete sie bereits mit gewohnt kühler Aura.

"Guten Tag, Herr Kriminalhauptkommissar", sagte sie und reichte William die Hand. "Der Mandant erwartet Sie bereits." William schüttelte ihr die Hand und wischte sie unauffällig an der Hose ab, denn sie roch unangenehm nach Rosen.

Sie betraten das Zimmer. Ein Einzelzimmer, weiß gehalten wie die anderen Krankenzimmer. Ein Krankenbett, in dem Tobias lag. Zwei Stühle neben der rechten Bettseite, links ein Rollkasten für persönliche Dinge. Tobias grinste. Sein linkes Bein war bis übers Knie in Gips gehüllt und wurde von einer Schlaufe gehalten. Dafür, dass er vor ein paar Tagen einen Mord begangen hatte, schien es ihm recht gut zu gehen.

"Guten Tag, William", sagte Tobias als erster. "Wie geht es dir denn so?"

William kochte innerlich vor Wut. Das fing ja gut an. Er setzte sein Pokerface auf.

"Zuerst einmal heißt das *Herr Kriminalhauptkommissar* und zum Zweiten *Sie*. Also: Weshalb bedrohst du meine Tochter?", stellte er seine wichtigste Frage.

"Bedroht?", lachte Tobias. "Ich habe nur meine Meinung geäußert. Schließlich ist sie meine Freundin. Mit der rede ich, wie es mir passt."

"Das ist immer noch meine Tochter, von der du da redest!", schleuderte William ihm wütend entgegen.

"Und wenn schon", höhnte Tobias unbeeindruckt. "Sie gehört mir. Sie hat nicht Schluss mit mir zu machen. Den Zeitpunkt bestimme ich. Und ich werde sie mir nicht von Ihnen wegnehmen lassen."

"Junge, ich bin der Kriminalhauptkommissar. Du bekommst schneller Verfügungen, als du gucken kannst!", gab William mit unterdrückter Wut zurück. "Du hast eine Mordanklage am Hals und das einzige, das dich interessiert, ist, dass du eine Freundin hast?"

"Das juckt mich nicht. Mein Vater holt mich da schon wieder raus", meinte Tobias. "Wieso sollte ich mir also Sorgen machen? Wegen so einer Mordanklage? Scheiße, nein, Mann. Außerdem, wer soll mir das beweisen?"

"Es gibt Zeugen", antwortete William kalt.

"Etwa der große Schwarzhaarige? Dass ich nicht lache. Der hat doch gar nichts zu melden."

"Seien Sie bitte vorsichtig, was Sie da sagen. Man kann alles vor Gericht gegen Sie verwenden und dann sieht es nicht positiv für Sie aus", mischte sich Staatsanwältin Fellen ein. "Das habe ich Ihnen bereits heute Morgen gesagt. Ich wiederhole mich nur ungern. Auch darüber habe ich Sie bereits informiert."

Tobias verdrehte die Augen. "Ja, ja, ich habe verstanden. Ich werde kein weiteres Wort mehr ohne meinen Anwalt sagen. Auf Wiedersehen."

Das Grinsen zog sich fast über beide Ohren. William hatte große Lust, einfach hineinzuschlagen, direkt auf die Nase. Er beherrschte sich jedoch. Auf eine Anklage wegen Körperverletzung eines Häftlings konnte er verzichten.

"Ich frage nochmal, warum hast du Kevin das Messer in den Rücken gerammt?", kam William auf seine Frage zurück.

"Ich war betrunken und bekifft. Ich habe keine Ahnung, warum ich das angeblich getan haben soll." Tobias Gesicht war zu einer höhnischen Fratze verzogen.

Der wusste es ganz genau, wurde William in diesem Moment bewusst. Er wollte auf Unzurechnungsfähigkeit plädieren. Aber ohne ihn.

"Nun gut. Der Richter wird das vermutlich anders sehen. Deine Vorstrafen wegen Autodiebstahl werden es dir nicht leichter machen", sagte er.

"Mir scheißegal", gab Tobias ungerührt zurück. "Sobald das alles erledigt ist, kann ich mich um Anna kümmern. So wie es sich für einen Freund gehört."

William beschlich ein ungutes Gefühl.

"Sie können mir gar nichts. Sie haben keine Beweise in der Hand. Mein Vater hat den besten Anwalt angerufen. Jetzt will ich meine Ruhe haben. Verlassen Sie bitte mein Zimmer."

Tobias' hässliches Lachen sollte William noch eine Weile verfolgen. So schnell er konnte, verließ er das Krankenzimmer. Flo kam fast nicht hinterher. Staatsanwältin Fellen rief ihm noch etwas hinterher, aber das registrierte er kaum. Ihm grauste vor den nächsten Tagen. Sie mussten alle Hinweise nochmal durchgehen. Er brauchte Abstand von diesem Fall. Der hatte ihn tiefer getroffen, als er es zugeben wollte. Es ging schließlich um seine Tochter. Noch immer hatte er die höhnische Stimme von Tobias im Kopf. Er lief schneller, um ihr zu entkommen.

"Die Fellen ruft dich später an", japste Flo, als beide im Auto saßen. William nickte nur und trat das Gaspedal durch. Mit quietschenden Reifen fuhren sie aus dem Krankenhausparkhaus hinaus.

12

MITTWOCH

Walter saß an seinem Schreibtisch bei sich zuhause und hielt das Gutachten von Roland Müller über das Baugrundstück in der Hand. Positiv. Er hatte damit gerechnet, aber es traf ihn dennoch. War er doch der Vorstand in der Protestbewegung gegen die Biogasanlage! Er schloss die Augen. Was das nun für die Gruppe bedeutete, lag auf der Hand. Sie wollten, wenn nötig, Gewalt anwenden, um die Arbeiter an ihrer Arbeit zu hindern. Die Folgen waren ihnen egal. Wenn es um den Naturschutz ging, kannten sie weder Grenzen noch Gesetze. Ihr Engagement hatte Walter früher gefallen. Es hatte trotzdem stets Grenzen gegeben, die alle respektiert hatten. Keiner hatte sie übertreten. Er öffnete seine Augen wieder, griff zum Telefonhörer und wählte die Nummer von Norbert. Der hob fast sofort ab.

"Hallo Walter", wurde er fröhlich begrüßt. "Und wie sieht das Gutachten aus?"

"Kannst du Gedanken lesen?", fragte Walter verwundert. "Ich habe es eben aus der Post gezogen. Das Ergebnis kannst du dir ja denken. Baubeginn ist gleich am 1.Juli. Das heißt nächste Woche Mittwoch. Genau in eine Woche."

"Sind die anderen schon informiert?", fragte Norbert ruhig.

"Nein, du bist der erste. Also, heute Abend Generalversammlung?"

"Definitiv. Da wird sich dann das weitere Vorgehen klären. Ein Vortreffen mit den wichtigsten Organisatoren sollte dennoch kurz vorher stattfinden. Ich kümmere mich darum. Ist 19.00 Uhr in der Gemeindehalle in Ordnung? Um 20.00 Uhr dann für den Rest."

"Ja, das ist in Ordnung", antwortete Walter.

"Gut, dann gebe ich dir später Bescheid, wenn alles geklärt ist", sagte Norbert und hatte im nächsten Moment schon ohne Verabschiedung aufgelegt. Walter zuckte mit den Schultern und legte den Telefonhörer auf die Gabel zurück. Norbert war ein Mann der Tat. Er sprach und tat es einfach. Solche Leute sollte es öfter geben. Er las das Gutachten noch einmal. Seufzend legte er es auf seinen Tisch. Sein Handy brummte, eine Email von Norbert. Das Treffen am Abend klappte.

Dann sollte er mal seine Rede vorbereiten. Er durfte sich keinen sprachlichen Fehler erlauben, da die meisten auf das positive Gutachten mit Aggression reagieren würden, dessen war er sich sicher. Jedes falsche Wort konnte da die Stimmung schnell kippen lassen. Deshalb wollte er nichts falsch machen. Er las es erneut durch und schrieb einige Notizen auf seinen Block. Normalerweise bereitete er sich intensiver auf die Treffen mit der Widerstandsbewegung vor. Doch dafür war heute keine Zeit mehr. In ein paar Stunden war bereits Treffpunkt. Alle, die wichtige Positionen bekleideten und in der Protestbewegung waren, sollten anwesend sein.

Später folgte dann der Rest der Truppe. Er seufzte und tippte seine Rede am Computer. Mehrmals änderte er seine Wortwahl, sodass er für alle Eventualitäten gewappnet war.

Nach drei Stunden Feilerei stellte er fest, dass er sehr hungrig war. Im Kühlschrank in der benachbarten Küche fand er den Rest eines Schokoladenkuchens, den seine Frau Inga vor zwei Tagen gebacken hatte, im Fach darüber die Reste der Lasagne von gestern. Beides war schnell verputzt. Sie hatte gesagt, dass sie heute Abend Käsespätzle machen wollte, die mussten jedoch aufgrund des Treffens ausfallen. Ingas Käsespätzle waren die besten, die er je gegessen hatte. Selbstgemachte Spätzle mit Röstzwiebeln, Speck und viel Käse, meist geriebenem Emmentaler. Eine Allgäuer Spezialität genau genommen.

Er beantwortete noch seine restlichen Emails und stellte dann fest, dass er zu spät dran war. Schnell packte er seine Unterlagen zusammen und fuhr auf dem schnellsten Weg von Tigersheim nach Spullberg zur Gemeindehalle im Rathaus. Der kleine Parkplatz war komplett belegt. Im letzten Eck quetschte er sein Auto zwischen die Mauer und einen silbernen Peugeot. Beinahe kam er nicht aus der Autotür heraus.

“Sollte wohl den Kuchen streichen”, brummte er vor sich hin. Am Bauch hatte er mehr zugelegt als ihm lieb war. Schnell strich er sein Hemd glatt. Im Vorraum des Rathauses warteten Norbert und einige der anderen bereits auf ihn.

“Ah, da bist du ja endlich”, wurde er begrüßt.

“Ja, entschuldigt, die Uhr hing nicht ganz in meinem Blickfeld”, grinste Walter.

“Also, das Gutachten ist positiv, richtig?”, fragte Thomas.

“Ja”, erwiderte Walter. “Das bedeutet, dass nächsten Mittwoch Baubeginn sein wird. Hermann wird nicht länger warten wollen.”

“Genau meine Befürchtung”, sagte Norbert. “Lasst uns reingehen, dann besprechen wir, was man noch tun kann.”

Verhindern konnte man es sowieso nicht mehr. Dadurch, dass das Stuttgarter Amt für Bauunternehmen es bereits genehmigt hatte, standen die Chancen für eine Revision nach dem positiven Gutachten schlecht. Norbert hatte nach einigen Recherchen festgestellt, dass der höchste Amtsträger Biogasanlagen positiv gegenüber stand. Sein Opa hatte selbst eine auf seinem kleinen Bauernhof im Schwarzwald.

“Wir werden auf gar keinen Fall aufgeben”, drangen Norberts Worte durch Walters Gedanken. “Am besten wäre eine Protestaktion direkt auf dem Gelände, beziehungsweise am Eingang. Der Bürgermeister wird eine Einweihungsrede halten wollen. Und am Samstag müssen wir auf jeden Fall auf den Wochenmarkt gehen. Die Leute müssen endlich begreifen, wie schlecht diese Anlagen sind!”

Zustimmendes Nicken von allen.

“Gut, dann hat sich die Frage ja von selbst geklärt. Was tun wir, wenn uns die Polizei vertreiben will?”, gab Walter seine Bedenken in die Runde.

“Erstens lassen wir uns nicht vertreiben und zweitens melden wir das an, dann können die uns gar nichts.” Norberts böser Blick sagte alles. Für was er sich auch entschied, das zog er durch. Mit sämtlichen Konsequenzen.

“Das übernehme ich”, meinte Thomas und zog sein Handy heraus. Sein Schwager war bei der Polizei, daher regelte er immer diese Sachen, sodass die Gruppe keinen Ärger fürchten musste.

“Haben wir noch genug Flyer und Prospekte?”, fragte Norbert Gunter. Der Druckermeister nickte.

“Notfalls kann ich am Freitag Nachmittag noch einige nachdrucken. Kein Problem”, antwortete er mit seiner heiseren, vom Rauch gezeichneten Stimme.

“Nächste Woche wird es ziemlich heiß. Wir sollten noch Getränke und Pappbecher besorgen. Dann können wir die Leute an unseren Stand locken. Wasser und Apfelsaft reichen. Walter, hast du Zeit, das zu besorgen?”

Norberts Umsicht war manchmal ziemlich beeindruckend.

“Ja, kein Problem. Was schätzt du, wie viel wir brauchen? Reste haben wir auch noch etwas vom letzten Samstag.”

“Hm”, überlegte Norbert, “da das eine große Veranstaltung wird, würde ich mindestens 1000 Pappbecher kaufen. Eventuell kann man noch Cola und Fanta kaltstellen. Etwas Abwechslung."

"Okay, das kriege ich alles bei Metro günstig", sagte Walter.

"Ab wann gehts denn da los am Mittwoch?", fragte Thomas.

"Schätzungsweise vormittags gegen elf. Das kläre ich aber noch ab. Zwei Stunden vorher ist auf jeden Fall Aufbau. Ich brauche dann die Bank und die Stehtische. Wer ist am Samstag auf dem Wochenmarkt?", fragte Walter.

"Ich komme auf jeden Fall", sagte Thomas. "Denn ich weiß noch nicht, ob ich am Mittwoch aus dem Geschäft rauskomme. Da wird es definitiv schwierig. Wer von den anderen kann, keine Ahnung."

"Das sehen wir ja später", meinte Walter. "Ich hab es ja gewusst, dass das passieren wird."

"Leider. Aber die Welt ist ungerecht", sagte Norbert.

Die Tür öffnete sich und die ersten aus der Gruppe betraten den Raum.

"Lasst uns die Stühle aufstellen. Die anderen dürfen sie wieder abbauen", rief Thomas und war schneller bei den Stuhlreihen in der Ecke, als Walter reagieren konnte.

"Ist okay", lachte er schließlich.

Sie bauten die Stühle auf. Nach einigen Minuten waren fast alle Mitglieder anwesend. Walter informierte sie kurz und knapp über den neuesten Stand. Laute Zwischenrufe, wüste Beschimpfungen und der Lärm zweier umgeschubster Stühle hallten durch den Raum. Keiner konnte die Entscheidung verstehen. Norbert diskutierte heftig mit einer Gruppe älterer Herren. Walter verließ schnell den Raum. Er würde es nicht schaffen, sie zu beruhigen. Da musste eine Nacht darüber geschlafen werden.

13

FREITAG

Ich lag bäuchlings auf meinem Bett und schaute fern. Den Sinn nahm ich nicht wahr. Immer wieder schweiften meine Gedanken fort, an den Abend vor einer Woche. Heute war Freitag, also war es eine ganze Woche her. Sieben Tage, in denen ich mich in meinem Zimmer eingeschlossen hatte. Niemanden wollte ich sehen. Meine Eltern hatten es anfangs akzeptiert. Auch, dass ich nicht zur Schule gehen wollte. Der freundliche Beamte, bei dem ich am Samstag meine Aussage zu Protokoll gegeben hatte, stellte mir eine Unterrichtsbefreiung aus. Ich musste ihm von meiner Beziehung zu Tobias erzählen. Warum und wie lange ich mit ihm zusammen gewesen war, was der Grund für die Trennung war. Ob, was passiert war. Ob er während unserer Beziehung auch so ausgerastet war. Ob das öfters vorkam. Ob es am Alkohol gelegen hatte.

Fragen über Fragen. Meine Antworten hatten ihn zufriedengestellt. Auch Papa, der mit mir gekommen war, hatte nicht weiter gebohrt. Sonst hätte ich von den Schlägen erzählen müssen. Zweimal hatte er die Hand gegen mich erhoben. Beide Male hatte er sich sofort entschuldigt und mich in den Arm genommen. Er hatte versprochen, dass dies nie wieder geschehen würde. Beim zweiten Mal war ich Hals über Kopf aus dem Haus gelaufen. Ab da war es komisch gewesen. Ich zog mich etwas zurück. Er war jedoch so lieb zu mir gewesen, dass ich ihm wieder eine Chance gab. Bis zu dem Tag, als ich ihn im Café Blues mit der anderen gesehen hatte.

Schnell schob ich den Gedanken beiseite. Daran wollte ich nicht erinnert werden. Ich schaltete den Fernseher aus. Es war erst zwölf Uhr mittags. Ich drehte mich auf den Rücken. Zulange auf dem Bauch liegen, war einfach nichts. Mein Buch hatte ich seit zwei Tagen auch nicht mehr angerührt. Dabei war es eigentlich spannend. Alle viere hatte ich von mir gestreckt und starrte an die Decke. Ich war unschlüssig, ob ich ins Orchester gehen sollte. Sie würden nur Fragen stellen, die ich nicht beantworten wollte.

Was soll ich nur tun?, dachte ich. *So kann es ja nicht weitergehen.*

Tränen schossen in meine Augen. Sie liefen an meinen Wangen hinab und versickerten im Stoff des Spannbetttuchs. Ich würde nicht hingehen. Auch wenn ich dafür mein Glas im nächsten Jahr nicht bekommen sollte. Das vom letzten Jahr stand ganz oben auf dem Regal über zwei Krimis von Simon Beckett. Auf dem Weinglas vom Orchester standen der Name und das Jahr, in dem man von den Proben nur eine oder zwei versäumt hatte. Dann bekam man so eins. Dieses Jahr wollte ich auch unbedingt eins haben. Aber die Fragen? Nein, dazu hatte ich wirklich keine Lust.

Plötzlich öffnete sich die Tür. Mama kam herein. Schnell wischte ich die Tränen weg und setzte mich auf. Zum Glück, denn hinter ihr stand Max.

“Er wollte nach dir sehen. Ich konnte ihn nicht abhalten.” Mamas entschuldigendes Lächeln gab mir den nötigen Ruck.

“Äh, ja, also”, stotterte ich verlegen und strich durch meine verwuschelten Haare. “Komm doch rein.”

“Ja, gerne”, meinte Max und ein verschmitztes Grinsen huschte über sein Gesicht. Er trat langsam ein. Mama zwinkerte mir zu und zog sich zurück. Die Tür ließ sie dabei ein Stück offen. Ich wusste, dass sie lauschen würde, ob alles in Ordnung war. Ich wusste auch, dass Max ihr gefallen hatte, sonst hätte sie ihn nicht ohne Weiteres reingelassen und erst recht nicht allein in mein Zimmer geschickt. Selbst Tobias hatte erst nach einem halben Jahr überhaupt in mein Zimmer kommen dürfen. Er war immer unten gehalten worden, was eher an Papa lag. Er hatte Tobias von Anfang an nicht getraut.

Max stand vor dem Fenster. Seine pechschwarzen Haaren standen etwas verwuschelt von seinem Kopf ab. Sein blaukariertes Hemd stand ihm super. Die schwarze Röhrenjeans und die passenden blauen Sneakers rundeten das Bild ab.

“Einen schönen Ausblick hast du”, sagte er nach einigen Minuten Schweigen. Er drehte sich um und kam auf mich zu. Noch immer konnte ich kein Wort herausbringen.

“Darf ich mich setzen?” Sein Lächeln haute mich fast um.

“Ja, klar”, murmelte ich und rutschte etwas zur Seite Richtung Wand. Hinter mir hingen drei große Poster. Das linke war ein Filmposter von *Fluch der Karibik*, das mittlere zeigte Legolas mit gespanntem Bogen und das rechte Mr. Spock aus *Star Trek*. Max sah sich alle Poster an.

“Wie geht es dir?”, fragte er dann und sah mir direkt in die Augen. Seine waren grüngrau. Sie zeigten Besorgnis, aber auch Verlangen.

“Naja, geht so”, antwortete ich mit einem schiefen Grinsen. “Bin eigentlich nur noch in meinem Zimmer. Sowas hätte ich von ihm nie gedacht.”

“Hm, ja. Es gibt leider immer wieder solche Menschen. Das liegt nicht nur am Alkohol. Aber ja, ich hatte damit auch nicht gerechnet.”

“Du hast es gesehen, oder? Also, wie Tobi das Messer ... wie Kevin, also ... das Messer ...”

Sein Gesicht wurde steinern. “Ja, ich habe es gesehen. Es war schrecklich.”

Er schaute mich an und ich konnte die Trauer in seinen Augen sehen.

“Ich kannte ihn ja nicht einmal. Trotzdem tut es mir sehr leid. Er ist ja mittlerweile gestorben.”

Ich nickte. Am Samstag war Kevin nach weiteren Operationen seinen Verletzungen erlegen. Er hatte zu viel Blut verloren. Papa hatte es mir erst am Montag gesagt, was auch besser war. Bis dahin hatte ich mich einigermaßen wieder im Griff gehabt und musste nicht ständig meine Tränen unterdrücken.

“Hast du nochmal was Tobias gehört?” Wachsam blickte er mich an. Ich hatte keine Ahnung, was er mit der Frage bezweckte.

“Gar nichts mehr. Will ich auch gar nicht. Er liegt im Gefängniskrankenhaus. Sein Bein ist ja gebrochen. Papa war bei ihm. Keine Ahnung, seit ...” Meine Stimme brach ab. Meine Augen füllten sich mit Tränen, voll peinlich. Ich wischte sie schnell weg. Max hatte sie trotzdem gesehen.

“Jenny hat es mir erzählt. Dass er dich betrogen hat, und wie du es erfahren hast. Tut mir leid.” Er berührte vorsichtig meinen Arm. Ich zuckte zurück.

“Keine Angst, ich tu dir nichts.” Schnell zog er seine Hand zurück. “Heute ist schönes Wetter. Ich bin bei einem Kumpel eingeladen zum Grillen. Wir wollen einen gemütlichen Nachmittag machen. Bisschen Ablenkung. Ich würde dich gerne mitnehmen, wenn du Lust hast.”

Ich war misstrauisch. Ich vermutete Mama hinter der Frage. Sie hatte mich die letzten Tage immer wieder darauf angesprochen, rauszugehen und mit jemandem über alles zu sprechen. Doch auch Jenny hatte ich abgeblockt und ihr nur kurz geantwortet. Aber ich musste irgendwann wieder raus. Soweit war ich auch schon gekommen. Und ein Nachmittag mit so einem süßen Jungen hatte zumindest was.

“Okay. ich komme mit”, sagte ich zögerlich. Max strahlte.

“Super. Ich denke, dass dir das ganz gut tun würde. Naja, die ganze Situation ... Mich hat es ja auch getroffen. Aber als direkt Beteiligter sieht die ganze Sache noch mal anders aus. Wir müssten allerdings noch paar Sachen besorgen. Das heißt, du solltest dich umziehen." Mit einem Grinsen deutete er auf meine graue Jogginghose. Ich musste lachen und es hatte etwas Befreiendes und tat mir gut. Max' Lachen war ein weiterer Grund zum Aufstehen.

"Okay, dann aber jetzt raus aus meinem Zimmer", lachte ich. Geschmeidig erhob er sich und ging zur Tür.

"Normalerweise schmeißt man mich nicht einfach aus dem Raum", meinte er, als er sich nochmal umdrehte. Er lächelte und schloss dann die Tür hinter sich.

Unten hörte ich ihn mit Mama reden. Schnell zog ich meine graue Jeans, einen schwarzen Pulli und meine Jeansjacke aus dem Schrank und zog mich um. Ich hatte mein eigenes kleines Bad nebenan, wo ich mich schnell richten konnte. Wimperntusche und etwas Kajal, die langen braunen Haare zu einem hohen Pferdeschwanz zusammengebunden, dann war ich startklar. Mein Geldbeutel und meine anderen Sachen waren noch vom Samstag in meiner Tasche. Nur meine Pille warf ich noch rein, da ich nicht wusste, wie lange der Abend gehen sollte. Ich lief nach unten. Mama kochte gerade Reispfanne mit Paprika, Ei, Schinken und Salami. Normalerweise hatte sie was dagegen, wenn man kurz vor dem Mittagessen woanders hingehen wollte. Heute aber stellte es kein Problem dar.

"Bist du soweit?", fragte Max lächelnd.

"Pass auf sie auf", kam mir Mama zuvor. "Nicht, dass es wieder so endet wie letztes Mal. Bitte." Sie warf mir einen Blick zu, den ich nicht deuten konnte. Es lag alles darin, Hoffnung, Liebe, Sorge.

“Ich pass auf, versprochen” Max legte den Arm um mich, zog ihn aber schnell zurück, als ich mich wehrte. Nur keine Berührungen. Das hatte Tobias auch nie verstanden. Deshalb konnte ich es gerade nicht ertragen.

“Komm, lass uns einkaufen.” Max verabschiedete sich von Mama und war schneller an der Tür, als ich meine Schuhe angezogen hatte. Wir lachten und ich winkte Mama zu.

“Sei vorsichtig!”, rief sie mir hinterher. Ich verdrehte die Augen. Ich konnte selbst auf mich aufpassen, war ja schließlich kein kleines Kind mehr. Max‘ Grinsen sagte alles. Ich wurde rot und huschte schnell an ihm vorbei. Sein schwarzer Golf stand direkt hinter meinem VW *up*.

Wir fuhren zum Kaufland. Im Aufzug des Parkhauses streiften seine Finger meinen Arm. Alle Härchen stellten sich auf. Zum Glück öffnete sich in dem Moment die Fahrstuhltür. So bemerkte er es nicht. Wir kauften Grillzeug, Ketchup, Aufbackbrötchen, Salat, Tomaten, Hirtenkäse und Cola. Er erzählte mir von den Jungs, die dabei sein sollten. Die meisten waren Studenten, so wie er. Sie waren in Stuttgart an der Vaihinger Universität und zwischen 23 und 27 Jahren alt.

“Woher hast du denn eigentlich gewusst, wo ich wohne?”, unterbrach ich ihn. Er lachte. “Lach nicht.” Ich war gekränkt.

“Weißt du”, sagte er, während er den Arm um mich legte und mich an sich zog, “ich kenne da so jemanden, der jemanden kennt, der auch jemanden kennt, der dich kennt.” Er blickte mir in die Augen und dahinter steckte das schönste Lächeln, das ich je gesehen hatte. Mir wurde ganz warm ums Herz. Ich wusste nicht, was gerade passierte.

“Na Schmarr'n. Ich hab mit einem Beamten gesprochen und der sagte mir, dass du die Tochter des Kriminalhauptkommissars bist. Da bin ich zu ihm ins Büro gegangen und hab kurz mit ihm gesprochen. Er hatte nichts dagegen, dass ich mal vorbeikomme. Ich hoffe, du auch nicht.” Kritisch musterte er mich. Ich musste grinsen.

“Bis jetzt habe ich nichts zu beanstanden.” Er lachte und gab mir einen Kuss auf die Stirn. Schnell löste ich mich aus seiner Umarmung. Irgendwie war mir das nicht geheuer. Ich sehnte mich danach, mich an ihn zu lehnen, hatte aber gleichzeitig mega Angst davor, zurückgewiesen zu werden. Tobias hatte mich manchmal weggestoßen, wenn ich mich an ihn kuscheln wollte. Das hatte mich verunsichert. Die letzten Wochen hatte ich allein in meinem Zimmer verbracht, wenn ich nicht gerade in der Schule oder im Orchester war. Daher war ich eine solche Aufmerksamkeit nicht gewohnt. Vor allem liefen hier Mädchen in weitaus attraktiveren Klamotten herum, als ich mit meiner blauen Jeans und meinem schwarzen T-Shirt. Die ersten hatten bereits Hotpants an. Wir zahlten und Max hielt etwas Abstand. Ich glaube, er war irritiert über meine Reaktion.

Sein Kumpel Nick wohnte im Wohnheim an der Universität. Über die A8 brauchten wir etwa eine halbe Stunde.

“So, wir sind da. Also, mach dir keine Sorgen, die Jungs sind ganz nett. Finns Freundin ist dabei und eventuell kommen auch noch Vanessa und Tanja. Mal schauen. Komm.”

Max stieg aus und holte den Einkauf aus dem Kofferraum, den wir in einem grünen Korb verstaut hatten. Am Hochhaus mit der Hausnummer 17 klingelte Max.

“Ist leider im fünften Stock und es hat keinen Aufzug.” Er guckte mich schräg an. Ich zog die linke Augenbraue hoch und musste doch grinsen.

“Oh nein, so viele Stufen! Das geht gar nicht!”, gab ich sarkastisch zurück. Wir prusteten los und überhörten beinahe das “Hey jo, Bro! What geeeeht?!” aus der Gegensprechanlage.

“Ich bin‘s!”, konnte Max gerade noch sagen, bevor er wieder loslachen musste. Ich liebte sein Lachen jetzt schon. Verwundert über meine Reaktion folgte ich ihm durch das kühle Treppenhaus, während ich eine wirklich interessante Aussicht auf seinen Hintern hatte, den er mit einer engen Röhrenjeans sehr gut zu betonen wusste. Oben angekommen war ich doch etwas aus der Puste. Max hatte die Stufen locker genommen. Er atmete normal. Ich keuchte fast wie eine Dampflokomotive, mega peinlich. Ich musste dringend wieder Sport machen. Die Tür stand offen und wir stiegen über einen kunterbunten Haufen im Flur aus Schuhen, Taschen und Jacken, die kreuz und quer in der Garderobe hingen und standen. Die Jungs saßen auf dem Balkon. Der Grill war schon angeworfen worden. Während ich die Sachen im Kühlschrank verstaute, der schon fast aus allen Nähten platzte, begrüßte Max die Jungs. Sie lachten und schlugen sich gegenseitig auf die Schulter. An den Küchenschränken hingen Postkarten aus vielen Ländern mit diversen Sprüchen.

“Kommst du, Anna?”, rief Max. Ich löste meinen Blick von der Sammlung und ging langsam zu ihnen. An der Tür lehnte ich mich an den Rahmen und verschränkte die Arme vor der Brust.

“Hey”, sagte ich vorsichtig. Es waren sieben Jungs, die mich alle musterten. Marco, Thomas, Jonas, Fabian, Tim, Finn und natürlich Max. Mir war das peinlich. Die ganze Aufmerksamkeit. Besonders Max ließ die Augen nicht von mir, nicht mal, als er einen großen Schluck aus seiner Bierflasche nahm. Ich wurde knallrot. Max zog mich her und drückte mir auch eine geöffnete Flasche in die Hand. Die Jungs quatschten weiter über ihre Studienthemen. Die Hälfte kapierte ich nicht. Irgendwann holte Jonas die Grillsachen, während Thomas den Salat machte. Beim Essen landete ich aus Platzmangel auf Max' Schoß. Er hatte seinen rechten Arm um mich gelegt und ich lehnte mich zurück an seine Schulter. Den Platz verließ ich den ganzen Abend nicht mehr. Es war super schön. Auch die Nähe zu Max empfand ich nicht als unangenehm. Die anderen Mädchen kamen nicht mehr. Die Jungs quatschen und erzählten von ihren Erlebnissen. Es wurde immer später. Ich konnte den Sonnenverlauf beobachten. Irgendwann spät am Abend fuhren wir wieder heim.

Bevor Max mich daheim rausließ, küsste er mich. Wie eine Flamme schoss die Wärme durch meinen Körper. Er schaute mir in die Augen und strich mit seiner Hand über meinen Kopf.

“Ich würde dich gerne wieder sehen, wenn du magst.” Ich konnte nur noch nicken. Ich war so glücklich wie lange nicht mehr.

“Ja”, hauchte ich. Seine Augen strahlten und er küsste mich nochmal. Dann zog er sein Handy heraus und drückte es mir in die Hand.

“Dann brauch ich jetzt nur noch deine Nummer.” Ich lachte und tippte sie ein. Er küsste mich nochmal, dann stieg ich aus. Ich winkte ihm zu und verschwand im Haus. Später, als ich im Bett lag und schon fast schlief, kam eine WhatsApp-Nachricht von Max.

„Danke für den schönen Tag. Schlaf gut ;)“

Glücklich schlief ich ein. An mein Orchester hatte ich den ganzen Abend nicht ein einziges Mal gedacht.

14

MITTWOCH

Hermann Knapp lachte. Er stand auf dem Podest, von dem er seine Rede halten wollte. Heute war Spatenanstich für den Bau der Biogasanlage. Die Arbeiter waren bereits alle versammelt. Die ersten Maschinen waren startklar. Um Punkt 10 Uhr startet er seine Rede. Zuerst blickte er noch einmal auf die versammelten Menschen. Etwa fünfhundert waren gekommen. Viele der Gesichter kannte er oder meinte, sie bereits irgendwo schon gesehen zu haben. Auch viele der Gegner waren anwesend. Sie hatten sich erdreistet, auf beiden Wegen zum Grundstück Stände aufzubauen, an denen sie immer noch versuchten, die Leute gegen die Biogasanlage aufzuhetzen. Aber das war ihm egal. Sie konnten jetzt nichts mehr tun.

“Guten Morgen, meine Damen und Herren. Ich darf Sie heute recht herzlich willkommen heißen. Es geht, wie alle wissen, um die Baueröffnung der Biogasanlage. Ich bin sehr stolz darauf, dass wir mit Unterstützung der benachbarten Gemeinden bald einen Teil der benötigten Energie selbst produzieren können. Hierfür werden die Bioabfälle gesammelt und zur Anlage gebracht. Mittels Mikroorganismen stellt sie dann aus dem Abfall Energie her, die als Strom in unser Netz eingespeist wird. Somit müssen wir weniger Strom von außerhalb kaufen. Natürlich ist so ein Bau immer erstmal mit Kosten verbunden. Aber in etwa fünf Jahren haben wir das Geld dafür wieder reingeholt und können dann auch Geld einnehmen. Das investieren wir in den Straßenbau und die Bildung. Wir können damit neue Arbeitsmaterialien erwerben und auch den einen oder anderen zusätzlichen Lehrer einstellen. Ich sehe dies als große Chance an, uns auch gegenüber anderen Gemeinden als Förderer des Umweltschutzes darzustellen."

Beim letzten Satz konnte er ein überlegenes Grinsen in Richtung der Demonstranten nicht verkneifen. Sollten sie doch mal sehen, dass dieses Ding eben nicht nur Nachteile brachte.

"Denken Sie doch nur mal an den vielen Müll, der tagtäglich von jedem von uns produziert wird. Jeder Mensch erzeugt ungefähr 600 Kilogramm Müll im Jahr. Damit sind wir unter den Spitzenreitern in Europa. Zu Energie gemacht werden vielleicht 15 bis 20 Prozent. Die vielen Essensreste, die weggeworfen werden, sollen noch einen Zweck bekommen, als nur irgendwo zu vergammeln. Falls jemand noch weitere Informationen haben möchte, kann er die von der Victor Bauer Energie GmbH am Stand dort in der Ecke erhalten. In diesem Sinne würde ich sagen, wir können mit dem Bau beginnen. Verzeihung, die Arbeiter beginnen mit ihrer Arbeit. Für Essen und Getränke ist auch gesorgt. Bitte beachten Sie noch das Rauchverbot auf dem Gelände sowie das Verbot zur Überschreitung der Abzäunung. Einige Polizisten in Zivil befinden sich unter uns, daher würde ich keinem raten, eine Dummheit zu begehen."

Eigentlich hätte er das nicht erwähnen sollen, aber es kümmerte ihn nicht. Er hatte keine Lust darauf, dass einige der Demonstranten auf das Gelände stürmten und die Arbeiter an ihrer Arbeit hinderten.

So schnell wie möglich sollte die Anlage in Betrieb gehen. Dann wären alle Forderungen an ihn erfüllt. Erst wenn alles vorschriftsmäßig ablief, sollte er seine letzte Rate erhalten. Die war wichtig für ihn. Ihn interessierte die Umwelt kein Stück. Aber bei der Provision ... Da konnte man nicht nein sagen. Zumal man als Bürgermeister ja die meiste Macht hatte. Und als der Müller mit seinem Gutachten alles in die Wege geleitet hatte, konnte ihn keiner mehr bremsen. Schon gar nicht so eine lächerliche Gruppe von Demonstranten.

“Herr Bürgermeister, Herr Bürgermeister!”, rief ihn eine penetrante Stimme. Es war ein Journalist der Spullberger Zeitung.

“Bitte, können Sie uns noch ein paar Fragen zur Anlage beantworten?”

Hermann lachte. Er sollte sich gut mit den Journalisten stellen, sonst drehten die ihm womöglich noch die Worte im Mund herum. Wenn denen was nicht in den Kram passte, konnten sie sehr unhöflich werden. Insbesondere wenn man selbst zuvor unhöflich gewesen war. Da waren sie ziemlich beleidigt. Also schnell das beste Lächeln aufsetzen und höflich die Fragen beantworten. Ab und zu musste das eben sein.

Aus dem Augenwinkel beobachtete er den ersten Spatenstich. Die Bäume auf dem Gelände waren schnell gefällt und zur Seite gelegt worden. Sie sollten als erstes Brennmaterial dienen, um eine Grundlage zu schaffen. Die Arbeiter steckten die Markierungen für die einzelnen Teile der Anlage ab. Für die Technikgebäude sollten die Gruben als erstes ausgehoben werden. Fleißig wuselten sie umher.

Die Sonne wanderte am Himmel entlang. Einige Schaulustige verließen bereits das Gelände. So spektakulär war es schließlich doch nicht. Die Bagger hoben die ersten Gruben aus. Hermann beschloss, für heute Schluss zu machen. An den Stapel Papier auf seinem Schreibtisch mochte er nicht denken. Das hatte Zeit bis morgen. Joseph hatte sich auch nur kurz blicken lassen und war relativ schnell wieder verschwunden, als der Bau begonnen hatte. Er war sich nicht sicher, ob Joseph voll hinter seinen Plänen stand. Darum musste er sich noch kümmern.

Befriedigt schaute er sich noch den Fortschritt an, lobte den Bauleiter und versprach, in den nächsten Tagen wieder vorbeizuschauen. Endlich ging alles seinen Gang, so, wie er es von Anfang an gewollt hatte. Niemand konnte sich ihm in den Weg stellen.

15

SAMSTAG

Heute war Samstag. Er stand am Fenster seiner kleinen Wohnung und starrte hinaus. Nachher wollte er auf den wöchentlichen Markt in Spullberg. Die Tasche mit dem kleinen Fläschchen stand schon bereit. Gegen zehn waren die meisten Leute auf dem Markt. Darauf wartete er. Je mehr Menschen er erwischte, desto schlimmer würde die Sache für die Widerstandsgruppe aussehen. Und er konnte in der Menge leichter untertauchen. Das war für seinen Plan sehr hilfreich. Er wollte nicht gleich gefasst werden. Zumal auch der dunkle Abend noch an ihm haftete. Seit das passiert war, schauten ihn die anderen Menschen so komisch an. Als ob sie es wüssten. Aber das konnte nicht sein. Er hatte es niemandem verraten, auch nicht seinem Tagebuch. Nur vage Andeutungen hatte er gemacht. Nichts, was ihm gefährlich werden konnte.

Er riss sich von dem Ausblick über die Häuser los, schnappte seinen Schlüssel und nahm die Tasche mit dem Fläschchen. Mit seinem alten silbernen Golf 4 fuhr er in Richtung Spullberg. Er parkte in einem Wohngebiet nahe dem Bahnhof. Die dunkle Gasse, die jetzt sonnengeflutet war, mied er absichtlich. Er sah nicht einmal hin, was wahrscheinlich besser so war. Er ging die Straße hoch. Schon von der Stadthalle, die direkt auf der anderen Straßenseite vom Einkaufscenter lag, konnte er den Markt und die Leute sehen. Sie hatten sich über den Kolumbusplatz ausgebreitet. Die Stände der Leute wurden gefühlsmäßig immer größer. Die Diskussion darum, dass der Kolumbusplatz zugunsten des Weindorfes und des zweiwöchentlichen Marktes für Busse nicht mehr passierbar war, hatte er nur am Rande mitbekommen. Es interessierte ihn auch nicht. Zumindest war die Chance, vom Bus überfahren zu werden, jetzt um einiges geringer.

Schnell hatte er sich orientiert und den Stand der Widerstandsgruppe entdeckt. *TIP* nannten sie sich. Von weitem sah es ziemlich ansprechend aus. Das Logo stellte eine große Sonnenblume dar, der Stiel bestand aus zwei großen Maiskolben. Inmitten der Sonnenblume stand in weiß *TIP*.

Was das wohl bedeutet?, fragte er sich. Er beschloss, näher heranzutreten. Ganz groß prangte der Protest gegen die Anlage am unteren Ende des Plakats. Zwei Tische standen vor dem Plakat, darauf standen Stifthalter mit Kullis, Flyern und einige Papptrinkbecher. Dahinter, auf einem kleinen Podest, stand ein großer Behälter mit Apfelsaft.

Ah, da steht es! TIP bedeutet Tigersheimer im Protest. Interessant, dachte er. Über eine Stunde lang beobachtete er die Bewegungen rund um den Stand, von wechselnden Positionen aus. Viele blieben stehen, wechselten ein paar Sätze mit den Widerstandsleuten, nahmen Flyer mit und gingen dann weiter. Fast alle aus der Gruppe hielten ein grünes Klemmbrett in einer Hand. Beim Näherkommen stellte er fest, dass es sich um eine Liste handelte. Jeder, der die Demonstranten unterstützten wollte, trug seinen Namen in die Liste ein.

“Guten Tag, der Herr.” Er erschrak fürchterlich, als ihn plötzlich einer der Leute ansprach. Der große grauhaarige Herr lächelte freundlich. Seine Locken standen in alle Richtungen wirr von seinem Kopf ab, das gab ihm das Aussehen eines verrückten Professors.

“Wir sammeln Unterschriften gegen die Biogasanlage, die vor wenigen Tagen ihren Baubeginn hatte. Wie stehen Sie denn zu der Anlage?”

Er setzte sein bestes Lächeln auf und erwiderte: “Ich komme nicht von hier. Daher weiß ich gar nicht, wovon Sie sprechen.” Er wollte zuerst hören, was die Leute zu sagen hatten. Der Herr sah irritiert aus.

“Dann wollen Sie sich bestimmt unsere schöne Altstadt anschauen. Nun aber zum Wichtigsten: Zu der Biogasanlage sollen alle Abfälle gebracht werden, die täglich anfallen. Mithilfe von Mikroorganismen sollen sie in Gas und durch eine Turbine schließlich in Strom umgewandelt werden. Das hört sich ja erstmal nicht schlecht an. Aber ... Das große *Aber*, ich weiß. Die Abfälle reichen nicht aus, um genug Strom zu produzieren. Daher wirft man andere, ebenfalls vergärbare Stoffe mit hinein. Zum Beispiel Stoffe aus dem Krankenhaus. Da landen leider auch Dinge in die Anlage, die da nichts zu suchen haben und sogar umweltgefährdend sind. Wussten Sie, dass die Gärreste als Dünger auf den Feldern landen? Somit gelangen die gefährlichen Stoffe direkt in den Boden und das Grundwasser! Und wir reden nicht nur von den erhöhten Nitrat-, Schwefel- und Bleiwerten, oh nein, es wurde sogar...”

“Norbert!”, wurde der Redner unterbrochen. “Hilf mir mal bitte mit dem Karton.” Der junge Mann, der gerufen hatte, stand neben einem großen, länglichen Karton, den er wohl nicht alleine tragen konnte.

“Bitte entschuldigen Sie mich einen Moment”, meinte Norbert und drehte sich zu dem jungen Mann. Er beobachtete die Leute. Als keiner zu ihm hinsah, schoss plötzlich Adrenalin durch seine Adern.

Der perfekte Zeitpunkt!, dachte er und zog schnell das Fläschchen aus seiner Tasche. Flugs den Deckel abgedreht und den Inhalt in den großen Behälter geleert. Keiner hatte etwas gemerkt. Er schaute sich prüfend um. Weder Norbert oder der junge Mann, noch die anderen, die alle über einer Liste oder einen Flyer gebeugt dastanden. Er musste fast grinsen, so einfach war es gewesen. Jetzt war der weitere Verlauf wesentlich interessanter, als das Gequassel von Norbert, der wieder zurückgekehrt war.

“Vielen Dank für Ihre Informationen. Aber ich muss noch einige Dinge erledigen, daher gehe ich jetzt. Auf Wiedersehen.“ Er schüttelte Norbert die Hand.

“Ja, wollen Sie nicht noch ...”, setzte Norbert an.

“Nein, ich werde nichts unterschreiben.” Er lächelte den verdutzten Norbert freundlich an. Anschließend drehte er sich um und ging zum nächsten Obststand. Dort kaufte er Bananen, Pfirsiche und Trauben. Aus dem Augenwinkel beobachtete er, wie Norbert mit den nächsten Interessenten sprach und ihnen ein Glas Apfelschorle anbot. Er grinste und war gespannt, was als nächstes passieren würde.

Zunächst geschah nichts. Er schlenderte ein Stück weit weg, damit Norbert ihn nicht mehr im Blick hatte. An seinen grauen Locken und der Körpergröße erkannte man ihn auch über eine gewisse Distanz hinweg. Er konnte sowieso nicht verstehen, warum manche Menschen solche Probleme mit der Wiedererkennung anderer Leute hatten. Darin war er Meister. Nach einer halben Stunde beschloss er, in *Zandlers Buchhandlung* zu gehen. Von dort aus hatte er, wenn er sich an das seitliche Fenster stellte, einen hervorragenden Blick auf den Stand, welcher sich neben dem blauen Optiker befand. Es hieß *Sehhaus*.

Sehhäusle wäre fast noch besser für den kleinen Laden, dachte er feixend.

Im *Zandlers* schnappte er sich das erstbeste Buch und stellte sich in die Ecke an die Fensterfront. Er tat so, als würde er einen Klappentext lesen und beobachtete den Stand. Der Apfelsaftbehälter hatte sich schon etwas geleert. Doch den Leuten schien es gut zu gehen. Er überlegte, ob die Dosis ausreichend gewesen war.

“Gefällt Ihnen das Buch nicht?”, sprach ihn plötzlich eine ältere Dame mit hoher Stimme an. Er erschrak, denn damit hatte er nicht gerechnet. “Ich würde es gerne nehmen, nur ist dies das letzte Exemplar.” Sie schaute ihn aus ihren dunkelbraunen Rehaugen traurig an.

„Der Text spricht mich sowieso nicht an. Daher wünsche ich Ihnen viel Spaß damit“, antwortete er rasch und drückte ihr das Buch in die Hand. Die alte Dame konnte ihr Glück kaum fassen.

“Ach, Sie sind aber ein netter junger Mann! Haben Sie vielen Dank!”, sagte sie und trippelte mit kleinen Schritten in Richtung Kasse. Er schüttelte den Kopf, warf noch einen Blick auf den Stand und verließ die Buchhandlung.

Zurück im Auto brummte er vor sich hin: “Irgendetwas muss ich übersehen haben. Es kann doch nicht sein, dass das Zeug nicht wirkt!”

Zuhause schaltete er den Fernseher an und ließ das nachmittägliche Programm über sich ergehen. Heute hatte er frei und wollte nichts weiter tun. Gegen Abend hatte er Hunger und entschied sich, selbst zu kochen. Spaghetti Carbonara hatte er schon lange nicht mehr gegessen, daher erschien ihm das ideal für den heutigen Abend. Er stellte den Topf mit Wasser auf den Herd und schaltete das Radio an. *Linkin Park* mit *Castle of Glas* lief, das erkannte er sofort. Während er den Speck in der Pfanne anbriet, lauschte er am Rande den Nachrichten. Da ließ ihn ein Wort aufhorchen. Er drehte schnell die Lautstärke höher: “... Spullberg kam es heute am frühen Morgen zu einer größeren Lebensmittelvergiftung. Nach dem es einigen Personen schlecht ging und ein Krankenwagen gerufen werden musste, ermittelt nun die Polizei, wie es dazu kommen konnte. Zum aktuellen Zeitpunkt wird vermutet, dass der Apfelsaft der Widerstandsgruppe *TIP* gegen die Biogasanlage am Tigersheimer Gatter einen unbekannten Inhaltsstoff enthielt. Die betroffenen Personen klagten über Bauchschmerzen, Schwindel, Erbrechen und Kopfschmerzen. Alle wurden stationär behandelt, konnten jedoch am frühen Nachmittag wieder entlassen werden. Nun zum Sport ...”

Er konnte sich einen Jubelschrei nicht verkneifen.

“Ich hab‘s einfach drauf!” So, wie er es geplant hatte, war es wirklich passiert. Und die Schuld wurde bei TIP gesucht! Da konnte keiner was dran ändern. Das schädigte auf jeden Fall das Image der Gruppe. Er war gespannt, wie sie reagieren würden. Er musste unbedingt zur nächsten Demonstration kommen.

Seine Carbonara waren fertig und er aß sie mit großem Appetit.

Später im Bett war er richtig stolz auf sich. So leicht konnte man die Leute manipulieren! Das Machtgefühl jener dunklen Nacht wurde wieder stärker. Er genoss es, bis er einschlief.

16

MONTAG

William saß an seinem Schreibtisch, die Kaffeetasse in der linken Hand, den Stift in der rechten. Er sollte die Tagesprotokolle der letzten Woche unterschreiben, doch seine Gedanken schweiften ab. Vor zwei Wochen hatte er mit Tobias gesprochen. Was er gesagt hatte, nagte an seinem Ego, auch wenn er das vor niemandem zugeben wollte.

Samstag vor einer Woche hatte es auf dem Spullberger Wochenmarkt noch eine Massenvergiftung gegeben. Irgendjemand hatte ein Abführmittel in den Apfelsaft gemischt, der von einer Gruppe Demonstranten gegen die Biogasanlage verteilt worden war. Ben hatte sich freiwillig für die Ermittlung zur Verfügung gestellt. Er hatte den Apfelsaft auf sämtliche Stoffe prüfen lassen. Zum Glück waren genug Reste übrig geblieben. Trotzdem fehlte vom Täter jede Spur. Walter und Norbert, die er vom HHC Tigersheim durch seine Tochter Anna kannte, hatten angegeben, nichts damit zu tun zu haben. William glaubte ihnen. Dennoch war er sich sicher, dass jemand der Gruppe schaden wollte. Nur, wer hatte etwas davon?

Williams Kopf schmerzte. Er zog seufzend eine Kopfschmerztablette aus seiner Schublade und nahm sie mit einem großen Schluck Kaffee. Nach einigen Minuten begann die Tablette zu wirken. Die rasenden Kopfschmerzen wichen einem dumpfen, leichten Pochen. Mit dem zusätzlichen Koffein aus dem Kaffee kehrte seine Motivation zurück. Die Protokolle waren unterschrieben. Er ließ sich einfach zu schnell ablenken. Da kam Flo herein.

“Heute Besprechung?”, fragte er in seiner gewohnt kurzen Art.

“Ja, gib bitte schon mal Klaus und Ben Bescheid, so etwa in einer halben Stunde. Dann bin ich mit den Protokollen durch und wir können alles nochmal durchgehen. Ich bin mir fast sicher, dass ich etwas übersehen habe.”

Flo nickte und verließ das Büro. Nach zehn Minuten kehrte er leise zurück, nickte und setzte sich auf seinen Platz. Er begann, einige Notizen abzutippen. Später hört William den Drucker.

“So, fertig”, sagte er erleichtert und legte den Stapel Protokolle auf die Seite. Der wurde später von einem Beamten absortiert.

“Wir treffen uns im *American*”, sagte Flo, bevor William seine Frage stellen konnte. Daher blieb ihm nichts anderes übrig, als zu nicken und noch den letzten großen Schluck aus seiner Kaffeetasse zu nehmen. Er beschloss, keinen mehr zu holen, stattdessen nahm er seine Wasserflasche mit. Der Kaffeekonsum musste dringend runtergeschraubt werden. Auch seine Frau sagte das seit einer Weile. Er konnte nachts nicht richtig schlafen und stand auf, manchmal um drei, meistens um vier. Tagsüber holte ihn der Schlafmangel wieder ein und er trank mehr Kaffee. Ein verdammt blöder Kreislauf.

Die Akten unter den Arm geklemmt, begab er sich ins *American*. Der Raum sah genauso wie die anderen aus. In der Mitte der große runde Tisch mit Platz für zehn Leute, vorn ein kleiner Tisch mit Computer und Beamer, der sein Bild auf die dahinterliegende weiße Wand warf. Bei Bedarf konnten weitere Stühle an die Seite gestellt werden.

Er war der Erste. Der Computer war schnell hochgefahren, sodass er kaum zum Sortieren seiner Notizen kam. Doch bevor die anderen kamen, hatte er alles fertig. Innerhalb von fünf Minuten waren sie da. Klaus und Ben verbreiteten gleich wieder Chaos. Ben ließ seinen Aktenstapel auf den Tisch fallen, wobei die obersten Akten zur rechten Seite herunterrutschten. Dabei machten sich einige Seiten selbständig. Eine landete sogar auf dem Boden.

"Also gut, Jungs. Wir müssen dringend nochmal alles durchgehen. Irgendwas ist hier faul. Ich dreh sonst noch durch." Er ließ sich seine Wut über den nicht vorhandenen Fortschritt nicht mehr so stark anmerken wie am Anfang nach Kevins Tod, doch seine Gedanken drehten sich seit Tagen nur noch im Kreis.

"Ich habe mit Frau Schwab gesprochen, nachdem sie aus der Kur zurück war. Ihr geht es wieder besser", ließ sich Flo vernehmen. "Sie war heute Vormittag da und gab mir die Erlaubnis, mit dem Bankdirektor zu sprechen."

William war etwas beleidigt. Flo hatte kein Wort zu ihm gesagt. Aber besser nichts anmerken lassen. Seine Wutausbrüche der letzten Tage machten ihm schon ein schlechtes Gewissen, da Flo meist alles abbekommen hatte, der es ruhig über sich ergehen ließ.

“Und wie sehen die Finanzen der beiden aus?”, fragte Ben ungeduldig. Flo war eben der Schweigsame und gab seine Informationen nur nach und nach preis.

“Es gibt einige ungewöhnliche Einzahlungen in Höhe von 3000 Euro, ungefähr monatlich, seit August letzten Jahres bis zu seinem Tod. Seine Frau wusste nichts davon. Ich schätze, das ist Schmiergeld, damit er nicht zu uns kommt. Er muss irgendwas entdeckt haben, seine Sekretärin meint, es fehlen einige Akten.”

Die Kollegen schauten sich nachdenklich an.

“Bei der Untersuchung des Toten habe ich nach eingehender Prüfung festgestellt”, brach Klaus mit einem bösen Blick in Ben’s Richtung schließlich die Stille, “dass der Schnitt quer über die Kehle der erste und auch der mit dem größten Blutverlust war. Der Rest war einfach nur Wut. Sorry, Will, aber mehr gibt es nicht.”

Ben grinste bloß. William befürchtete, dass er ihn in seinem ungebremsten Eifer zügeln musste, andernfalls brachte er womöglich noch sich selbst oder andere in Gefahr. Klaus würde später mit ihm sprechen.

“Welche Akten fehlen den? Gibt es bereits eine Liste?”, fragte William.

“Ist in Arbeit”, antwortete Flo gelassen.

“Sehr gut. Ben, was kam bei der Untersuchung der Kleidung des Toten heraus?”

“Es gab nichts Auffälliges. Frau Schwab wollte vorhin die Haustürschlüssel zurück haben”, erklärte Ben und zauberte aus seinem Aktenchaos eine Beweistüte. Er legte sie mitten auf den Tisch und alle vier beugten sich interessiert darüber.

“Ein Schlüssel!”, rief William ironisch. “Wo war der versteckt?”

“Ganz versteckt am Schlüsselbund. Er ist mir deshalb aufgefallen, weil er eine Nummer hat. Frau Schwab kannte ihn nicht. Deshalb hab ich Fingerabdrücke genommen. Die meisten sind unbrauchbar. Also hab ich die Nummer eingegeben und herausgefunden, dass ...” Er machte eine kunstvolle Pause. “... er zu einem Schließfach gehört.” Befriedigt lehnte er sich zurück.

“Ja, und weiter? Welches Schließfach? Wo befindet es sich?”, fragte William gespannt.

“Dazu komme ich ja jetzt”, gab Ben beleidigt zurück. “Ich hab bei einem Kumpel angerufen, der ist Schlosser. Er meinte, die stammen von einem Schließfach im Süden Stuttgarts. Entweder die privaten oder die am Bahnhof. Also bei beiden durchtelefoniert, und es sind die privaten. Der Durchsuchungsbeschluss liegt vor, der Direktor weiß, dass wir später noch kommen und den Inhalt unter die Lupe nehmen wollen.”

William wollte es nicht zugeben, aber Ben hatte ihn beeindruckt. Fast war er stolz auf ihn.

“Gut. Du und ich fahren später zusammen hin.” Der Ermittlerinstinkt hatte William gepackt, endlich gab es eine heiße Spur. Vier Wochen waren seit dem Mord vergangen und sie hatte immer noch keine Ahnung, wer der Täter war. Ein Schließfach konnte viele Geheimnisse verbergen. Es war fast so, als hätte man eine Schatzkarte gefunden und stand kurz vor der Bergung des Schatzes. Vielleicht waren dort die verschwundenen Akten.

“Gibt es von den Freunden oder Arbeitskollegen noch was Neues?”

“Nein”, meinte Flo. “Alle bezeichnen ihn als ruhig, nett, zuvorkommend, höflich und manchmal auch charmant. Er hat immer sehr sauber gearbeitet, nur in seinen Unterlagen herrschte Chaos. Maria hat noch ausgesagt, dass er in den Tagen vor seinem Tod ziemlich neben sich stand. Sie meint, er hätte vor irgendetwas Angst gehabt. Die Aussage habe ich erst gestern aufgenommen. Offenbar ist es in dem Durcheinander untergegangen.”

William nickte. Trotzdem hatte jemand eine große Wut auf den Toten gehabt. Was könnte ein bekannter Steuerberater getan haben, dass ihm jemand mehr als siebzigmal ein Messer in den Körper rammte? Entweder glaubte jemand, um Steuern betrogen worden zu sein oder Günther Schwab hatte eine groß angelegte Steuerhinterziehung entdeckt und wollte denjenigen auffliegen lassen. William tendierte zur zweiten Möglichkeit. Er konnte nicht genau sagen, warum. Schließlich hatte er schon Fälle erlebt, bei denen aus einer bloßen Vermutung heraus ein Mord geschehen war. Nachdem, was er über Herrn Schwab erfahren hatte, war er ein kompetenter, ehrlicher Mensch gewesen. Aber jeder Mensch hütete seine Geheimnisse. Nun war es an der Zeit, seine zu lüften.

“Die Hälfte der Strafzettel sind um den Block des Schließfachgebäudes ausgestellt worden. Die sind immer bar in der Dienststelle bezahlt worden. Vielleicht wollte er nicht, dass seine Frau davon erfährt”, sagte William nach einer Weile. “Also dann, Ben und ich fahren nach Stuttgart. Flo, du schaust die Zeugenprotokolle noch mal durch. Irgendjemand muss doch was gesehen haben.”

“Ich hab noch einen anderen Toten zu untersuchen”, unterbrach Klaus William. “Bevor du mich also wieder einplanst.”

William lachte, damit hatte er gerechnet.

“Kein Ding. Schneide halt lieber deine Toten auf.”

“Guck besser, dass du den Mörder fängst”, gab Klaus zurück. Die blöden Sprüche kamen meist. Es war ein bisschen wie ein Ritual.

Ben und William verließen den Raum. Sie nahmen Williams Dienstwagen und fuhren nach Stuttgart über die B27, da auf der A8 wieder mal Stau war. Von weitem sah man den Fernsehturm. Im Moment war er stillgelegt, da der Süddeutsche Rundfunk Verbesserungen beim Brandschutz vornahm. Ob und wann er wieder eröffnet werden würde, konnte keiner sagen.

Während der Fahrt sprach keiner der beiden. Jeder hing seinen Gedanken nach. William war hochmotiviert und fuhr schneller, als es erlaubt war. Über Blitzer und ihre Folgen machte er sich keine Gedanken. Er wollte unbedingt das Schließfach öffnen.

Als er beim Direktor des privaten Schließfach Unternehmens einige Dokumente unterschreiben musste, konnte er sich kaum noch beherrschen. Der redete die ganze Zeit von Anonymität und Diskretion. Das war ja auch gut für die Kunden. Aber nicht für seine Mordermittlung.

“Sie wissen, dass ich Sie anzeigen kann, wenn Sie eine Mordermittlung behindern? Eine Klage wegen Behinderung kommt nicht überall gut”, meinte William schließlich scharf. “Wenn ich also um Öffnung des Schließfachs bitten darf.”

Der Direktor sträubte sich offenbar immer noch, sagte jedoch nichts mehr. Er führte sie in den Tresorraum hinunter. Seine beiden Wachleute postierten sich schweigend an der Tür. William war nicht wohl dabei. Als ob er mit dem Inhalt abhauen wollen würde. Aber Sicherheit ging vor. Ben und William zogen Gummihandschuhe über. Ben legte die Beweistüten auf den runden hüfthohen Tisch in der Mitte. William tippte die Zahlenkombination des Schließfachs ein. Es klickte zweimal, dann konnten sie die Tür öffnen und den Inhalt betrachten. Ganz oben lag ein zerknittertes, wieder glatt gestrichenes Blatt. Darunter lagen mehrere Akten, geöffnete Briefe und ein dicker Umschlag.

“Ist ja interessant”, murmelte Ben, als er das oberste Blatt herausnahm. Es stand unübersehbar eine Drohung darauf: *“Dreckiger Schnüffler!!! Lass die Finger von Dingen, die dich nichts angehen oder du wirst es bereuen!!! XXX"*

Die Xe waren aus getrocknetem Blut. Das sah William sofort.

“Maria hatte recht. Die Drohung hat ihn wohl aus der Bahn geworfen.”

Der Direktor war sichtlich schockiert. So etwas hatte er wohl nicht erwartet.

“Nur Herr Schwab hatte Zugang zu dem Schließfach”, sagte er hektisch. Ben zog die Akten heraus. Es waren Unterlagen über verschiedene Firmen. Darunter auch ein Name, der William bekannt vorkam: *Victor Bauer Energie GmbH*. Das musste aber in Ruhe im Revier durchgeschaut werden. Die Drohung war jedoch ein guter Anfang. Jetzt galt es herauszufinden, in was Herr Schwab hineingeraten war, was letzten Endes zu seinem Tod geführt hatte. Ben tütete die Drohung ein. Wenn sie Glück hatten, fanden sich Fingerabdrücke darauf. Und mit noch ein bisschen mehr Glück waren sie sogar in der Datenbank gespeichert.

Sie bedankten sich beim Direktor und fuhren direkt zum Revier zurück. Dort machte sich Ben sofort an die Untersuchung des Drohbriefes, während William mit Flo die Akten in einem der Labore sichtete. Dort warteten schon Volker, Hannes und Sandra, um Proben und Fingerabdrücke zu nehmen und sie zu unterstützen.

17

MITTWOCH

Walter war immer noch nicht ganz über den Vorfall vom vorletzten Samstag hinweg. Er fürchtete um den Ruf der Gruppe. Irgendjemand hatte versucht, eine Massenvergiftung herbeizuführen. Die Polizisten hatten den Apfelsaft untersucht, doch die Ergebnisse standen noch aus. Sie vermuteten, dass jemand in einem unbeobachteten Moment eine Substanz hinein gekippt hatte, die dann zu der Massenvergiftung geführt hatte. Thomas hatte ihn ganz aufgewühlt angerufen. Er berichtete von Menschen, denen es schlecht geworden war, die sich übergeben mussten, und dass sogar ein Krankenwagen hatte kommen müssen. Alle, denen es so schlecht ging, waren im Krankenhaus stationär behandelt worden. Zum Glück konnten alle am Nachmittag entlassen werden und keiner hatte bisher Anzeige erstattet. Das wäre ein gefundenes Fressen für die Journalisten. Sie kämpften ja für eine gute Sache. Sie wollten niemand etwas Böses tun. Norbert unterbrach Walters Gedanken.

"Guten Abend, meine Damen und Herren. Heute haben wir uns versammelt, um darüber zu entscheiden, wie wir nach dem bedauernswerten Zwischenfall am vorletzten Samstag auf dem Spullberger Wochenmarkt weiter vorgehen. Ich vermute, dass der Bürgermeister oder einer der Anlagenbauer die Vergiftung in Auftrag gegeben hat."

Das ist hart an der Grenze, dachte Walter entsetzt. *Er kann doch keine so große, schwerwiegende Behauptung aufstellen.* Norbert sprach unterdessen weiter.

"Ich habe mit den Betroffenen gesprochen. Sie werden keine Anzeige erstatten. Der Beamte der Spurensicherung hat mir verraten, dass jemand ein Abführmittel in unseren Apfelsaft gekippt hat. Wer es war, ist nicht bekannt. Trotzdem wird uns das nicht davon abhalten, weiterzumachen. Als nächstes werden wir über unsere weiteren Schritte entscheiden. Da der Bürgermeister auf unsere bisherigen Demonstrationen nicht reagiert hat, müssen wir zu stärkeren Mitteln greifen. Ich schlage daher vor, dass wir folgendermaßen vorgehen: Sie erinnern sich sicher an die Castortransporte. Einige der Demonstranten haben sich an die Gleise gefesselt, um dem Zug die Durchfahrt nach Gorleben zu verwehren. Dieses Prinzip möchte ich auf die Zufahrt zur Biogasanlage übertragen. Es stehen noch immer einige Bäume an der Zufahrt. Da kann man gut Seile spannen und man sieht uns von der Straße aus auch gut."

Als Walter sich umblickte, sah er die meisten zustimmend nicken. Sie hatten lange diskutiert, wer dafür verantwortlich gewesen sein könnte. Viele waren zu ihm gekommen und hatten ihre Unschuld versichert. Einige äußerten denselben Verdacht wie Norbert. Er hatte ihm heute bewusst die Rede überlassen.

„Trotzdem ist der Vorfall nicht als Bagatelle abzutun", meinte ein älterer Herr. Er war aufgestanden.

„Niemand tut das", antwortete Norbert entschlossen. „Es zeigt uns nur, dass wir weiterkämpfen müssen, schon aus Prinzip. Wir zeigen den Leuten, dass uns so ein Vorfall nicht stoppen kann!“

Zustimmende Rufe schallten durch den Raum.

„Wir werden den Weg zur Anlage blockieren“, heizte Norbert den Anwesenden weiter ein. „Die menschliche Kette hat schon immer gut funktioniert. Ich bin dafür, dass wir das gleich morgen früh durchführen. Um ihnen zu zeigen, dass wir uns niemals aufhalten lassen!“

Die Jubelrufe und das Pfeifen waren ohrenbetäubend. Walter hielt das für den falschen Weg. Doch Norbert schüttelte den Kopf, als er davon erfuhr.

„Gerade jetzt müssen wir die Medienpräsenz ausnutzen!“, erklärte er Walter später mit leuchtenden Augen. „Bessere Publicity bekommen wir nicht! Auch wenn sie tatsächlich etwas unethisch ist, haben wir nichts zu verlieren.“

Walter gab sich geschlagen. Er wollte nicht dabei sein, wenn die anderen die Grenzen übertraten.

Thomas berichtete ihm am nächsten Abend über die Aktionen der Gruppe. Norbert hatte mit einigen Demonstranten eine menschliche Kette gebildet. Die Polizei musste die dicken Ketten aufsägen, da einige die Schlüssel aus Protest geschluckt hatten. Die Arbeiter waren umringt und mit Tomaten und Eiern beworfen worden. So konnten sie nicht arbeiten. Maschinen waren lahmgelegt worden, indem die Demonstranten Reifen zerstochen oder die Schlüssel entwendet hatten.Viele Schaulustige beteiligten sich sogar daran. Mehrere Menschen wurden verletzt von den Schlagstöcken der Polizei oder von anderen Demonstranten. Einer begann mit Steinen zu werfen und traf einen Arbeiter am Kopf. Der lag jetzt mit einer Gehirnerschütterung im Krankenhaus. Jede Menge wüste Beschimpfungen hatten sie gerufen. Sie mussten durchgedreht sein, anders konnte Walter sich das nicht erklären.

„Es werden einige Anzeigen laufen, Walter“, meinte Thomas besorgt. „Ich habe mit dem leitenden Beamten gesprochen. Er sympathisiert mit uns, aber er muss auch seine Pflicht tun. Norbert hat es echt übertrieben.“

Doch nicht nur das beunruhigte Walter. Die Presse überschlug sich förmlich mit der Aufmerksamkeit für die Gruppe. Sogar abends in den Nachrichten sah er die Bilder vom Baugelände und der menschlichen Kette. Er war sich nicht sicher, ob die Eskalation der richtige Weg war. Seufzend vergrub er seine schlohweißen Haare in den Händen und dachte über die Folgen nach.

18

SAMSTAG

Er stand am Fenster und starrte hinaus in den Regen, der bereits den ganzen Tag anhielt. In den letzten Tagen war es ziemlich warm gewesen, daher war der Geruch des Regens sehr intensiv. Der Mix aus Pflanzenausdünstungen und Steinstaub beruhigte ihn.

Heute Abend wollte er im Schutz der Dunkelheit nach der Anlage sehen. Eigentlich gehörte das nicht in seinen Aufgabenbereich, aber er wollte schauen, wie er der Widerstandsgruppe weiter schaden konnte. In den Nachrichten hatte *TIP* dazu aufgerufen, an der neuen Demonstration teilzunehmen. Sie hatten die Zufahrtswege mit einer menschlichen Mauer blockiert, Arbeiter mit Tomaten und Eiern beworfen, Reifen zerstochen und wüste Beschimpfungen gerufen. Er wollte Spuren an der Anlage legen. Vielleicht konnte er ein paar Dinge manipulieren. Dinge, die von außen zugänglich waren, sodass auch Laien etwas damit zu tun haben konnten. Zurückfallen würde es dann hoffentlich auf *TIP*.

Es schlug zehn.

Perfekt, dachte er. Bis er am Baugelände war, würden auch die Arbeiter weg sein. Da bei Baubeginn noch kaum mit Unregelmäßigkeiten zu rechnen waren, konnte er sicher sein, dass alle pünktlich Feierabend machten. Seine Montur hatte er bereits am Morgen bereit gelegt. Schwarze Hose, schwarzer Pulli, schwarze Schuhe und Handschuhe. In seinen Rucksack hatte er verschiedene Werkzeuge, ein Kletterseil, sein Fernglas, eine Stirnlampe und etwas zum Essen und Trinken gepackt. Die Nächte waren lau, aber es wurde erst spät dunkel. Dadurch könnten unbedachte Spaziergänger seine Mission gefährden. Das wollte er um jeden Preis verhindern.

Seufzend löste er sich vom Fenster. Mittlerweile nieselte es wieder. Er zog sich schnell um und kontrollierte noch mal den Inhalt seines Rucksacks. Alles war vorhanden, ordentlich sortiert. Sein alter Golf 4 sprang erst beim dritten Versuch an. Der Gute war ja schon sechzehn Jahre alt und hatte mehr als 350.000 Kilometer auf dem Buckel. Eigentlich war es längst Zeit für ein neues Auto. Aber er konnte sich nicht von ihm trennen, denn es war sein erstes Auto. Er hatte schon so viel mit ihm mitgemacht. Er würde ihn erst hergeben, wenn sich die Reparaturen nicht mehr lohnten, schwor er sich.

Die Fahrt zur Anlage verlief ruhig. Es waren kaum Leute unterwegs. Er musste nicht mal den Weg zur Anlage nachschauen, denn am Tag des Baubeginns hatte er den Chef und fünf weitere Mitarbeiter begleitet. Für ihn war es eine Herausforderung gewesen, denn es waren einige Zivilbeamten anwesend gewesen und er konnte sich keinen falschen Schritt erlauben. Aus einem belauschten Gespräch hatte er erfahren, dass die Polizei auf der Stelle tappte. Soweit, so gut.

Er parkte seinen silbernen Golf etwas außerhalb, beinahe im Industriegebiet Spullbergs. Von dort aus musste er fast zwanzig Minuten laufen. Mittlerweile war es dunkel. In dem Waldgebiet, durch das er lief, gab es kaum Geräusche. Ein leichtes Rauschen des Windes bewegte die Blätter. Ein paar Eichhörnchen flüchteten blitzschnell vor ihm auf einen Baum. Einmal erschrak er, als sich an einer Kurve vor ihm die Blätter so bewegten, als würde gleich ein großes Tier auf ihn zustürmen würde, was natürlich nicht geschah.

Er bewegte sich vorsichtiger. Schließlich erreichte er den Rand der Lichtung. Die Kräne hoben sich in der Dunkelheit kaum ab. Auch die anderen Maschinen ließen sich nur als Schemen erahnen. Seine Augen hatten sich noch nicht ganz an die Dunkelheit gewöhnt, dennoch entschied er sich gegen das Licht seiner Taschenlampe. Der Boden war uneben, mehrmals stolperte er über herausragende Steine. Ein kurzer Fluch, dann war alles wieder in Ordnung.

Schnell fand er die gesuchte Stelle. Das Gelände war von einem hohen Zaun umgeben, der nach den letzten Aktionen der Demonstranten nochmal verstärkt worden war. Vorsichtig schnitt er mit der Schere ein Loch in den Zaun und kroch wie eine Schlange unter dem Draht hindurch. Seine schlanke lange Gestalt war zum wiederholten Mal von Vorteil. Seinen Rucksack hatte er im hohen Bogen über den Zaun geworfen.

Der Geruch nach frischem Beton stieg ihm in die Nase. Neben ihm war eine mit Holzstämmen eingezäunte Stelle. Von dort kam der Geruch. Er zog seine Handschuhe aus. Ein kurzes Antippen mit dem Finger sagte ihm, dass der Beton ziemlich frisch gegossen worden sein musste. Er wischte den Rest an der Hose ab. Einige Container, die als Bürogebäude fungierten, standen etwas abseits am Rand des eingezäunten Geländes. Ohne

Licht hob sich der Sicherungskasten im Dunkeln kaum von den anderen Gegenständen ab. Aber da sich seine Augen mittlerweile gut an die Dunkelheit gewöhnt hatten, fand er ihn schnell. Er wollte ihn neu verkabeln, um einen Stromausfall zu erzeugen.

Gerade beugte er sich neugierig über einen der aufgestellten Pläne, als ihn ein leises Geräusch in der ansonsten stillen Nacht aufhorchen ließ.

“Wusste ich doch, dass ich jemanden gesehen habe!”, brüllte plötzlich eine tiefe Stimme und gleißendes Licht blendete ihn.

“Was haben Sie hier verloren?”

Die Stimme kam bedrohlich näher. Fieberhaft suchte er nach einem Ausweg. Er hatte nicht damit gerechnet, dass noch jemand auf dem Gelände sein könnte. Schnell richtete er auf. Seine lange Gestalt wirkte im Dunkeln bedrohlicher. Er merkte, wie der andere sich anspannte.

“Sie haben hier nichts verloren. Weshalb sind Sie hier?”, wiederholte der Fremde bestimmt.

“Dasselbe könnte ich Sie fragen”, erwiderte er wütend.

“Na, hören Sie mal! Sie dringen hier auf Privatgrund ein und besitzen die Frechheit, einen Bauarbeiter so zu erschrecken! Sie verlassen jetzt sofort das Gelände, sonst rufe ich die Polizei und lasse Sie wegen Einbruchs und unbefugtem Betreten einer Baustelle verhaften!”

Als der Arbeiter sein Handy herauszog, um seine Drohung zu bekräftigen, gingen die Nerven mit ihm durch. Er schlug ihm das Handy aus der Hand, sodass es fünf

Meter weiter flog. Als der Arbeiter daraufhin wütend mit seiner Taschenlampe ausholte, erwischte er ihn mit voller Wucht am linken Arm. Ein Brennen zog sich von der getroffenen Stelle bis in seine linke Schulter hoch. Der Arbeiter holte zum zweiten Schlag aus. Er wich aus und rammte ihm seine geballte Faust in den Magen. Der Bauarbeiter stöhnte auf und taumelte ein paar Schritte zurück. Mit einem Aufschrei warf er sich dann trotz der offensichtlichen Schmerzen auf ihn. Überrascht von der Wucht des Angriffs und des schweren Mannes fielen beide auf den Boden. Dabei verletzte er sich unbemerkt an einer kleinen Glasscherbe. Sein Blut blieb daran hängen, als er sich wieder aufrichtete. Der Bauarbeiter hatte sich ebenfalls wieder aufgerichtet, schwankte aber leicht. Er trat langsam auf ihn zu und wirkte durch seine hohe Gestalt so bedrohlich auf den Arbeiter, dass dieser vorsichtig zurückwich.

“Du hast mir meinen Plan versaut”, sagte er ruhig. “Dafür wirst du bestraft.”

“Sie sind ja ein Verrückter!”, sagte der Arbeiter erschrocken, während er heftig nach Luft schnappte. “Sie betreten hier unerlaubt das Gelände und ich soll dafür bestraft werden? Ich glaub, Sie haben nicht mehr alle Tassen im Schrank!”

Jetzt reichte es ihm. Er trat an den Arbeiter heran und schubste ihn in Richtung der Grube. Mit zufriedenem Lächeln schaute er zu, wie der Arbeiter zurückstolperte und über den Rand der Grube fiel. Das Entsetzen in seinen Augen mit der Erkenntnis, dass es vorbei war und das schmatzende Geräusch, als der noch flüssige Beton den Mann verschluckte, gefielen ihm. Das Machtgefühl jener dunklen Nacht brach wieder in ihm hervor. Es war so überwältigend, dass er sich in einem wahren Glückstaumel befand. Niemand konnte ihm etwas tun. Er selbst war dazu fähig, über Leben und Tod zu entscheiden. Er grinste in die Nacht hinein. Er fühlte sich erhaben über alle anderen. Er war Gott. Niemand sollte oder konnte sich ihm in den Weg stellen. Er sammelte seine Sachen ein und lief leichten Fußes zurück zu seinem Wagen.

19

SONNTAG

Ich lag mit dem Rücken auf meinem Bett und starrte die weiße Decke an. Heute war Sonntag und erst zehn Uhr. Ich konnte nicht mehr schlafen, schon seit über einer Stunde drehte ich mich nur von einer auf die andere Seite. Max wollte später vorbeikommen und mir bei Mathe helfen. Mama fand das super süß von ihm und hatte ihn prompt zum Kaffee und Abendessen eingeladen. Es sollte einen ihrer berühmten Aufläufe geben. Die ganze Familie würde selbstverständlich anwesend sein. Das konnte ja peinlich werden. Tobias' erstes Abendessen mit meinen Eltern hatte damit geendet, dass Papa irgendwann schweigend aufgestanden war und den Raum verlassen hatte. Mama hatte sich mehrmals entschuldigt und war ihm gefolgt. Tobias hatte nur gegrinst und hatte sich auch abgeseilt. So war ich allein am Tisch sitzen geblieben. Papas lapidare Antwort, weshalb er gegangen war, lautete, dass er ihn nicht mochte und ich bitte die Finger von ihm lassen sollte. Was ich natürlich nicht getan hatte. Die Quittung dafür hatte ich ja bereits erhalten.

Schnell schob ich meine Gedanken beiseite. Niemand sollte meine Tränen sehen. Schon gar nicht Mama, die nur wieder mit Tee und gut gemeinten Ratschlägen um die Ecke kam. Oder gar Max! Nein, das wollte ich auf keinen Fall. Ich war ja kein Weichei. Daher stand ich kurz entschlossen auf.

Seufzend sah ich mich um. Mein Zimmer sah nicht aus, als könnte ein hübscher junger Mann seinen Fuß hereinsetzen. Kurz entschlossen packte ich die Klamotten vom Stuhl und die auf dem Boden daneben und brachte sie in mein Bad. Dort beförderte ich sie in den Korb für Schmutzwäsche. Dass ich mich spätestens in zwei Tagen beim Waschen mich wieder ärgern würde, weil ich nichts sortiert hatte, war mir klar, aber momentan egal. Die Bücher, die auf dem Boden gestapelt lagen, stellte ich alle ordentlich ins Regal an ihre Plätze. Manchmal hatte ich die Angewohnheit, drei Bücher auf einmal anzufangen, doch von denen las ich meist keins fertig. Ich sollte mir das dringend abgewöhnen. Die Schulsachen schob ich nur zusammen und packte sie in meinen Schulrucksack. Mein Bett richtete ich auch noch, normalerweise tat ich das nie. Mama schimpfte zwar immer, aber das war mir egal. Aber wenn Besuch kam, konnte ich ja nicht so ein Chaos präsentieren, denn der Rest des Hauses war immer tipptopp aufgeräumt. Einiges, was sonst noch auf dem Boden und meinem Schreibtisch lag, packte ich in meinen Schrank. Da gab es ein Fach mit Zeug zum Sortieren, was ich irgendwann mal machen wollte. Zufrieden betrachtete ich das Ergebnis. Jetzt nur noch schnell saugen, dann war alles okay. Mein Magen meldete sich. Ich beschloss, erst einmal zu frühstücken.

Unten hatte Papa schon das Frühstück hergerichtet. Es gab frische Brötchen und gekochte Eier. Er hatte sogar meine Lieblingsmarmelade gekauft. Erdbeere war einfach die Beste. Auch für Mama und Chris gab es Marmelade, sie bevorzugten Quittengelee.

“Guten morgen, meine Kleine”, sagte Papa freundlich, der am Tisch saß und die Spullberger Zeitung von gestern las.

“Morgen”, erwiderte ich grinsend. Zuhause war ich nur Papas Kleine, das würde sich nie ändern. Zahlreiche Proteste waren in der Luft verpufft. Ich nahm mir ein Ei und schälte es. Auf die eine Hälfte des Brötchens schmierte ich dick Butter, auf die andere Marmelade. So mochte ich es am liebsten. Das Ei schmeckte richtig frisch.

“Und, bist du nervös?”, fragte Papa neugierig. Ich wurde tiefrot. *Nein, natürlich nicht!*

“Ja, etwas”, wich ich der Frage aus.

“Ich habe mich ja bereits eine Weile mit Max unterhalten. Er ist um einiges vernünftiger und ich kenne auch seine Eltern. Ich finde ihn sehr sympathisch.”

Mein Kopf war mittlerweile so knallrot wie eine Tomate. Papa kannte als Kriminalhauptkommissar so ziemlich jeden in der näheren Umgebung. Kein Wunder also, dass es bei Maxs' Eltern nicht anders war.

“Er ist definitiv ein besserer Umgang als der andere”, sagte Papa mit seiner ruhigen Stimme. “Den wirst du nicht mehr sehen, dafür sorge ich.”

Irgendwie war das total lieb von ihm, aber bevormunden wollte ich mich nicht lassen.

“Ich will ihn sowieso nicht mehr sehen. Nicht nach der ganzen Sache”, antwortete ich wütend. “Hör bitte auf, über Tobias zu sprechen. Ich weiß, du meinst es gut.

Aber ich kann auf mich selber aufpassen. Und bitte nachher auch kein Wort zu Max. Bitte!"

Das Thema ließ mir keine Ruhe. Ständig musste ich daran denken. Ich konnte manchmal nachts kaum schlafen. Ich war zutiefst enttäuscht und verletzt. Dass er mich so hintergangen hatte ... Da kam Mama die Treppe herunter.

"Lass doch das Kind in Ruhe", meinte sie sanft und küsste Papa auf dir Stirn. "Lass uns lieber noch die Ruhe genießen, bevor du dich morgen wieder mit den ganzen Verbrechern herumschlagen musst." Sie zwinkerte mir zu. "Ich habe vor, einen Käsekuchen mit Mandarinen zu machen. Hast du Lust, mir zu helfen, Anna?"

Ich grinste. Käsekuchen liebte ich. Zuerst wollte ich noch mein Zimmer saugen. Dabei fiel mir ein, dass ich ja die Schulsachen noch herrichten sollte, damit Max mir später helfen konnte.

Seufzend zog ich oben die Sachen aus der Tasche und schaute durch, wo ich nicht weiterkam. Sortiert nach *da fehlt mir was, das weiß ich einfach* nicht und *absoluter Bahnhof* legte ich die Sachen nebeneinander. Der *Ich verstehe nur Bahnhof*-Stapel war der größte. Für ganz doof sollte er mich ja nicht halten. Schließlich war ich die drittbeste in der Klasse nach Tom und Dennis.

Als ich wieder herunterkam, hatte Papa den Tisch schon abgeräumt. Chris war noch nicht mal aufgestanden. Gegen fünf Uhr morgens hatte ich seine Zimmertür gehört. Er war mit Kumpels unterwegs gewesen. Mama stand in der Küche und hatte die ersten Sachen vorbereitet. Papa zog sich nach einem Kuss ins Wohnzimmer zurück, um seine Zeitung fertig zu lesen. Das war sein Sonntagsritual, dabei durfte ihn niemand stören.

“Gibst du mir gleich mal das Rührgerät, Schatz?”, bat Mama lächelnd. Ich nickte und zog es aus der untersten Schublade heraus. Wir machten den Teig und quatschten dabei über belanglose Sachen. Welche Veranstaltungen in den nächsten Tagen anstanden, Geburtstage und schulischen Kram. Über Chris‘ schlechte Noten. Seit er so viel am Computer zockte, lernte er kaum noch. Papa hatte gestern Nachmittag wütend das WLAN ausgeschaltet. Das Problem war nur, dass er dann selbst nicht mehr arbeiten konnte. Der Schuss war also nach hinten losgegangen. Jetzt musste er sich etwas anderes einfallen lassen.

“Weißt du Anna, der Max ist schon ziemlich süß”, schwenkte Mama plötzlich um. Ich wurde schon wieder knallrot und mein “Mama!” überhörte sie geflissentlich.

“Doch, er ist mir sehr sympathisch. Er ist höflich und weiß, was er will. Verantwortungsbewusst. Das sind wichtige Charaktereigenschaften. Nicht so wie Tobias, der war unhöflich und egoistisch.”

“Weiß ich doch, Mama.”

“Oh Schätzchen, du musst noch viel lernen.” Mama packte die ersten Utensilien in die Spülmaschine. Da klingelte es an der Tür.

“Na los, geh schon“, sagte sie aufmunternd. Während ich zur Tür ging, kam mir in den Sinn, dass Mama Tobias besser eingeschätzt hatte als ich. Dann öffnete ich die Tür und alle Gedanken an meinen Exfreund waren vergessen. Max stand grinsend vor der Tür. Mit der einen

Hand fuhr er sich gerade durch seine pechschwarzen kurzen Haare. In der anderen hielt er einen Blumenstrauß und eine Packung Pralinen.

„Hi", meinte er und zog mich an sich. Ich lachte verlegen und befreite mich schnell aus seiner Umarmung. Er schloss die Tür hinter sich und stellte seine Schuhe ordentlich in das Schuhregal. Papa war bereits aus dem Wohnzimmer gekommen.

„Hallo, Herr Herle", brach Max schließlich das kurze Schweigen und gab meinen Eltern die Hand.

„Hallo, Max", antwortete Mama. „Kaffee gibt es gleich, er läuft gerade durch. Wie läuft dein Studium?"

„Kein Stress wegen mir. Heute ist Sonntag." Max zwinkerte mir zu. „Man merkt, dass es auch bei mir auf die Prüfungen zugeht. Ich werde ständig nach Mitschriften gefragt. Offenbar bin ich der einzige, der fast immer zu den Vorlesungen geht. Wir haben da einige sehr faule Exemplare dabei."

Wir mussten lachen. Damit war das Eis gebrochen. Mein Handy vibrierte in der Hosentasche. Jenny hatte geschrieben.

„Wehe, du erzählst mir nachher nicht jede Kleinigkeit! Ich will alles wissen :P"

Ich schüttelte den Kopf. Jenny war manchmal ziemlich aufdringlich. Aber so war meine beste Freundin eben. Sie wollte ja schließlich das Beste für mich. Mama stellte die Teller hin, während Papa und Max sich über iPhones unterhielten. Max zeigte ihm stolz seins.

„Das ist das iPhone 6, im September soll das 6s rauskommen“, erklärte er. Ich hatte nur mit halbem Ohr zugehört. Papa brummte nur. Er brauchte dringend ein neues. Sein altes Samsung hatte mittlerweile zwei große Sprünge quer durch das Display, nachdem er es vor einigen Tagen wütend an die Wand geworfen hatte.

„Das Ding ist mir zu teuer“, meinte Papa entschlossen. „Wann gibt es Kaffee?“

„Gleich, Schatz. Setzt euch doch schon mal.“

Mama nahm die Kaffeekanne aus der Maschine. Der Glastisch im Esszimmer war schon ein Jahr alt, aber er faszinierte mich jedes Mal aufs neue. Direkt unter der Glasplatte war eine Schicht mit schwarzem Graphit. Ich traute mich oft nicht, ihn richtig anzufassen. Die schwarzen Stühle mit dem silbernen Rahmen waren passend dazu ausgesucht worden. Chris tauchte genau in dem Moment auf, als Mama den Kuchen auf den Tisch stellte. Er sah immer noch etwas verschlafen aus. Da es aber schon halb drei durch war, konnte man zumindest erwarten, dass er wach war. Mich wunderte sowieso, dass Mama ihm das durchgehen ließ. Mich warf sie oft schon vor zehn aus dem Bett.

„Der Kuchen schmeckt wirklich klasse, Monika“, sagte Max mit vollem Mund. Papa zog seine rechte Augenbraue hoch, weil er mit offenem Mund sprach, nahm es ihm aber nicht krumm. Wir lachten und erzählten uns andere Kuchengeschichten. Zum Beispiel die eine, als Chris nachts nachhause gekommen war und den ganzen Kuchen für Omas Geburtstag am kommenden Tag aufgegessen hatte. Mama hatte schnell einen neuen kaufen müssen.

Irgendwann ging ich mit Max in mein Zimmer. Als er mir die Treppe hoch folgte, grinste er über beide Ohren. Kaum hatte er die Tür hinter sich geschlossen, meinte er vergnügt: „Deine Eltern sind echt in Ordnung. Die scheinen mich zu mögen.“

Herausfordernd blickte er mich an. Ich lachte nur verlegen. Was sollte ich schon antworten? Ich nahm meine Schulsachen vom Schreibtisch. Max lag bereits seitlich auf meinem Bett und verfolgte jede meiner Bewegungen. Als ich mich zu ihm setzte, streichelte er mein Gesicht mit der rechten Hand. Dann zog er es näher an seines. In seinen graugrünen Augen sah ich Zufriedenheit und ein Strahlen, das ich bisher nur bei ihm gesehen hatte. Er küsste mich. Lang. Seine Lippen waren so weich und es fühlte sich verdammt gut an. Seine Hand wanderte über meinen Rücken bis zu meinem Po. Dort kniff er etwas zu. Wir lachten beide.

„Komm, lass uns noch was tun, sonst fragen deine Eltern sich, ob wir wirklich nur lernen wollten.“

„Du hast angefangen!“, widersprach ich lachend. Wir sprachen die Matheaufgaben durch, die ich nicht verstanden hatte, und tatsächlich wurde mir einiges klarer. Nach zwei weiteren Stunden schlug ich das Buch zu.

„Hab keine Lust mehr. Was machen wir jetzt?“ Die Frage war schneller gestellt, als ich darüber nachgedacht hatte. Max lachte leise.

„Also mir fällt da immer was ein.“ Er zwinkerte mir zu und zog mich zu sich. Die Bücher störten mich und so warf ich sie auf den Boden. Irgendwie landete ich dann auf ihm. Wie er da unter mir lag, mit seinem glücklichen Grinsen und dem Strahlen in den Augen, wunderbar!

„Essen ist fertig! Kommt ihr?“, hörten wir plötzlich Mamas Stimme.

„Nein, nicht gehen“, flüsterte Max und küsste mich nochmal.

„Doch, wir müssen“, sagte ich und stand auf. Er war ja schon süß, wie er da so lag. In meinem Bett. In meinem Zimmer. Zu schnell setzte er sich auf und zusammen gingen wir nach unten. Mamas Nudelauflauf war wie immer top. Wir quatschten über alles Mögliche. Ich begleitete Max am Ende zur Tür.

„Ich komm dich mal abholen. Dann zeig ich dir einen richtig schönen Platz nur für uns beide“, flüsterte er noch, drehte sich um und seine große Gestalt verschmolz im Dunkeln. Zurück in meinem Zimmer rief ich Jenny an und erzählte ihr von dem Tag. Ihr letzter Satz spukte mir die ganze Nacht im Kopf herum.

„Süße, du bist verliebt. Und diesmal so richtig und wahrhaftig.“

20

MONTAG

William stand am Kaffeeautomaten und ließ sich die dritte Tasse der Schicht heraus. Er war gestern noch lange mit seiner Frau wach geblieben, nachdem Max gegangen war. Sie hatten sich über ihn unterhalten. Beide waren sich einig, dass er der richtige Umgang für ihre Kleine war.

Flo schüttelte den Kopf.

“Eines Tages wirst du deinen Kaffeekonsum bereuen”, sagte er mit erhobenem Zeigefinger.

“Das ist eines Tages”, brummte William uninteressiert. “Also genug Zeit, um noch einige Kaffees trinken und genießen zu können.”

Beide sahen sich an und prusteten los vor Lachen. William wusste ja, dass Flo recht hatte. Und Flo wusste, dass sich da nichts mehr ändern würde. Schließlich war das ihr kleines Spaßgespräch, die ewige Diskussion, seit sie sich kannten. Sie gingen zurück zum Büro, nachdem sich Flo eine heiße Schokolade gegönnt hatte. William sortierte gerade die Protokolle, die er noch unterschreiben wollte, als sein Telefon klingelte.

“Ja, Kriminalhauptkommissar Herle am Apparat”, meldete er sich.

“Guten Tag, Herr Herle.” Die verheulte Stimme war zwischen den Schluchzern kaum zu hören. “Ich ... ich ... Mein Gott ... was ... tun ... ich ...”

“Atmen Sie mal tief durch. Okay?” Williams sanfte Stimme zeigte Wirkung.

“Langsam ein und ausatmen. Ein, aus. Ein, aus.” Während Will weitersprach, beruhigte sich sein Gegenüber. Das Schluchzen wurde weniger und es kehrte etwas Ruhe in die dünne Stimme.

“Mein Name ist Hanna Schmidt und ... und ich ... vermisse meinen Mann, den Holger. Er ... er ist gestern Abend ... nicht nach Hause gekommen. Sonst ... sonst ist er immer nach Hause gekommen. Können Sie ihn suchen?”

“Wissen Sie, Frau Schmidt”, antwortet William behutsam. “Manchmal verschwinden erwachsene Menschen einfach so. Sie vergessen sich zu melden. Vielleicht hat er gestern noch etwas getrunken und ist irgendwo eingeschlafen?”

“Mein Mann ... mein Mann ist seit fünf Jahren trocken. Da ... da wird er doch nicht einfach wieder was trinken! Ich passe ganz genau auf.”

“Okay. Also, Sie sagen, dass Ihr Mann sehr zuverlässig ist, richtig?”

“Ja, das ist er. Er würde mich nie abends alleine lassen ...”, antwortete die dünne Stimme traurig.

“Okay, dann füllen wir jetzt zusammen das Formular für Vermisste aus. Einfach, um sicherzugehen, dass alles in Ordnung mit ihm ist. Einverstanden?”

“Ja, natürlich”, gab sie leise zur Antwort. Sie gab ihm den Namen, das Alter, die Adresse, eine kurze Personenbeschreibung, ihre Telefonnummer und den letzten ihr bekannten Aufenthaltsort durch.

“Okay, gut, ich habe alles notiert”, sagte William ruhig, als er das letzte Feld im Formular ausgefüllt hatte. “Jetzt brauchen wir nur noch ein Foto von Ihrem Mann. Können Sie mir da eines schicken?”

“Ja, Moment.” Die Erleichterung in ihrer Stimme war deutlich zu hören. Sie schien nicht viel von dem Formular zu halten.

“Ihre E-Mailadresse?” fragte sie.

“Ja, klar, Moment. Also, doch nicht.” William zog die richtige Visitenkarte aus der Schublade und gab ihr die Emailadresse durch.

“Okay. Ich habe es Ihnen geschickt.”

Pling! machte es und der Computer zeigte William den Erhalt der E-Mail an. Er klickte darauf und druckte das Bild vom Anhang direkt aus. Es zeigte einen älteren, schwarzhaarigen Mann und seine Ehefrau mit grauen Locken. Beide sahen sehr glücklich aus. William tackerte das Bild an das Formular, damit es nicht verloren ging.

“Ich gebe es an die Vermissten-Abteilung weiter. Die kümmern sich sofort darum, ja, Frau Schmidt?”

“Warum machen Sie das nicht?”, fragte sie enttäuscht.

“Weil die Abteilung solche Fälle immer bearbeitet und auch mit der Telefonzentrale verbunden ist. Vielleicht hat jemand ihren Mann schon gesehen. Da landen oft Anrufe über Personen, die noch nicht einmal als vermisst gemeldet wurden.”

Die Bürotür öffnete sich und Stefan, einer der Streifenbeamten, trat ein.

“Herr Herle, es ist dringend”, sagte er bestimmt.

“Frau Schmidt, hören Sie, ich muss mich jetzt um jemand anderes kümmern, aber ich verspreche Ihnen, dass wir Ihren Mann so schnell wie möglich finden. Ist jemand für Sie da?”

Frau Schmidt überlegte kurz und meinte dann: “Ja, ich werde meine Schwester anrufen.”

“Sehr gut. Ich melde mich später. Bis dann und halten Sie durch.”

Jetzt hörte William das erste Lachen von ihr. “Ja, mache ich. Bis später.”

Fast im gleichen Augenblick begann Stefan mit seinem Bericht:

“Eben wurde mir gemeldet, dass einer der Arbeiter, die für den Bau der Biogasanlage am Tigersheimer Gatter zuständig sind, verschwunden ist. Die anderen können es sich nicht erklären und bitten darum, dass Sie an der Baustelle vorbeischauen. Bürgermeister Hermann Knapp ist ebenfalls anwesend. Das ist eine hochpolitische Angelegenheit.”

“Ja, ist er vielleicht einfach nur krank?”, brummte William missmutig. Auf den Bürgermeister hatte er jetzt wirklich keine Lust. „Sonst noch etwas?“

„Die Ehefrau wollte ihn eben als vermisst melden. Er heißt Holger Schmidt.“

„Sie hat bei mir die Anzeige aufgegeben“, unterbrach William Stefan aufgeregt. Sein schlechtes Gewissen der letzten Minute verschwand. Vielleicht steckte ja auch mehr dahinter. „Flo, wir fahren sofort dahin, bevor jemand wichtige Spuren verwischt! Das ganze Gelände wird weiträumig abgesperrt!“

Flo grinste nur und griff zum Telefon. Während er die Spurensicherung sowie Klaus, Ben und den Streifendienst über Williams Anweisungen in Kenntnis setzte, fuhren er und William zur Baustelle. Anders ausgedrückt, William raste in einem Affentempo und überholte mit Blaulicht einige andere Autos. Dort angekommen wurden sie schon ungeduldig von den Streifenbeamten, den Bauarbeitern und dem Bürgermeister mit seinem üblichen Anhang erwartet. Die Beamten hatten bereits alles abgeriegelt.

„Mein Name ist Kriminalhauptkommissar William Herle. Jeder Anwesende wird meine Anweisungen genauestens befolgen. Als erstes werden alle ihre Personalien bei meinen Kollegen Herrn Weber und Herrn Stein angeben. Wer ist hier verantwortlich für den Bau?“, fragte William bestimmt.

Ein etwa fünfundfünfzigjähriger weißhaariger Mann trat vor.

„Ich bin Michael Schwarz und bin der Bauleiter.“ Sein Bierbauch war unübersehbar.

„Sehr gut. Sie kommen bitte mit mir mit.“

Gemeinsam mit ihm trat William unter der Absperrung durch, wo Ben und vier weitere Spurenermittler mit der akribischen Spurensuche schon begonnen hatten. Hier konnte er abseits vom Bürgermeister und den ersten eintreffenden Journalisten allein mit dem Bauleiter reden. Ben war mit Feuereifer dabei. Schon rannte er auf die beiden zu.

„Das Handy habe ich eben gefunden!“, rief er aufgeregt. „Es lag dort hinten im Gras. Es hat einen Displayschaden, aber funktioniert noch.“

„Gut gemacht“, lobte William. „Herr Schwarz, bitte erzählen Sie mir etwas über Herrn Schmidt. Wann haben Sie ihn zum letzten Mal gesehen?“

„Hm, ich habe ihn zuletzt gestern Abend gesehen“, antwortete Michael Schwarz nachdenklich. „Er schien schon den ganzen Tag müde zu sein, wollte aber unbedingt noch einige Tests am Beton durchführen. So blieb er als einziger länger da. Mehr weiß ich leider nicht. Alle anderen hatte ich um sechs nach Hause geschickt, weil durch den Regen die Arbeit nicht wie geplant durchgeführt werden konnte. Schließlich liegen wir gut im Zeitplan. Da kann man ja mal eine Ausnahme machen, oder?“ Er schaute etwas betreten.

“Machen Sie sich keine Sorgen. Das konnte keiner ahnen”, beschwichtigte William den Mann. “Wo hat sich Herr Schmidt zuletzt aufgehalten, als Sie ihn gesehen haben?”

“Er war hinten in den Bürocontainern. Wir haben gestern gegen 18 Uhr eine Stützgrube aus Beton gegossen, damit er über Nacht schon antrocknen kann, bevor es nochmal regnet. Die Sonne hat die Grube etwas getrocknet. Er wollte noch zwei Analysen machen für die Qualitätssicherung. Folgen Sie mir bitte.”

Der Mann führte William zu den Containern. Dort öffnete er den mittleren mit seinem übervollen Schlüsselbund. Das er sofort den richtigen gefunden hatte, nötigte William Respekt ab. Er konnte seine drei nur mit Mühe auseinanderhalten. Der kleine Raum war vollgestopft mit Möbeln und allerlei technischen Geräten. William bedeutete ihm, den Container nicht zu betreten. Michael Schwarz blieb davor stehen und beobachtete William. Der schaute sich alles genau an. Irgendetwas störte William. Es sah fast so aus, als wäre Herr Schmidt hinausgegangen, ohne vorher alles ordentlich aufzuräumen und die Computer auszuschalten. William streifte Gummihandschuhe über, die er sich vorsorglich von der Spurensicherung geholt hatte. Er berührte die Maus. Alle Bildschirme gingen sofort an. Auf einigen waren chemische Analysen und verschiedene Dokumente offen. Die anderen zeigten Bilder von Überwachungskameras.

“Sie überwachen das Gelände?”, fragte William den Bauleiter erstaunt.

“Ja, aufgrund der Demonstranten hat der Chef beschlossen, alles überwachen zu lassen. Ich stelle Ihnen selbstverständlich alles zur Verfügung.”

William nickte. Walter, der Vorstand vom Akkordeonverein seiner Tochter, führte auch in der Protestbewegung das Wort. Er beobachtete die Gruppe mit Sorge. Einige der Anhänger waren unter anderem wegen Gewalttaten vorbestraft.

“Sehr gut. Die Spurensicherung soll hier alles untersuchen.” Bevor William weiter reden konnte, rief Flo ihn über sein Handy an.

“Ja? Okay. Wo? Ich komme. Und dass mir keiner was anfasst!”, rief William und legte auf. “Wir haben ihn vielleicht gefunden. Kommen Sie bitte mit. Schnell, bevor jemand Spuren verwischt! Und kein Wort zu irgendjemandem! Klar soweit?”

Beide Männer gingen zügig zur frisch gegossenen Betongrube. Die Spurensicherung hatte alles abgesperrt und sicherte erste Spuren. Schweigend trat William unter der Absperrung hindurch. Michael Schwarz blieb dahinter stehen. Flo deutete auf etwas in der Grube.

“Ben hat da was gesehen. Denkst du dasselbe wie ich?”

William schaute auf die Stelle, auf die Flo zeigte. Der Beton sah ausgehärtet aus. William kniete sich an den Rand der Grube und tippte vorsichtig auf eine glatte Fläche. Hart.

“Ben, hier ist ein Fingerabdruck. Sichere den gleich.”

William zeigte Ben die Stelle. Der fotografierte sie. Dann nahm er das Abdruckpulver aus seinem Koffer, zog eine dünne Schicht über die Stelle, gab etwas Wasser dazu und fast sofort härtete die Masse aus. Ben nahm sie in die Hand. Schweigend betrachteten die Anwesenden den nicht ganz vollständigen Fingerabdruck. Ben packte ihn in eine Beweistüte und beschriftete sie.

William wandte sich der eigentlichen Fundstelle zu. Traurig sprach er aus, was alle dachten.

“Da schauen eine Nase und Teile einer Hand aus dem Beton. Herr Schwarz, wie tief ist die Grube?”

Der Bauleiter war blass geworden und schüttelte den Kopf.

“Nicht tief. Es waren 60 Zentimeter.”

“Das waren 60 zu viel”, sagte William leise und stand auf. “Ben, mach' bitte Fotos und dann schaue ich mir das ganze nochmal von der Nähe an.”

Ben nickte und machte sich an die Arbeit. Er fotografierte den Weg und die herausragenden, in grauen Beton getauchten menschlichen Überreste und sammelte einige Proben. William telefonierte in der Zwischenzeit mit einem Beamten aus der Zentrale und erzählte ihm von der vermuteten Betonleiche.

Der Bauleiter tippte ihm auf die Schulter.

“Wir haben auch Schneidewerkzeug da. Da braucht er nicht extra zu kommen.”

“Daran hab ich vor lauter Aufregung gar nicht gedacht!”, sagte William. “Danke, dann mach wir das so. Sie holen sich zwei Leute rein und ich überwache die Arbeit.“

“Okay, gut”, sagte Michael Schwarz und war sichtlich erleichtert, kurz von dem Leichenfundort wegzukommen. Er ging zügig in Richtung Absperrung, wo bereits ein Dutzend Presseleute, der Bürgermeister und die Beamten ungeduldig auf Informationen warteten.

“Aber kein Wort zu irgendjemandem? Ist das klar?”, rief William ihm noch hinterher. Er hoffte, dass der Bauleiter sich daranhielt. Erst musste man sichergehen, dass es sich bei dem Toten tatsächlich um den verschwundenen Arbeiter Holger Schmidt handelte. Da hatte Klaus ganz schön was zu tun, bevor er die Leiche aufschneiden konnte. Sein Gefühl hatte ihn nicht getäuscht. Erst hatte er die Sache abtun wollen, aber als Stefan von dem Baugelände der Biogasanlage gesprochen hatte, konnte er den Zusammenhang förmlich riechen. Jetzt musste er ihn nur noch beweisen.

Nach etwa einer halben Stunde hatte der Bauleiter seine beiden Leute soweit angewiesen, dass sie mit dem Herausschneiden der Leiche beginnen konnten. Klaus hatte zuvor mit einem Echobodenradar die Größe der Leiche bestimmt und mit einem Edding auf den Beton gezeichnet. Das war eines der wenigen technischen Geräte, die Klaus gerne benutzte. William hatte den Verdacht, dass er sich den Echoradar ab und zu für private Suchen auslieh. Da aber nichts kaputt gegangen und es immer einsatzbereit war, hatte William ein Auge zugedrückt.

Alles lief gut. Sie waren ein Stück zurückgetreten wegen dem Lärm und dem Staub. Der Bauleiter gab präzise Anweisungen und zehn Minuten später legten sie ein nicht ganz quadratisches Stück Beton vor Klaus. Am Boden haftete Erde und Mulch. Gemeinsam hievten sie das Stück in Klaus' Wagen. Der fuhr gleich mit Flo zur Gerichtsmedizin. William und Ben suchten nach weiteren Spuren. Ben fand noch einige Fußspuren Richtung Zaun. Da es geregnet hatte, waren diese Spuren deutlich zuerkennen. Er nahm Proben und als er am Zaun ankam, übersah er fast das schmale Loch.

“William! Hier ist etwas!”, rief Ben. “Schau mal, jemand Schlankes würde da doch gut durch passen oder?”

William blickte nachdenklich das Loch an. “Ja, da hast du wahrscheinlich recht. Nimm Proben, und dann geh weiter auf der anderen Seite. Vielleicht findest du noch was.”

“Ja, Meister”, gab Ben lachend zur Antwort und machte sich gleich an die Arbeit.

William ging zurück zu Mark Weber und Leon Stein. Die beiden hatten von allen Anwesenden Fingerabdrücke und DNS-Proben genommen, die später im Labor überprüft werden würden. William unterhielt sich eine Weile mit dem Bürgermeister, der eine schnelle Aufklärung des Falles forderte.

“Das wirft kein gutes Licht auf meine Gemeinde, verstehen Sie? Auch nicht auf das Projekt.”

William hatte sehr wohl verstanden. Die unverhüllte Drohung in dem Satz allerdings auch. Glücklicherweise klingelte da sein Telefon.

“Hallo, Klaus”, sagte er und trat ein Stück zur Seite. “Hast du schon Ergebnisse?”

“Ja”, antwortete Klaus. “Es ist der Vermisste. Flo hat ihn mir eben aus dem Beton herausgehauen. Die eingeschlossenen Luftbläschen zeigen mir deutlich, dass er im Beton erstickt sein muss. Der Beton ist keine Stunde vorher nochmal mit Wasser versetzt worden. Nur dadurch konnte er dort landen ... So wie er liegt, denke ich, dass er den Täter bei etwas Unerlaubtem erwischt hat und von ihm in die Betongrube gestoßen wurde. Ich habe an den Schuhen etwas Holz gefunden. Der Beton hat einiges konserviert. Das Protokoll kriegst du morgen."

"Danke, Klaus. Melde dich später nochmal. Tschüss." William legte nachdenklich auf. Die Brutalität an der ganzen Sache missfiel ihm. Jemanden in noch flüssigen Beton zu schubsen war grausam. Trotzdem machte es auf William den Eindruck, dass alles ungeplant passiert war. Sein Instinkt sagte ihm, dass die Fälle zusammengehörten. Als Ben vom Wald zurückkehrte, informierte er ihn.

"Da ist nichts mehr. Hab viele Fingerabdrücke gefunden am Zaun, aber die können ja jedem gehören. Da war alles zertrampelt. Ich hab trotzdem alle gesichert", berichtete Ben.

"Gut. Dann lass uns ins Labor fahren. Mark, der Tatort bleibt gesichert, bis wir Genaueres wissen. Das heißt Herr Schwarz, hier wird nicht weitergebaut!"

Bevor der protestieren konnte, verschwand William lieber schnell. Der Bürgermeister würde ihm sowieso die Hölle heiß machen. Doch damit wollte er sich erst mal nicht auseinandersetzen. Zunächst musste er noch Frau Schmidt über den Tod ihres Mannes informieren. Dafür fuhr er persönlich bei ihr vorbei.

21

MITTWOCH

Hermann tobte schon wieder. Joseph zog den Kopf ein und machte sich etwas kleiner. Hermann bemerkte das wie so oft nicht. Er hatte bereits seinen gesamten Kram vom Schreibtisch auf den Fußboden befördert. Dass seine Lieblingslampe dabei kaputtgegangen war, interessierte ihn im Moment nicht.

“Was fällt diesem Trottel von Kriminalhauptkommissar denn eigentlich ein? Seit zwei Tagen blockiert er meine Baustelle! Es geht Geld verloren! Das ist ein Tatort. Ich scheiß auf den Tatort! Ich will, dass weitergebaut wird! Solange braucht so eine Ermittlung doch nicht! Wenn er so weitermacht, lass ich seine Karriere wie ein Kartenhaus einstürzen!”

Wütend rief er zum zehnten Mal den Bauleiter Michael Schwarz an. Doch auch der konnte nichts machen. *Polizeilich abgesperrt* war *polizeilich abgesperrt* und durch nichts zu beeinflussen. Das ärgerte ihn ziemlich. Es nagte an seinem Ego. Irgendetwas musste er doch tun können! An den toten Arbeiter dachte er nicht eine Sekunde. Er sah nur das Projekt in Gefahr. Im letzten Umschlag hatte zudem eine Drohung gelegen: Das Geld würde bei der kleinsten Störung beim Bau der Anlage eingezogen. Das wollte er um jeden Preis verhindern. Er brauchte das Geld. An Kleinkram hatte er kein Interesse mehr. Er wollte hoch hinaus. Joseph räusperte sich.

“Eben erreichte mich die Meldung, dass *TIP* die Sache mit dem Arbeiter dazu nutzt, die Biogasanlage schlecht dastehen zu lassen. Sie behaupten, dass er nur der erste von vielen Toten sei. Und dass das Gelände nun verflucht wäre.”

Mit wachsender, kaum noch kontrollierbarer Wut hatte Hermann zugehört. Mit einem Schrei, der im halben Gebäude zu hören war, warf er das Buch, das er eben in der Hand gehalten hatte, nach Joseph. Der war jedoch darauf gefasst gewesen und hatte die Tür schnell hinter sich zugezogen. Das Buch knallte mit Krach gegen die Tür und fiel zu Boden.

“Das ist ja das Unverschämteste, was ich je gehört habe!”, brüllte der Bürgermeister los, als er sich von dem Knall des Buchs erholt hatte. “Sind die den von allen guten Geistern verlassen worden? Die können doch nicht ernsthaft ERWARTEN, dass ihnen jemand diesen Mumpitz glaubt!" Er trat das Buch zur Seite, öffnete die Tür und stürmte aus dem Büro.

"Joseph ich brauche sofort den Bericht darüber! Und ich will den Verantwortlichen in zehn Minuten in meinem Büro sitzen haben! Ist das klar?!”

Er stand wutentbrannt vor Josephs Schreibtisch. Der war zu schockiert, um aufzupassen, und so fiel der Stapel Akten, den Hermann mit einer Bewegung erwischte, auf den Boden. Einzelne Blätter rutschten heraus.

“Wo bleibt der Bericht?”, schimpfte Hermann weiter. Joseph murmelte nur etwas Unverständliches und hob schnell die Akten auf. Eigentlich hatte er gehofft, eine schnelle und sachliche Überbringung der schlechten Neuigkeit würde ihn vor Hermanns Wutausbruch schützen. Doch Hermann war in den letzten Tagen so geladen gewesen, wie Joseph es noch nie erlebt hatte. Ohne jedes weitere Wort zog er ein Papier aus dem Stapel und reichte es ihm. Es war ein Screenshot von der Homepage von *TIP*. Dort hatten die Demonstranten das veröffentlicht, was Joseph ihm eben berichtet hatte. Der letzte Absatz elektrisierte ihn förmlich. Den dort stand nämlich folgendes:

"Schuld an der ganzen Sache hat kein anderer als unser werter Herr Bürgermeister Hermann Knapp. Er hat diese schädliche Anlage genehmigt. Der Tod des Arbeiters ist nur der erste in einer langen Kette, die uns ewig verfolgen wird. Daher ist die einzige logische Entscheidung, die wir, das Volk, treffen können, die, dass wir den Bürgermeister zum Amtsrücktritt zwingen müssen. Jemand anderes hätte uns so einen Mist nicht beschert! Denkt an meine Worte! Gezeichnet N.M."

"Das ist ja die Höhe!", entfuhr es dem Bürgermeister wutentbrannt. Er schnappte sich das Telefon. Joseph befürchtete schon, dass es das nächste sein würde, was Hermanns Wutanfälle nicht überlebte. Doch er wollte tatsächlich nur telefonieren. Und zwar mit dem Kriminalhauptkommissar höchstpersönlich. Es dauerte einige Minuten, bis er ihn endlich am Telefon hatte.

"Herr Herle, haben Sie schon gehört, was sich diese Widerstandsgruppe wieder geleistet hat?", brüllte er ohne Begrüßung los. "Die behaupten doch allen Ernstes, dass ich die alleinige Schuld am Tod des Arbeiters habe! Können Sie sich das vorstellen? Zudem soll jetzt das

Gelände verflucht sein! Ich verlange eine sofortige Untersuchung, eine Klarstellung und die Sperrung dieser Seite!"

Zum Glück konnte William keine Gedanken lesen, sonst hätte der Bürgermeister eine Anzeige wegen Beleidigung am Hals. Während Hermann sich immer weiter in Rage redete, gab William kein Wort von sich. Hermann verlangte auch die sofortige Freigabe des Tatorts. Da unterbrach ihn William das erste Mal.

"Herr Knapp, ich bitte Sie", sagte er ruhig, "wie stellen Sie sich das vor? Der Tatort wird erst freigegeben, wenn alle Untersuchungen abgeschlossen sind. Stellen Sie sich mal vor, es wäre ein Verwandter von Ihnen. Würden Sie da nicht auch ausführliche, sorgfältige und exakte Ermittlungen verlangen?"

"Natürlich, was ist den das für eine Frage?", empörte Hermann sich. Dann begriff er, worauf der Kommissar hinauswollte.

"Na gut, da werde ich mich wohl noch etwas gedulden müssen", gab er klein bei. "Aber ich will, dass diese Seite gesperrt wird! Das ist das Mindeste! Die verbreiten da Hasstiraden gegen mich!"

"Erstmal müssen wir überprüfen, ob tatsächlich eine Persönlichkeitsverletzung vorliegt. Dann sehen wir weiter."

"Und ob da meine persönlichen Rechte verletzt werden! Würde ich mich sonst beschweren?", brüllte Hermann. Josephs leises Lachen ließ den Bürgermeister herumfahren. Der erschrak fürchterlich und versteckte schnell sein Gesicht hinter dem PC-Bildschirm. Hermann war stinksauer. Alle schienen ihm gerade in den Rücken zu fallen.

“Also, was gedenken Sie wegen diesem *TIP* zu unternehmen? Kommen Sie mir jetzt nicht mit den Standardfloskeln wie *wir werden sehen, was wir tun können* blablabla. Sie werden sich sofort darum kümmern!”, drohte der Bürgermeister. “Ich habe Verbindungen bis ganz oben! Zudem kenne ich Herrn Julius Winkler persönlich!”

“Herr Knapp, Sie bedrohen hier gerade den Kriminalhauptkommissar, ist Ihnen das bewusst?”, erwiderte William, bewusst die Anrede *Bürgermeister* vermeidend. “Auch ich habe Verbindungen bis ganz oben. Ich denke nicht, dass es Ihnen recht wäre, wenn wir bei Ihnen herumschnüffeln.”

Dem Bürgermeister wurde siedend heiß.

“Äh, nein, schon recht. Ich will nur diese Sache aus der Welt schaffen und den Bau weitergehen sehen. Schließlich habe ich den Termin zur Eröffnung bereits angesetzt. Auch die Sponsoren sehen eine Verzögerung nur ungern”, sagte er mühsam beherrscht.

“Ich schaue mir die Sache an”, antwortete William gelassen. “Ich melde mich sofort, wenn es etwas Neues gibt.”

Der Bürgermeister brummte nur etwas Unverständliches. Dann legte er ohne weiteres Wort auf und suchte Joseph.

“Er schaut es sich mal an”, zitierte er den Kriminalhauptkommissar. “Als ob er Besseres zu tun hätte.”

Seinem Unmut darüber, dass der Kommissar nicht sofort etwas gegen die Unterstellungen unternehmen wollte, ließ er freien Lauf. Dabei vergaß er, Joseph für sein vorlautes Lachen zu rügen. Dass sein Einfluss auf andere nicht so hoch war wie er dachte, machte ihm zu schaffen.

“Hast du schon herausgefunden, wer hinter der ganzen Sache steckt?”, fragte Hermann. Joseph schüttelte den Kopf. Er brummte: “Leider lässt sich die exakte Bestimmung des Verfassers nicht nachweisen. Auf der Seite sind mehrere Administratoren registriert, zudem kann jeder einen Beitrag verfassen und hochladen. Das heißt, zum einen könnte es das jemand mit den Initialen *N* und *M* sein, oder aber jemand hat den Beitrag unter einem Pseudonym veröffentlicht.”

“Dann hoffe ich, dass der Kriminalhauptkommissar Wort hält und die Seite so schnell wie möglich sperrt!”

Hermann ging wütend in sein Büro zurück. Er warf die Tür hinter sich zu und hob das Buch auf, das er vorhin nach Joseph geworfen hatte. So ein Telefonbuch hatte auch etwas Gutes.

Er starrte das Chaos auf dem Boden an. Nach fünf Minuten hatte es sich kein Stück verändert. Es weiterhin böse anzustarren und zu hoffen, dass es sich von allein zurück auf den Schreibtisch beförderte, war sinnlos. Seufzend machte er sich an die Arbeit. Als er gerade die Akten richtig sortiert hatte, klingelte das Telefon.

“Bürgermeister Hermann Knapp am Apparat”, meldete er sich.

“Guten Tag, hier spricht Herr Schwarz nochmal”, antwortete ihm die Stimme des Bauleiters der Biogasanlage. “Ich konnte eben endlich mit einigen Beamten der Spurensicherung die Anlage besichtigen. Leider gibt es eine schlechte Nachricht: Der Täter hat einige der wichtigen Stromquellen ausgeschaltet. Einige Teile sind irreparabel beschädigt worden.”

“Und was bedeutet das im Klartext?”, unterbrach Hermann den Bauleiter.

“Das bedeutet, dass ich, falls ich endlich mal weiterarbeiten darf, erst einmal die Schäden beseitigen muss. Dadurch verschiebt sich die Fertigstellung. Wie lange, kann ich nicht sagen. Erst müssen sämtliche Schäden registriert werden.“

“Das ist doch unglaublich!”, schimpfte der Bürgermeister. “Wir sprechen uns noch!”

Wütend warf er das Telefon auf die Ladestation. Er vergrub die Hände in seinen grauen Haaren. Wo sollte das alles noch enden? Das Ganze schien ungeahnte Dimensionen anzunehmen. Eine Kleinigkeit, die alles verzögerte. Eine einzige Karte, die das ganze Kartenhaus zum Einstürzen brachte. Warum musste es immer so kompliziert sein? Er ließ einen Fluch vom Stapel, den vermutlich sogar der Teufel schief beäugt hätte. Dann verließ er den Raum und schließlich das Gebäude.

„Neueste Erkenntnisse bei der Biogasanlage am Tigersheimer Gatter zeigen deutlich, dass die ganze Sache aus dem Ruder läuft. Bedenken wir nur mal die Folgen nach der letzten Katastrophe vor zwei Jahren, für die die *Victor Bauer Energie GmbH* bis heute kein richtiges Statement abgegeben hat, geschweige denn Gegenmaßnahmen unternommen hat. Ich sehe die ganze Sache sehr kritisch. Wie können wir nach so etwas immer noch weiter an solch schädlichen Anlagen bauen wollen? Sie vergiften uns systematisch mit dem Dreck, der übrig bleibt. Woher wissen wir denn, ob in der Anlage tatsächlich nur Lebensmittel landen? Was angesichts der Hungersnot auf der Welt sehr grotesk erscheint! Das ist reine Profitgier. Da werden sämtliche Sicherheitsbedenken unter den Tisch gekehrt. Und nun der Tod des Arbeiters! Das muss uns wachrütteln! Auch der Mord an dem Steuerberater hängt damit zusammen. Wäre ich abergläubisch, würde ich sagen, die Baustelle und die Anlage sind verflucht. In einer gewissen Weise ist sie das ja auch. Ich würde mich nicht wundern, wenn noch mehr passiert! Schuld an der ganzen Sache hat kein anderer als unser werter Herr Bürgermeister Hermann Knapp. Er hat diese schädliche Anlage genehmigt. Der Tod des Arbeiters ist nur der erste in einer langen Kette, die uns ewig verfolgen wird. Daher ist die einzige logische Entscheidung, die wir, das Volk, treffen können, nämlich die, dass wir den Bürgermeister zum Amtsrücktritt zwingen müssen. Jemand anderes hätte uns so einen Mist nicht beschert! Denkt an meine Worte!“

Norberts stolzer Blick entsetzte Walter fast noch mehr als das, was er eben gehört hatte. Die kleine Gruppe der Anwesenden applaudierte.

„Das habe ich gestern Abend auf unserer Homepage veröffentlicht. Wir müssen die Leute wachrütteln“, sprach er weiter.

„Ein Fluch ist aber hoch gegriffen“, gab Walter seine Zweifel zu bedenken.

„Quatsch“, widersprach Julia, die sich bis dahin kaum geäußert hatte. Sie saß in Hermanns Partei und versorgte die Gruppe mit den neuesten Informationen.

„Es liegt zumindest im Bereich des Möglichen“, meinte Gunter, der Druckermeister, zustimmend.

„Willst du damit andeuten, dass der Mord an dem Steuerberater und der Unfall mit dem Arbeiter zusammenhängen?“, fragte Julia entsetzt.

„Nicht nur andeuten, es ist tatsächlich so“, schimpfte Norbert. „Ihr kennt doch alle den Fluch des Tutanchamuns, des Altägyptischen Pharao. Howard Carter, ein britischer Archäologe, hat 1922 das bis dahin unversehrte Grab im Tal der Könige entdeckt. Das war damals eine wahnsinnige Neuigkeit. Man sagte, die Pharaonen hätten magische Sprüche gegen Eindringlinge gesprochen, um die Grabräuberei zu unterbinden. Nachdem das Grab geöffnet worden war, starben fast alle Beteiligten innerhalb von fünf Jahren. Man konnte es sich damals nicht anders erklären, als dass die Gräber verflucht sein mussten.“

"Ja, aber später fand man heraus, dass ein Schimmelpilz aus dem Grab all die Krankheiten verursacht hat. Heutzutage glaubt doch keiner mehr an einen Fluch“, stellte Walter klar. Gunter schüttelte den Kopf.

„Ohne die Genehmigung für die Anlage wäre der Arbeiter noch am Leben. Das ist nicht von der Hand zu weisen.“

„Der Steuerberater hat für einige renommierte Firmen in Stuttgart gearbeitet“, warf Julia ein. „Hermann hat mir das erzählt. Als er mal dort zur Besichtigung war, hat er ihn getroffen. Bei der Beerdigung war er auch anwesend.“

Daran konnte sich Walter nicht erinnern. An dem Tag waren viele Schaulustige anwesend gewesen, denn bislang waren Morde in Spullberg selten. Trotzdem hatten sich die Menschen angegriffen gefühlt. Auf persönlicher Ebene. So waren sie eben.

„Was auch immer ihr vorhabt, es darf nicht wieder so enden wie beim letzten Mal“, warnte Walter. Alle sahen ihn erwartungsvoll an.

„Die Sache mit dem Fluch klingt ja gar nicht so schlecht. Könnte man da nicht mehr drauf eingehen?“, fragte Thomas da auch schon.

„Sollen wir als Mumien verkleidet auf das Gelände einbrechen?“, grinste Julia.

„So was in der Art.“ Norbert war begeistert. „Wenn das Ding dann in die Luft fliegt, sagen wir einfach, dass es ein Fluch war. Er sorgt für die Bestrafung der Gierigen.“

„Bist du wahnsinnig?“ Walters Satz hing ein paar Minuten im Raum. Keiner wagte, etwas zu sagen, nicht einmal Norbert selbst.

„Offenbar“, brach Walter schließlich die Stille. Die anderen schienen erleichtert. Norberts Plan, die Anlage in die Luft zu sprengen, könnte sehr unangenehme Folgen für alle haben. Zumal noch einige Anzeigen von der letzten Aktion vorlagen. Selbst ein gutes Wort beim Kriminalhauptkommissar konnte sie nicht mindern.

„Lasst uns nochmal die nächste Demonstration besprechen“, meinte Thomas leise. Walter nickte.

„Sie muss wieder parallel an der Anlage und vor dem Bürofenster des werten Bürgermeisters stattfinden. Damit erzeugen wir mehr Aufmerksamkeit.“

„Was haltet ihr von einem Marsch?“, fragte Norbert mit gefährlichem Glitzern in den Augen. „Lasst uns doch eine Stunde vor dem Rathaus stehen und demonstrieren. Anschließend werden wir mit Pauken und Trompeten von dort aus zur Anlage laufen und weitermachen. Einige müssen aber die Wege für die Arbeiter sperren. Sie sollen solange genervt werden, bis sie freiwillig Leine ziehen.“

„Genial, Norbert!“, rief Thomas. „Ich rufe sofort meinen Schwager an und frage ihn, ob wir da Polizeischutz erhalten und die Straßen sperren lassen können. Je mehr Aufmerksamkeit, desto besser!“

Schon war er mitsamt seinem Handy aus dem Raum gerannt, um zu telefonieren. Walter blieb mit einem unguten Gefühl zurück. Die anderen fingen schon an zu diskutieren.

„Wir können bestimmt den Musikverein als Unterstützung holen. Einige sind ja eh schon in der Truppe.“

„Neue und größere Plakate für die vorbeifahrenden Autos!“

„Einen Stand brauchen wir auch wieder! Und einen, der aufpasst, das niemand was reinkippt."

„Die Presse muss auf unserer Seite sein. Wir brauchen unbedingt einen guten Artikel über die Aktion. Am besten eine ganze Seite."

So ging es hin und her. Walter hielt sich bewusst heraus.

„Also", unterbrach Thomas die Diskussion, als er zurückkehrte. „Freitag in einer Woche steht die Aktion. Mein Schwager hat mir zugesichert, dass er alles, was die polizeiliche Organisation betrifft, übernimmt und sofort in die Wege leitet. Es liegt jetzt an uns, die Aktion richtig durchzuziehen. Wir müssen ein für allemal klarstellen, dass dieses Ding weg muss."

Jubelrufe unterbrachen ihn. Sie begannen gleich, die neuen Ideen zu sammeln und zu koordinieren. Es war ein heilloses Durcheinander. Nach etwa einer Stunde stand der grobe Plan: „Am Freitag, den 17.07., startet zeitgleich um neun die Demonstration vor der Anlage sowie unter Bürgermeister Knapps Bürofenster", las Walter vor. „Übliche Utensilien. Unterstützung durch den Spullberger Musikverein. Sie lassen sich noch eine kurze Hymne einfallen für den Rhythmus. Ein Stand ist am Rathaus aufgebaut, drei weitere auf dem Weg und einer an der Anlage. Dort müssen alle Wege blockiert werden. Thomas' Schwager übernimmt den polizeilichen Schutz für den Zug. Der Demonstrationszug wird gegen elf loslaufen. Vorbei an der Feuerwehr, den großen Weg hoch durch das Engelsdorfer Gebiet und dort über die Straße vor bis zur Anlage. Anschließend werden zwei weitere Stunden an der Anlage demonstriert.

An den Ständen werden Getränke und Essen angeboten. Julia übernimmt die Organisation."

Walter ließ das Blatt sinken. Alle waren begeistert von dem Plan.

„Nun, dann soll es so sein", meinte er. „Mobilisiert alle, die ihr kriegen könnt. Andernfalls sieht die Aktion echt armselig aus."

„Wir sind schon unterwegs!", meinte Thomas begeistert. „Die Telefonkette wird gestartet, juhu!"

Die anderen verließen ebenfalls das Treffen. Bevor Norbert als vorletzter den Raum verließ, sagte er noch etwas, das Walter eiskalt den Rücken hinunterlief.

„Sollte die ganze Aktion nichts nutzen, werde ich das Ding in die Luft jagen. Und dann ist mir egal, ob da jemand zu Schaden kommt! Merk dir meine Worte!"

22

FREITAG

Heute war Freitag. Endlich. Der Chef machte jeden Tag mehr Druck. Seit die Baustelle am Tigersheimer Gatter vom Kriminalhauptkommissar gesperrt worden war, rief der Bürgermeister mindestens zehnmal am Tag an. Seine Uhr zeigte zwölf Uhr an. In zwei Stunden würde er gehen, länger hielt er das Ganze nicht aus.

Am Morgen nach dem Unfall mit dem Arbeiter hatte er sich gut gefühlt. Stark. Mächtig. Zwar nicht ganz so wie nach dem dunklen Abend, aber fast.

Das Telefon klingelte schon wieder. Rufumleitung war eine Sache für sich. Offenbar hatte der Chef keine Lust, mit irgendjemandem zu sprechen.

“Ja, bitte”, meldete er sich. Die Nummer auf dem Display war unterdrückt.

“Bürgermeister Hermann Knapp. Den Herrn Mayer bitte”, hörte er den Anrufer sprechen.

“Einen Moment bitte.” Er ließ es beim Chef anklingeln. Als keine Reaktion erfolgte, sagte er zu dem Anrufer: “Herr Knapp, Herr Mayer ist in einer Besprechung. Soll ich etwas ausrichten?”

“Nein, danke, ich werde mich später nochmal melden.”

“Natürlich. Auf Wiederhören.”

Ohne die Antwort abzuwarten, legte er auf. Sekunden später klingelte das Telefon schon wieder. Er hatte große Lust, das Ding an die nächste Wand zu werfen. Der Chef war in der Leitung.

“Kommen Sie bitte in mein Büro. Wir haben eine Krisensitzung.”

Er stimmte zu und nahm seine Unterlagen. Nur ungern verließ er sein kleines Kabuff. Hier hatte er seine Ruhe. Da störte ihn außer seinem Telefon oder dem kleinen Vogel im Baum niemand. Auf dem Weg traf er einen Kollegen. Gemeinsam gingen sie zum Büro des Chefs. Das Gespräch zwischen ihnen wollte nicht so richtig in Gang kommen und dann standen sie bereits vor der weit geöffneten Tür des Büros. Drei andere Kollegen waren schon anwesend. Sie waren der enge Kreis und die Berater des Chefs. Er hielt immer mit ihnen Rücksprache, wenn es Änderungen gab. So auch heute.

“Sind alle da? Sehr gut. Einer schließt die Tür, dann fangen wir an.”

Schweigend ließ er die Tür ins Schloss fallen.

“Wie Sie ja alle wissen, ist unserer werter Herr Schwab vor einiger Zeit von uns gegangen”, eröffnete Hannes Mayer die Sitzung.

Er rutschte unruhig auf seinem Stuhl herum. Allein bei der Erwähnung des Namens kochten die Gefühle des dunklen Abends wieder hoch. Er spürte jenes Machtgefühl und die Bewegungen, mit denen er das Messer in den Körper des Mannes gestochen hatte. Wieder und wieder. Für den Verrat, für jede Seite, jeden Gedanken daran sollte er büßen.

“Nun, das Problem ist, einen geeigneten Nachfolger zu finden, der, sagen wir, gewisse Dinge mitmacht”, sprach Hannes Mayer weiter. Er zwang sich zuzuhören. Die anderen nickten zustimmend.

“Wir können uns gerade keine weitere Untersuchung erlauben. Die Polizei stochert immer noch im Dunkeln, was den Mörder betrifft. Dass er sich an unserer Sache nicht mehr beteiligen wollte, ist schon schlimm genug. Wenn er bis zu seinem Tod nichts ausgeplaudert hat, sind wir relativ sicher. Ich hoffe, die Polizei kommt nicht auf den Trichter, genauer hinzuschauen. Die Sache mit dem toten Arbeiter ist eine absolute Katastrophe. Die Leute sollen nicht denken, dass wir unsere Leute umbringen wegen der Publicity. Bisher gibt es keinen Verdächtigen. Wenn doch jemand auftauchen sollte, werde als erstes ich informiert. Zudem wird der Bürgermeister ziemlich beschimpft. Das fällt automatisch auf uns zurück. Nach den ganzen Sachen können wir uns also keinen einzigen Fehler mehr erlauben. Keinen! Einzigen! Insbesondere nicht, wenn die Sache mit Bastian noch nicht geklärt ist. Von der Versicherung gibt es immer noch keine Rückmeldung.”

An die Sache mit Bastian erinnerte er sich noch sehr gut. Vor gut zwei Jahren war der Fermetierbehälter seiner Biogasanlage in die Luft geflogen. Die, die erst zwei Monate vorher in Betrieb gegangen war. Eine ihrer Anlagen. Sie bemühten sich immer noch, die Wogen zu glätten.

“Der Rechtsanwalt sagte mir vorgestern, dass die Anklage erweiterbar ist, da die Folgen für die Umwelt noch nicht abschätzbar sind. Die Bauern lassen gerade ein Gutachten erstellen, wegen ihren Äckern. Im Umkreis von fast zehn Kilometern. Das halte ich für ziemlichen Quatsch. Er schaut, inwiefern man die Klage abweisen kann. Dennoch, dass die Baustelle in Tigersheim gesperrt ist, wirft den ganzen Plan durcheinander. Der Tod von Helmut ist ein sehr bedauerlicher Unfall. Wir verlieren einen verdammt guten Arbeiter. Die Beerdigung ist in einer Woche. Ich erwarte die vollständige Anwesenheit. Unser Ruf ist sowieso schon sehr schlecht, wir müssen ihn nicht weiter ruinieren. Verstanden?”

Alle nickten.

“Zum Thema noch eine Anmerkung” sagte Michael beunruhigt. Er wählte seine Worte sorgfältig.

“Ich informiere mich ständig über gewisse Gegenstimmen. Leute, denen eine Biogasanlage unheimlich ist. Die dagegen protestieren. Die Widerstandsgruppe in Tigersheim ist unser bisher härtester Gegner. Sie kämpfen immer noch dagegen an. Die letzte Blockade war kurz bevor Helmut tot aufgefunden wurde. Auf ihrer eigens dafür angelegten Homepage habe ich heute Morgen den folgenden Artikel gefunden.” Er räusperte sich und las ihn vor:

„Neueste Erkenntnisse bei der Biogasanlage am Tigersheimer Gatter zeigen deutlich, dass die ganze Sache aus dem Ruder läuft. Bedenken wir nur mal die Folgen nach der letzten Katastrophe vor zwei Jahren, für die die *Victor Bauer Energie GmbH* bis heute kein richtiges

Statement abgegeben hat, geschweige denn Gegenmaßnahmen unternommen hat. Ich sehe die ganze Sache sehr kritisch. Wie können wir nach so etwas immer noch weiter an solch schädlichen Anlagen bauen wollen? Sie vergiften uns systematisch mit dem Dreck, der übrig bleibt. Woher wissen wir denn, ob in der Anlage tatsächlich nur Lebensmittel landen? Was angesichts der Hungersnot auf der Welt sehr grotesk erscheint! Das ist reine Profitgier. Da werden sämtliche Sicherheitsbedenken unter den Tisch gekehrt. Und nun der Tod des Arbeiters! Das muss uns wachrütteln! Auch der Mord an dem Steuerberater hängt damit zusammen. Wäre ich abergläubisch, würde ich sagen, die Baustelle und die Anlage sind verflucht. In einer gewissen Weise ist sie das ja auch. Ich würde mich nicht wundern, wenn noch mehr passiert! Schuld an der ganzen Sache hat kein anderer als unser werter Herr Bürgermeister Hermann Knapp. Er hat diese schädliche Anlage genehmigt. Der Tod des Arbeiters ist nur der erste in einer langen Kette, die uns ewig verfolgen wird. Daher ist die einzige logische Entscheidung, die wir, das Volk, treffen können, nämlich die, dass wir den Bürgermeister zum Amtsrücktritt zwingen müssen. Jemand anderes hätte uns so einen Mist nicht beschert! Denkt an meine Worte!“

“Wer hat denn diesen Mist geschrieben?”, polterte Hannes Mayer wutentbrannt los. “Das ist Rufschädigung! Ich will auf der Stelle wissen, wer das geschrieben hat! Und ihn persönlich in die Mangel nehmen! Der Bürgermeister hat mir davon berichtet, dass es diesen Bericht gibt, aber nicht über das tatsächlichen Ausmaß dieses Unfugs!”

“Da gibt es leider ein kleines Problem”, meinte Michael kleinlaut.

“Wie bitte?”

“Nun ja, auf der Homepage kann jeder ohne Anmeldung einen Bericht schreiben und dort veröffentlichen. Ohne Namen. Ich habe bereits mit Herrn Herle telefoniert, dem Kriminalhauptkommissar. Da nur mit Initialen unterschrieben wurde, ist die Zuordnung ziemlich schwierig. Das kann jeder mit einem *N* und *M* im Namen gewesen sein. Eventuell hat der Urheber auch einfach irgendwelche Buchstaben verwendet, die nichts mit seinem Namen zutun haben.”

“Das bedeutet, man weiß nicht, wer solchen Unfug verbreitet?” Hannes Mayer ließ sich in seinen Sessel zurückfallen.

“Der Kriminalhauptkommissar ist schon dran. Nähere Informationen habe ich nicht.”

“Gut. Wie gesagt, wir werden soweit es geht, mit der Polizei kooperieren. Ich will nicht, dass die tiefer graben. Sonst haben wir ein großes Problem. Und zwar alle. Verstanden?” Hannes Mayer blickte jeden einzelnen an. “Wenn also niemand mehr etwas hinzuzufügen hat, erkläre ich die Sitzung für beendet.”

Keiner hatte was zu sagen. Er stand als erster auf.

“Wir werden Sie über alles auf dem Laufenden halten”, sagte er noch, bevor er das Zimmer verließ. Dass der Bau immer noch von der Polizei gesperrt war, machte ihm am meisten zu schaffen. Er glaubte nicht, dass er brauchbare Spuren hinterlassen hatte. Wie sehr er sich täuschte, wurde ihm erst später bewusst.

Zurück in seinem Büro machte er die Kostenkontrollliste fertig. Als die Uhr endlich halb zwei anzeigte, packte er rasch seine Sachen und ging. Der Nachmittag war wunderschön. Warm, aber nicht zu heiß. Eine willkommene Abwechslung nach der Hitze der letzten Woche. Das Gewitter hatte alles etwas abgekühlt. Doch schon Anfang der nächsten Woche sollten die Temperaturen auf fast 40 Grad ansteigen. Der heißeste Sommer seit Beginn der Wetteraufzeichnungen sollte es werden.

Er beschloss, der Burgruine Wildberg mal wieder einen Besuch abzustatten. Die alte Ruine thronte über Wildberg. Es führte eine schmale Straße hinauf bis zu einem Wanderparkplatz. Von dort aus erreichte man sie in etwa einer halben Stunde zu Fuß. Der Weg war gut ausgebaut und auch für ältere Menschen kein großes Hindernis. Abends war sie hell beleuchtet, bis nach Spullberg konnte man sie sehen, oben auf dem Berg. Von der Ruine gingen viele Wanderwege ab, die durch den Blauen Wald verliefen. Einige Strecken waren auch gesperrt, weil sich dahinter Privatgrundstücke befanden.

Der Parkplatz war nicht allzu voll, als er ankam. Der schwarz-lilafarbene VW *up* fiel ihm ins Auge.

Ein Teenager, dachte er vergnügt. Von niemandem wollte er sich jetzt die Laune verderben lassen. Die Sonne schien und wärmte die Steine der Ruine auf. Man konnte sich gut darauf setzen. Viele junge Paare sah er. Die meisten konnten die Finger nicht voneinander lassen. Er wandte sich ab. Er lief leichtfüßig die alten Treppenstufen zum Turm hinauf. Seine gute Kondition vom regelmäßigen Krafttraining kam ihm zugute. Von oben hatte man einen wahnsinnigen Blick über das gesamte Tal. Das kleine Wildberg, direkt an den Wildberg geschmiegt, Tigersheim und dahinter Spullberg. Selbst das noch kleinere Thal war bei dem wolkenlosen, strahlend blauen Himmel erkennbar. Weiter hinten stach der Stuttgarter Fernsehturm hervor. Sogar Flugzeuge waren über die Entfernung mit bloßem Auge auszumachen. Unter ihm glitzerte der Wildsee am Felsmassiv.

Er steckte sich eine Zigarette an und blies die erste Wolke gen Himmel. Außer ihm waren nur wenige Menschen da. Er lehnte sich lässig an das Geländer und genoss die Ruhe. Auf der Bank neben ihm mit Blick Richtung Tal saßen ein junges, braunhaariges Mädchen und ein etwas älterer, schwarzhaariger Junge. Ihre Haare leuchteten in der Sonne kupferfarben.

“Anna Herle, Sie machen mich ganz verrückt”, lachte der Junge und kitzelte das Mädchen. Das wand sich und war knallrot wie eine Tomate. Er beobachtete die beiden aus dem Augenwinkel und blies den Rauch gedankenverloren in die Luft. Der Junge zog sie näher an sich heran. Sie schienen die gesamte Umgebung ausgeblendet zu haben. Er überlegte angestrengt, wo er sie gesehen hatte. Sie kam ihm sehr bekannt vor. Die beiden hatten wirklich nur Augen für sich. Er grinste. Der Junge versuchte, sie in den Nacken zu küssen. Da er sie gleichzeitig kitzelte, funktionierte das nicht so gut.

“Mein Papa kann dich grundlos eine Nacht in ‘ne Zelle sperren!”, kicherte und japste sie zwischen den Attacken.

“Das macht der nicht. Dafür mag er mich zu sehr”, gab der Junge gelassen zurück.

“Ich muss ihm nur sagen, dass du mich ärgerst. Dann macht er alles. Ich bin schließlich seine Kleine!”, verkündigte sie atemlos. Beide lachten los wie kleine Kinder, ungezwungen und herzlich.

Da fiel es ihm wie Schuppen von den Augen. Sie war die Tochter des Kriminalhauptkommissars William Herle! Er hatte ihn an der Beerdigung gesehen und die Kleine hatte in dem Orchester mitgespielt. Natürlich! Warum war er da nicht gleich drauf gekommen? Das änderte die Sachlage plötzlich gewaltig.

Vielleicht ließ sich so ein Druck auf den Kommissar aufbauen!, schoss es ihm durch den Kopf. *Wenn seine Tochter plötzlich verschwunden wäre.*

Mit neuem Elan drückte er die Zigarette auf dem Geländer aus und schnipste den Rest den Turm hinunter. Der tolle Ausblick war vergessen. Jetzt galt es, herauszufinden, was die Tochter immer so tat, um sie im richtigen Moment zu schnappen. Über die Konsequenzen dachte er dabei keinen Moment lang nach. Wichtig war nur, den Kommissar zu zwingen, die Baustelle wieder freizugeben.

23

SAMSTAG

Von all dem nichts ahnend saß der Kommissar an seinem Schreibtisch. Der Bericht des Rechtsmediziners lag vor ihm. Er hatte mit Flo's Hilfe die Leiche aus dem Beton befreit. Es war der Vermisste. William wollte ihn sich nicht anschauen. Der DNA-Test hatte seine Befürchtung jedoch bestätigt. Volker aus dem Labor hatte ihn sogar zweimal durchgeführt, um absolut sicher zu sein. Erst dann hatte William Frau Schmidt vom Tod ihres Mannes unterrichtet. Er war nach Feierabend persönlich bei ihr vorbeigefahren. Schon als sie ihm mit ihren verquollenen und verheulten Augen die Tür geöffnet hatte, schien sie es gewusst zu haben. Sie war langsam ins Wohnzimmer geschritten und hatte auf dem roten, abgewetzten Ohrensessel Platz genommen, der nicht so recht zu der restlichen, modernen Einrichtung passen wollte. Die Nachricht hatte sie dann ziemlich gefasst aufgenommen.

"Wissen Sie, ich kenne ihn schon so lange. Da weiß man manche Sachen einfach. Ich habe es geahnt. Schon, als er zur Arbeit aufgebrochen ist. Er hat mir meine Lieblingsblumen gebracht an dem Morgen. Das macht er sonst nur zu besonderen Anlässen. Aber ich ..."

Sie war schließlich doch in Tränen ausgebrochen. William hatte sie in den Arm genommen, bis eine besorgte

Nachbarin aufgetaucht war. Die hatte Frau Schmidt kurzerhand ins Bett befördert. Die Details, die zum Tod von Herrn Schmidt geführt hatten, vertraute er der Nachbarin an. Sie würde sie weitergeben, in ein paar Tagen, wenn es ihr besser gehen würde. William hatte das Gespräch mit Frau Schmidt als anstrengend empfunden. Er schob alle Gedanken beiseite. Flo trat just in dem Moment ein.

“Super, da steckst du also”, meinte Flo besorgt. “Ich such dich schon seit einer Weile. An dein Handy gehst du auch nicht mehr, oder?”

Sein Handy war auf stumm geschaltet, weil er seine Ruhe haben wollte. Aber das sagte er lieber nicht.

“Die Fingerabdrücke vom Beton haben nichts ergeben. Wir haben es mit einem Unbekannten zu tun, der große Wut in sich trägt. Mit Ben habe ich versucht, den Tathergang zu rekonstruieren. Anhand einiger Abriebe am Holz und den Spuren im Boden handelt es sich wohl um einen athletischen großen Mann. Es gab einen Kampf, ohne Zweifel”, berichtete Flo ungefragt. “Noch was. Der Fingerabdruck im Beton stimmt mit einigen Abdrücken am Zaun überein. Wir können davon ausgehen, dass der Mörder eingebrochen ist und von Herrn Schmidt überrascht worden ist. Ich würde fast soweit gehen und behaupten, dass der Arbeiter gejagt wurde. An einigen Scherben, die von einer weggeworfenen Bierflasche stammen, habe ich Herrn Schmidts Blut gefunden. Und halt dich fest! An einer anderen war Blut von einem Mann! Höchstwahrscheinlich sogar vom Täter.”

William pfiff durch die Zähne. Das waren verdammt gute Nachrichten.

“Gab es schon eine Übereinstimmung?”

“Leider nicht”, antwortete Flo. Er zog wütend die Augenbrauen zusammen. “Er ist nicht im System. Der Mord hat die Leute ziemlich erschreckt. Ich denke, dass es Zeit für einen Massentest wird.”

William seufzte. Ein Massentest stellte eine große Herausforderung für das Labor und die Beamten dar. Man musste gut überlegen, welche Personengruppe zum Test gebeten werden sollten. Ansonsten gab es sofort laute Rufe wegen Diskriminierung. Die Proben wurden für gewöhnlich mithilfe von Nummern anonymisiert und im Labor analysiert. Schließlich galt es, den Täter so schnell wie möglich zu finden. Für William jedoch stellten diese Tests die letzte Möglichkeit dar, wenn es keinen Verdächtigen gab oder die Beweise nicht ausreichten.

“Gut, ich denke, dass es wieder Zeit dafür ist”, stimmte er missmutig zu. Er schob seine Papiere zusammen und sah auf, als ein Streifenbeamter eintrat.

“Treten Sie doch ein”, meinte William ironisch.

“Ich bitte vielmals um Entschuldigung. An der Rezeption steht ein älterer Herr, der nur mit Ihnen sprechen will. Er macht einen leicht verwirrten Eindruck. Anscheinend hat er etwas gesehen in der Nacht, als der Bauarbeiter ermordet wurde.”

“Gut, ich höre es mir mal an”, meinte William nicht ganz überzeugt. Er ging mit dem Streifenbeamten nach unten zur Rezeption. Der ältere, weißhaarige Mann sah tatsächlich verwirrt aus. Er stützte sich auf einen Gehstock. Sein rechtes Bein war steif.

“Guten Tag, ich bin der Kriminalhauptkommissar William Herle. Sie wollen mit mir sprechen?”

“Hm ja, ich weiß. Ich weiß. Sie sind der Kriminalhauptkommissar. Ich kenne Sie. Sie kommen immer im Fernsehen. Ja, ja. Ich weiß. Hm, gesehen. Gesehen habe ich viel. So alt bin ich schon. Viel gesehen.”

Der ältere Herr strahlte über beide Ohren. William vermutete einen Doktor in ihm. Er lotste ihn in den kleinen Besprechungsraum neben der Rezeption. Der Mann hustete und so stellte William ihm ein Glas Wasser hin.

“Ja, wissen Sie, wo ich überall schon gewesen bin, junger Herr? Das glauben Sie mir nicht. Ich war fast überall. Ja, ja. Das waren Zeiten! Unterwegs war ich und habe gekämpft, wie ein Löwe mein Land verteidigt. Da war ich noch fit. Ja, ja. Heute macht mir das Rheuma im Bein zu schaffen.”

“Das klingt nicht schön”, ließ William ihm das Kompliment mit dem jungen Mann durchgehen. So fühlte er sich schon lange nicht mehr. Seit dem Mord an Herrn Schwab konnte er nicht mehr richtig schlafen. Der Fall musste so schnell wie möglich aufgeklärt werden. Der Rentner vor ihm mit seinem Gequassel machte die Sache nicht einfacher.

“Ja, und dann ging ich da neulich Abend im Wald spazieren nach dem tollen Gewitter. Ja, ja. Das war so schön still und kühl. Wussten Sie, dass Regen Gerüche speichert? Tja, man kann allein am Geruch erkennen, woher der Regen stammt. Das ist eine Wissenschaft für sich. Und erst dachte ich, da wäre eine Schlange am Zaun. Aber das Ding hat sich aufgerichtet. Vielleicht war es ja ein Roboter, wer weiß. Ich habe keine Schlange gesehen. Dafür fand ich diesen tollen Kieselstein. Der kommt vom Meer. So eine schlanke, große Figur hätte ich auch gern gehabt."

Er klopfte sich auf seinen Bauch, der eher einem Fass glich.

"Damit hätte man bei den Damen doch mehr Chancen. Ja, ja. Licht ist auch so eine Sache. Man kann es weit sehen. Wussten Sie, dass die allererste Glühbirne vierzig Stunden gebrannt hat? Heute sind die viel heller. Manchmal sehe ich gerne Schattentheater. Da schubst einer den anderen. Wie im Moor hat es gemacht, wenn man aus Versehen reintappt. Schlurf und weg war er. Die Schlange war ein Roboter. Ja, ja. Die kommen und unterjochen uns alle. Ein weißes Moor habe ich noch nie gesehen. Man kann alles so toll zeigen bei Schatten. Viel Fantasie braucht man da. Der Roboter hat lange Schatten geworfen. Er hat noch in das weiße Moor geguckt. Schlangen bewegen sich ja wellig fort, Roboter nicht. Und er ist schnell verschwunden. Chamäleons können sich ganz toll an ihre Umgebung anpassen. Da sind sie fast nicht mehr zu erkennen. Mir wurde ganz unheimlich, als der Roboter weg war. Vielleicht wurde er ja hochgebeamt wie Captain Kirk."

William hatte große Mühe, dem verwirrten Gerede zu folgen. Dennoch sagte ihm seine Intuition, dass der Mann den Mord beobachtet haben musste. Sein weißes Moor konnte der Beton sein, in dem der Arbeiter gefunden wurde. Der Mann redete weiter, doch William hörte nur mit halbem Ohr zu. Dass der Täter groß und schlank sein sollte, deckte sich im Großen und Ganzen mit dem, was Klaus schon angedeutet hatte. Eine dünne und durchtrainierte Figur vermutete er. Dass es noch keinen Verdächtigen gab, wurmte William. Mit Unmut dachte er an den letzten Zeitungsartikel in der Spullberger Zeitung. Dort hatte die Journalistin ihm und dem gesamten Polizeipräsidium Unfähigkeit vorgeworfen. Man könne ja erwarten, dass nach sechs Wochen der Mord aufgeklärt worden wäre. So viel Arbeit sei das ja nicht. Da die Fälle zusammenhingen, gäbe es bestimmt genügend Hinweise, um jenes Monster zu fassen. Die Hiebe waren indirekt geschrieben, aber sie trafen. Der Polizeipräsident Julius Winkler hatte ihn kurz nach Erscheinen des Artikels zu sich zitiert und verbal rund laufen lassen. Er wollte Ergebnisse. Doch William konnte ihm keine liefern. Das kam fast einem Todesurteil gleich.

“So, bitte notieren Sie alles auf diesem Formular”, unterbrach William dem alten Mann.

“Ja natürlich”, meinte er verwirrt. “Geben Sie mal das Ding her. Ist das für ein Rezept? Ich muss immer Medikamente nehmen. Ja, ja. Gesehen habe ich viel. War auf Reisen oft. Die helfen gegen das Vergessen. Der Roboter muss das bestimmt nicht nehmen. Der hat einen Speicher. Er war schwarz, wie beim Schattentheater.”

Mühsam schrieb er mit zittriger Hand seine Beobachtungen in die leeren Felder. Jedes las er genau durch, dann füllte er es aus. William trank seinen Kaffee leer. Ohne den hätte er das nicht gepackt. Der alte Herr war sehr anstrengend. Schließlich war alles ausgefüllt und unterschrieben. Er verabschiedete sich von ihm und verließ den Raum. Der junge Streifenbeamte, der die ganze Zeit still im Raum in der Ecke gestanden hatte, begleitete den alten Mann nach draußen.

Zurück in seinem Büro unterrichtete der Kriminalhauptkommissar zuerst Flo über die Informationen des Mannes, dann klingelte er bei Klaus durch.

“Hast du Neuigkeiten für uns?”, kam prompt Bens Frage, bevor William überhaupt etwas sagen konnte.

“Herrschaftszeiten!”, schimpfte William. “Man lernt bereits im Kindergarten, dass man sich mit dem Namen meldet! Ich hab keine Lust, jedes Mal zu überlegen, wer das denn sein könnte! Ja, ich habe Neuigkeiten. Stell bitte auf Lautsprecher.”

So schnell, wie er sich aufregte, beruhigte er sich auch wieder. Die Tatsache, dass viele Mitarbeiter ihren Namen nicht nannten, wenn sie das Telefon abnahmen, störte William ziemlich. Woher sollte er wissen, ob er denjenigen erwischt hatte, mit dem er reden wollte? Ben würde er das schon noch beibringen. Der hatte, ohne ein Wort zu erwidern, das Telefon auf Lautsprecher gestellt. Klaus war sofort dazugekommen.

“Eben war ein älterer Herr bei mir”, berichtete William den beiden. “Er ist ziemlich verwirrt, aber ich bin mir sicher, dass er den Mord beobachtet hat. Von einer schlanken, großen, schwarz gekleideten Person sprach er. Er betitelte ihn als Schlange, daher hast du vermutlich Recht mit dem Loch im Zaun, Ben. Da kann durchaus ein dünner Mensch durch passen. Den Beton hat er mit einem weißen Moor verglichen.”

“Ein weißes Moor. Sehr interessant”, meinte Klaus.

“Oh, ein Schlangenmensch! Das finde ich super!”, rief Ben dazwischen. William schnaufte verärgert.

“Wie auch immer. Uns fehlt immer noch der Täter.”

“Die Taten sind vom gleichen Typen begangen worden”, meldete sich Flo aus dem Hintergrund.

“Davon gehe ich auch aus”, sagte William nachdenklich. “Flo schlägt einen Massentest vor.“

“Ist das nicht ein bisschen zu früh?”, warf Klaus ein. “Normalerweise müssen acht Wochen vergangen sein.”

“Besondere Anlässe erfordern besondere Maßnahmen”, brummte William.

“Also ich fände das super!” rief Ben begeistert. “Ich kann die Tests ziemlich schnell durchführen.”

“Es kommt hier aber auch die Qualität und nicht auf Schnelligkeit an, Ben!”, schimpfte William aufgebracht. “Hier geht es darum, den Richtigen zu schnappen! Oder willst du wie damals bei Henning den Falschen verhaften, damit der Richtige noch weitere Morde begehen kann?”

Die Geschichte mit Henning war eine riesige Sache gewesen. Wegen Schlamperei im Labor hatten sie den falschen Mann verhaftet. So konnte der richtige Täter drei weitere Menschen ermorden. William hätte das beinahe seinen neuen Job als Kriminalhauptkommissar gekostet. Dank Klaus' Scharfsinn hatten sie es dann doch noch geschafft, den Mann zu stellen. Er verbüßte nun eine lebenslange Haft im Stuttgarter Gefängnis. Die Journalisten hatten die Sache wochenlang genüsslich durch die Presse gejagt. Mit Müh‘ und Not hatte er die Aufmerksamkeit auf etwas anderes lenken können. Mittlerweile rieb ihm nur noch der Polizeichef Winkler die Sache ab und zu unter die Nase.

“Ben, lass gut sein. Wir ziehen das durch. Zur Not können wir aus den anderen Laboren Leute anfordern”, flüsterte Klaus beruhigend. Williams Ärger war so schnell verpufft, wie er aufgetreten war. Vielleicht lag es auch an Klaus‘ ruhiger Stimme.

“Ben, du kannst das nicht wissen. Klaus soll dich später über meinen ersten Fall als Kriminalhauptkommissar informieren. Dann ist dir meine Reaktion verständlich”, fuhr William, ohne sich zu entschuldigen, fort. Ein bisschen schlechtes Gewissen hatte er ja, aber das schob er schnell beiseite.

“Kein Ding”, meinte Ben ruhig. Wie er es tatsächlich aufgefasst hatte, würde ihm Klaus später berichten.

„Die Auswertung der Akten aus dem Schließfach ist auch abgeschlossen“, rief Flo. „So wie es aussieht, fehlen bei der *Victor Bauer Energie GmbH* einige Summen vom Konto, die nicht zugeordnet werden können. Stefan meinte, da könnte eine große Steuerhinterziehung vorliegen. Sie prüfen über das Wochenende sämtliche Daten.“

“Okay, Besprechung am Montag um acht in Bezug auf das weitere Vorgehen”, sagte Klaus, ohne Williams Antwort abzuwarten. Der kam auch nicht mehr dazu, weil Klaus direkt aufgelegt hatte. Er schüttelte den Kopf und stellte das Telefon auf die Ladestation.

“Feierabend für heute.”

Flo grinste. Sie fuhren die Computer herunter, nahmen ihre Sachen und verließen das Polizeigebäude.

24

DONNERSTAG

Heute war ich wieder mit Max verabredet. Eineinhalb Wochen war das Essen mit meinen Eltern nun schon vorbei und wir hatten uns nur Freitag letzte Woche kurz gesehen, als wir abends auf der Ruine Wildberg waren, weil Max auf seine Prüfungen lernen musste. Sein Semester war zu Ende und er hatte kaum Zeit, mit mir etwas zu unternehmen.

Als Jenny und ich gestern am Wildsee waren, wollte sie nochmal alles ganz genau wissen. Wie er küsste, warum er mir so gefiel, ob ich ihn wirklich als festen Freund haben wollte. Fragen über Fragen. Irgendwann drehte ich den Spieß um, weil ich nicht mehr über mich reden wollte.

“Was ist denn eigentlich mit dir und Sebastian? Wenn wir schon beim Thema sind.”

Sie wurde knallrot und sagte erstmal nichts.

“Sollte da was sein?”, fragte sie schließlich. Ich grinste nur. Damit war alles klar.

“Jaa, verdammt, ich will ihn! Bist du jetzt zufrieden?”, schimpfte sie, nachdem ich mehrmals nachgehakt hatte.

“Ist es schon offiziell?”, fragte ich.

“Nee, da warten wir noch etwas.”

“Warum?”

“So halt. Wegen seiner Exfreundin.”

“Was hat die damit zu tun?”

“Ach, die will immer noch was von ihm und spioniert ihm die ganze Zeit hinterher.”

“Du weißt, ein Wort zu Papa und die hat ‘ne Abstandsklage am Hals”, hatte ich gelacht. Damit war auch das Gespräch beendet und wir sprangen in das herrlich kühle Nass des Wildsees.

Plötzlich klopfte es an der Tür und ich erschrak fürchterlich. Vor lauter Gedanken an den gestrigen Tag und der leisen Musik von *Hollywood Undead* im Hintergrund hatte ich nichts mitbekommen. Schnell legte ich mein Buch auf die Seite und warf den Laptop zu. Gleichzeitig verstummte die Musik, die ich gehört hatte.

“Herein!”, rief ich über flüssigerweise, denn Max stand schon im Raum. Sein Lächeln warf mich jedesmal um.

“Deine Mama hat mich hochgeschickt, um dich zu holen. Nicht dass du hier drin das schöne Wetter verpasst”, grinste er spöttisch. Am liebsten hätte ich ihm dafür eine geklatscht, aber sein Lachen ... Nein, das konnte ich nicht. Stattdessen lachte ich verlegen und nahm meine Tasche. Wir wollten heute auch zum Wildsee fahren. Dort hatte ich die Gelegenheit, ihn oben ohne zu sehen, ohne ihn dabei näher an mich heranzulassen. Das war nach Tobias sehr schwer. Nicht mal die Umarmung von Mama oder Papa konnte ich ertragen. Überhaupt die

Vorstellung, dass mir jemand nahekommen wollte, machte mir Angst. Tobias war schließlich nicht immer der Gentleman gewesen, den er so gerne spielte. Er hatte ziemlich grob werden können.

Max lehnte lässig an der Tür und beobachtete meine Bewegungen. Die Tatsache, dass mir das nicht unangenehm war, störte mich mehr, als dass er mich beobachtete. Ich konnte mir das nicht erklären. Vielleicht war an Jennys Worte etwas Wahres dran, dass ich mich so richtig und unsterblich verliebt hatte.

So ein Quatsch!, schimpfte die Stimme in meinem Kopf verächtlich. Trotzdem blieb mir die Tatsache nicht verborgen, dass es mit Tobias nie so gewesen war.

Ich wollte mich an Max vorbeidrücken, doch der hatte andere Pläne. Er hielt mich von hinten fest und drückte mir einen Kuss auf die linke Stirnseite. Dann beugte er sich weiter nach vorn und küsste mich. Allein in seinen starken Armen zu sein, entspannte mich. Seine Lippen waren weich und warm. Es fühlte sich verdammt gut an.

"Kommt ihr zwei da oben auch mal wieder runter?", riss Mamas Stimme uns aus unserer Versunkenheit heraus. Max gab nur ein Brummen von sich und küsste mich nochmal. Ich sagte nichts, bis er sich von mir löste und langsam die Treppen herunter schritt.

"Warte auf mich", rief ich. Mit meiner Tasche in der Hand lief ich ihm hinterher. Er stand schon an der Eingangstür. Mama lächelte zustimmend. Meine rollenden Augen sah zum Glück keiner. Ich folgte ihm zu seinem schwarzen Golf. Wir fuhren durch den Mittagsverkehr zum Wildsee. Der kleine Wanderparkplatz *Zum Blauen Wald* war fast voll geparkt. Offenbar wollten alle das schöne, heiße Wetter ausnutzen und im See schwimmen gehen.

Der Wildsee ist einer der wenigen Badeseen in der Gegend, der nur selten für Schwimmer gesperrt wird. Sein Wasser ist so klar, dass die größeren Felsen und scharfen Kanten genau zu erkennen sind. Er wurde aus einer unterirdischen Quelle gespeist. Kaum jemand hatte bisher die unterirdischen Höhlen erforschen können wegen dem hohen Wasserdruck.

Schnell waren wir den Weg bis zum See gelaufen. Unter den Bäumen, im Schatten, war es angenehm kühl. Die unterschiedlichsten Menschen lagen auf ihren knallbunten Handtüchern auf den Liegewiesen, die bis auf die Seite mit den schroffen, grauen Felswänden überall um den See herum verteilt waren. Dort ging der Wildberg ziemlich steil hoch. Das Wasser war angenehm kühl und trotzdem von der immer darauf scheinenden Sonne gewärmt. War man in der Mitte des Sees und schaute zur linken Seite an der schroffen Felswand vorbei, konnte man die Ruine ausmachen. Sie ragte trotz ihres maroden Aussehens majestätisch in die Höhe. Die tiefste Stelle im See war am Felsmassiv. Fast senkrecht reichte es hier mehr als siebzehn Meter in die Tiefe.

Max nahm mich mit zu seiner Lieblingsstelle, von der er mir erzählt hatte. Man konnte nur über einen schmalen, engen Pfad dorthin gelangen und fast keiner kannte sie. Die kniehohen Brennnessel streiften an meinen nackten Beinen und brannten wie Feuer, wo sie die Haut berührten. Schließlich war der Weg kaum noch als solcher zu erkennen. Ich stolperte beinahe über die Wurzeln der Bäume. Meine Augen hatten Probleme, mit dem schnellen Wechsel zwischen grellem Sonnenlicht und dem Schatten der Bäume klarzukommen.

Als ich mich unter dem letzten dicken Ast vorbeiduckte, stockte mir der Atem. Die kleine Lichtung war mit saftigem Gras bedeckt. Der Busch schützte vor neugierigen Blicken, genauso wie die Felsen, die fast nahtlos in die riesige, zerklüftete Felswand übergingen. Ein vor Jahren umgestürzter Baum hatte Moos angesetzt und konnte als Sitzgelegenheit genutzt werden. Der See glitzerte vor uns in seiner schönsten hellblauen Farbe. Man konnte flach hineinlaufen, erst nach ein paar Metern stürzte der Fels abwärts in die Tiefe des Wildsees. Es war definitiv einer der faszinierendsten Plätze, die ich in meinem Leben je gesehen hatte.

Der Tag verging wie im Flug. Wir lagen erst einige Zeit auf der mitgebrachten Decke, unter der wir das weiche Gras spürten. Irgendwann zog es uns in den See. Ich sah zu, wie Max sich aufsetzte, langsam sein Hemd aufknöpfte und es über seine Schulter hinab gleiten ließ. Mir wurde noch heißer, als er aufstand und seine knielange, weite Jeans herabfiel. Grinsend schritt er langsam in seiner blauen, fast knielangen Badehose ins Wasser. Er drehte sich nicht um, sondern schwamm direkt einige Züge bis dorthin, wo die Felsen in der Tiefe verschwanden. Schneller als ich denken konnte, holte er Luft und tauchte wie ein Fisch hinab in den dunkleren Teil des Sees. Bis zur Kante, dann verschwand er. Ich hielt selbst die Luft an. Da schoss er schon wieder aus der Tiefe empor. Er schüttelte seinen Kopf, die Wassertropfen flogen nur so um ihn herum.

“Kommst du nicht?”, rief er vergnügt.

“Doch”, lachte ich erleichtert und zog meine Hose und mein T-Shirt aus. Der schwarze Bikini mit den neongrünen Bändeln war Jennys Geschenk gewesen. Seine Wirkung war jedes Mal aufs Neue ungewohnt. Max' Grinsen war fast noch breiter geworden. Langsam schritt ich ins Wasser. Im ersten Moment war es ein Schock, denn so kalt hatte ich das Wasser nicht eingeschätzt. Im zweiten eher Erleichterung, weil es herrlich erfrischend war. Glücklich drehte ich mich wie ein Fisch herum, so angenehm war es. Max legte von hinten seine Hände um mich und ließ sie bis zur Hüfte herabgleiten. Es verursachte bei mir Gänsehaut, wobei ich nicht sicher war, ob es auch am kalten Wasser lag. Ein Stück weiter weg von uns schwammen einige junge Männer. Sie warfen mit einem bunten Wasserball und verhielten sich wie kleine Kinder, die außer Rand und Band herumtollten. Max schwamm weiter in Richtung Felswand. Dort hatte er einen Felsen entdeckt, auf dem man sich zu zweit hinsetzen konnte, aber trotzdem bis zum Bauch im Wasser blieb. Ich atmete seinen wunderbaren Geruch ein, während mein Kopf an seiner Schulter ruhte. Lange saßen wir so da.

Plötzlich packte er mich und warf mich ins Wasser. Ich schluckte ordentlich, bevor ich mich wieder ruhig ober halten konnte.

“Das war gemein!”, hustete ich lachend.

“Gemein sagst du? Ich kenne viel gemeinere Sachen. Soll ich dir eine Kostprobe geben?”, lautete seine Antwort.

“Ne, ne, lass mal!”

Nochmal wollte mein Magen keine so große Menge Wasser aufnehmen. Ich schwamm zur Lichtung zurück. Mamas kleiner Picknickkorb enthielt eine Menge Schätze. Belegte Brötchen, Tomaten, Paprika und Gurke sättigten uns für eine Weile. Wir unterhielten uns über alles Mögliche.

“Weißt du, was ich gerne mit dir machen würde?”, flüsterte er mir atemlos ins Ohr, nachdem er mich gekitzelt hatte.

“Was denn?”, murmelte ich glücklich. Statt zu antworten, fuhr er langsam mit seiner Hand vom Inneren meines Oberschenkels bis nach oben. Soweit war ich aber noch nicht. Panisch schob ich seine Hand weg.

“Nicht”, murmelte ich und vergrub mein Gesicht an seiner Schulter.

“Schsch. Alles ist gut” Er hielt mich fest. “Wir haben keine Eile, ja? Verstehe mich da nicht falsch. Ich hab dich zu gern dafür.”

Ich nickte nur. Er hob meinen Kopf, sodass ich ihm in die Augen schauen konnte. Sein Lächeln war so liebenswert, dass ich wieder lachen musste. Die Kitzelattacke, die im nächsten Moment folgte, verstärkte meinen Lachdrang. Atemlos lagen wir schließlich da.

Irgendwann hatte ich das ungute Gefühl, beobachtet zu werden. Je später es wurde, desto weniger konnte ich es ignorieren. Aber meine Blicke konnten nichts in dem Dickicht des Waldes erhaschen. Max erzählte ich nichts davon. Hätte ich gewusst, was später noch passieren sollte, wäre meine Entscheidung anders ausgefallen.

Aber ich wollte die Stimmung nicht mit pessimistischen Gedanken versauen.

Langsam machten wir uns auf den Rückweg. Fest hielt er meine Hand. Erst am Auto ließ er sie los, um den Schlüssel herauszuholen. Es war kein Mensch zu sehen, obwohl der halbe Parkplatz noch zugeparkt war. Er stellte den Korb und unsere Taschen in den Kofferraum, warf ihn zu und drückte mich nochmal an sich. Beim Umdrehen spürte ich einen starken Luftzug und hörte nur noch ein Krachen. Ich schrie auf, als Max nach vorn fiel. An seinem Kopf trat Blut aus. Gleichzeitig umklammerte mich jemand von hinten und drückte mir ein weiches, nasses Tuch in mein Gesicht. Mein Schrei erstickte augenblicklich. Ich konnte nicht mehr richtig atmen und dann umhüllte mich die Dunkelheit.

25

FREITAG

Das Klingeln von Walters Handy hörte sich bedrohlich an. Es war kurz nach neun und die Demonstration gegen die Biogasanlage bereits in vollem Gang. Thomas und Norbert hatten ganze Arbeit geleistet. Die meisten Gruppenmitglieder hatten dem Plan zugestimmt und waren erschienen. Durch den gut platzierten Artikel in der Spullberger Zeitung waren bereits viele Schaulustige vor Ort. Einige entschieden sich spontan, mitzumachen. Das Wetter war warm, aber etwas bedeckt. Solange es nicht gewitterte, konnte nichts schiefgehen. Walter beschloss, doch zu schauen, wer der unbekannte Anrufer war.

„Walter Richter, guten Tag“, meldete er sich.

„Wird aber auch Zeit, dass Sie rangehen!“, schimpfte die wohlbekannte Stimme am anderen Ende. Es war niemand anders als Bürgermeister Hermann Knapp persönlich. „Ich habe Ihnen die Demonstration vor meinem Fenster verboten! Mit welchem Recht wird diese Aktion trotzdem durchgeführt?“

Walter blickte zum Rathaus. Ein sehr erzürnter Bürgermeister linste hinter dem weißen Vorhang im oberen Stock hervor. Aus einem Reflex heraus winkte er ihm.

„Mit dem Recht auf Versammlungsfreiheit“, erklärte er dann grinsend.

„Das ist ja unerhört! Wir sprechen uns noch!“

Damit legte der Bürgermeister auf und ließ Walter nicht mehr zu Wort kommen. Der schüttelte den Kopf und begab sich auf die Suche nach Thomas und Norbert. Er fand sie am Rathausstand. Die Unterschriftenaktion sollte heute nochmal fokussiert werden. Jeder hatte ein Klemmbrett in die Hand gedrückt bekommen. Der Typ vom Landgericht Stuttgart hatte vor ein paar Tagen behauptet, dass man mit einer beträchtlichen Unterschriftensammlung und einem neuen, unabhängigen Gutachten das Vorhaben unter Umständen zeitweilig stoppen könnte. Aber er solle sich nicht zu viele Hoffnungen machen. Ein Baufehler seitens der *Victor Bauer Energie GmbH* war leider noch nicht aufgetreten. So konnte man dieses Argument auch nicht nutzen. Walter sah sich und die Widerstandsgruppe auf verlorenem Posten.

Thomas stand mit dem Rücken an die Wand gelehnt.

„Ah, Walter, da bist ja!“, begrüßte er ihn. „Es läuft super. So viele Menschen sind gekommen. Mein Schwager hat teilweise Straßensperrungen eingerichtet, damit der Zug später ungehindert laufen kann. Du machst ja auch mit, oder?“

„Ja, klar“, meinte Walter zerstreut. Ihn interessierten die länglichen Karton hinter Thomas mehr.

„Was ist da drin?“, fragte er.

„Ach nur ein paar, sagen wir, verstörendere Plakate“, gab Thomas zaghaft zu.

„Da sind auch Kinder unterwegs, denk dran."

Walter war beunruhigt. Vielleicht hätte er mehr die Hand über alles halten sollen? Die Gruppe hatte ein rasantes Eigenleben entwickelt. Er brauchte fast nichts mehr zu tun, als zuzustimmen, was vermutlich an den starken Persönlichkeiten wie Thomas und Norbert lag. Ohne die beiden wäre die Gruppe nicht am jetzigen Punkt. Sie waren das Herz und die Seele.

Die rhythmisch stampfende Musik des Musikvereins ließ die beiden herumfahren. Mehrere Demonstranten und die Musiker begannen einen kleinen Lauf im Kreis. Dazu demonstrierten die anderen laut.

„Wir wollen keine Biogasanlage!", wiederholten sie immer und immer wieder. Die Pauken und Trompeten verliehen dem Ganzen eine unterschwellige Drohung. Es klang auch viel beeindruckender, als wenn nur der Sprachchor seine Botschaft verkündete. Sie hätten den Verein schon bei den vorherigen Demonstrationen fragen sollen. Die Wirkung war wahnsinnig. Je länger sie spielten, desto mehr Menschen kamen vorbei. Viele blieben stehen und lauschten den Parolen.

Gegen elf verkündete Thomas über ein großes Mikrofon den Start des Demonstrationszugs:

„Meine lieben Mitbürger und Mitbürgerinnen, wie versprochen findet heute der Lauf zur Biogasanlage am Tigersheimer Gatter statt. Ich werde mit den Kindern des Regenbogenkindergartens vorauslaufen. Wir werden die Anlage stoppen. Sämtliche Eingänge zur Baustelle sind bereits durch unsere Gruppenmitglieder blockiert. Um das Ganze abzukürzen, in fünf Minuten geht es los!

Folgt mir, meine Mitbürger und Mitbürgerinnen, um dem Wahnsinn ein Ende zu setzen!“

Tosender Applaus folgte der kleinen Ansprache. Walter beschloss, mit den Kindern ganz vorn mitzulaufen. Die Bewegung würde ihm gut tun.

Brav versammelten sich die Kinder an der Startlinie. Thomas hatte ein grünes Band quer über die Straße gespannt. Einige der Schaulustigen ordneten sich dahinter ein. Auch die noch immer spielenden Musiker stellten sich auf. Thomas‘ Schwager saß auf seinem Polizeimotorrad und gab über Funk Anweisungen durch.

„Thomas!“, rief er. „Es kann losgehen. Wir sind bereit.“

Der nickte nur und hielt eine große Schere in der Hand, die in der Sonne aufblitzte. Er zerschnitt das Band. Die Musiker spielten, so laut sie konnten. Fast war es unangenehm. Und dann setzten sie sich in Bewegung.

Thomas‘ Schwager fuhr voraus, ihm folgten die begeisterten Kinder mit den Plakaten in der Hand. Walter mochte sie sich gar nicht ansehen, denn das waren die, die Thomas ihm vorenthalten hatte. Die Polizei hatte ganze Arbeit geleistet und die Hauptstraße gesperrt. Sie konnten ungehindert im gleichen Rhythmus gehen.

Während des Weges erhaschte Walter immer mal wieder einen Blick auf die Plakate der Kinder. Darauf klebten düstere Bilder von fast verhungerten Kindern, riesigen Maisfeldern, Menschen, die sich die Nase zuhielten, tote Fische in Flüssen, sogar tote Menschen entdeckte er. Über jedem Plakat prangte die Überschrift *Soll das unsere Zukunft sein?*.

Nach knapp zwei Stunden Fußmarsch, meistens in der prallen Sonne, erreichten sie die Baustelle der Biogasanlage. Dort erwarteten sie nicht nur die bereits protestierenden Gruppenmitglieder der parallel stattfindenden Aktion, sondern auch ein sehr wütender Bauleiter. Einige Demonstranten hatten sich wieder zu einer menschlichen Kette zwischen zwei einzelnen Bäumen festgebunden und blockierten die Auffahrt. Die anwesenden Polizeibeamten konnten sie nicht voneinander lösen. Die Neuankömmlinge verteilten sich etwas über das Gelände.

„Sind Sie noch ganz bei Trost?", schimpfte der Bauleiter lauthals. Er zog Walter am Arm mit sich auf das Gelände. Der sagte erstmal nichts.

„Sehen Sie sich das an! Wie soll ich meinen Bauplan einhalten, wenn hier ein paar Idioten Blockaden errichten und mich daran hindern, meine Arbeit zu machen? Ihnen ist bewusst, dass die Ausfälle zulasten der Gemeinde gehen und damit auch zu Ihren? Schon mal darüber nachgedacht? Die Beamten nehmen bereits die Personalien auf! Der junge Mann dahinten war so dreist und hat den beiden LKWs die Reifen zerstochen! Und zwar alle acht! Können Sie mir sagen, wo ich auf die Schnelle neue Reifen herbekommen soll? Das sind Sondergrößen! Die kann man nicht einfach in einem x-beliebigen Laden kaufen! Außerdem muss ich sie selbst bezahlen! Der bekommt eine saftige Anzeige, darauf können Sie wetten!"

Offenbar hatte der Bauleiter seine gesamte Wut herauslassen müssen. Walter hielt die ganze Zeit still. Der junge Polizeibeamte, der an die beiden herangetreten war, sah etwas gestresst aus.

„Herr Richter, die ganze Demonstration ist schon wieder aus dem Ruder gelaufen. Der junge Mann erhält eine Anzeige. Auch alle, die an der menschlichen Kette beteiligt sind, werden eine bekommen. Es ist eine Sache, gegen etwas zu demonstrieren. Das ist Ihr gutes Recht. Aber alles, was unter mutwillige Störung oder Behinderung fällt, muss geahndet werden. Wir haben nun mal Regeln. Das ist wohl nicht allen bewusst."

Der Bauleiter schimpfte vor sich hin. Walter hörte nicht zu. *M.Schwarz, Bauleiter* stand auf seinem Namensschild. Zumindest wusste er jetzt, wie der Mann hieß.

„Herr Schwarz, machen Sie sich keine Sorgen, die Versicherung der Angezeigten wird für die Schäden aufkommen", versuchte der Polizist den aufgebrachten Mann zu beruhigen. Doch der hörte ihm gar nicht mehr zu. Er ging in Richtung seiner Arbeiter, die mit verschränkten Armen an den Fahrzeugen oder an den Containern lehnten. Er sprach mit ihnen.

„Wie lange wird das dauern, bis die Blockade gelöst ist?", rief er dem Polizisten zu. Der zuckte mit den Schultern.

„Von mir aus den ganzen Tag", brummte Walter vor sich hin und handelte sich dadurch einen bösen Blick von dem jungen Beamten ein.

„Wir versuchen unser Möglichstes, sie schnell zu lösen!", rief der Polizist laut.

„Das will ich auch hoffen!" Damit verschwand der Bauleiter in einem der Container. Walter grinste. Anscheinend war die Demonstration doch besser gelaufen, als geplant. Wenn man von den Anzeigen absah. Er musste mit Thomas und Norbert ein ernstes Wort reden. Er fand sie bei den Kindergartenkindern, denen sie gerade Saft ausschenkten.

„Ich muss mit euch reden. Sofort."

„Nanu, so ernst, Walter?", meinte Norbert augenzwinkernd. „Tja, Kinder, ich bin gleich wieder da."

„Was gibt es so Dringendes?", fragte nun auch Thomas. Da erzählte Walter ihnen von den neuen Anzeigen und seinen Befürchtungen.

William saß währenddessen am Tisch im Besprechungsraum und ging die Berichte der Woche durch. Einige häusliche Streitigkeiten, zwei Unfälle mit Blechschäden, eine Schlägerei vor dem *Traumpalast* Kino, Bußgelder wegen Falschparkens, ansonsten war es ruhig geblieben. Flo arbeitete die Tatortbeweise von der Baustelle mit Ben durch. Sie suchten immer noch nach einer Verbindung zum Mord an Günther Schwab.

„Hier muss doch irgendetwas sein!", schimpfte Ben plötzlich lauthals los. „Das war derselbe Mann!" Er fegte mit einer Handbewegung die Papiere vom Tisch und stampfte wie ein kleines Kind mit dem Fuß auf.

„Ben. Du kannst es nicht ändern!", brummte Flo. Konzentriert und unbeeindruckt von dem Ausbruch hielt er sein Blatt in der Hand und las es fertig. Ruhig legte er es auf den Stapel neben sich. Ben stand immer noch wütend da. William musste lachen. Zu komisch sahen die beiden aus.

„Ja, ja, schon klar. Aber wie sollen wir ohne Beweise den Typen fassen?", maulte Ben.

„Gar nicht", erwiderte William trocken. „Er muss einen Fehler machen. Und wir ihn finden. Ansonsten kannst du dir ewig anhören, wie du versagt hast."

„Oh nein, das wird nicht passieren! Dafür sorge ich!" Ben hob wütend seine auf dem Boden verteilten Blätter auf. Er warf sie auf den Tisch.

„Ordne sie bitte. Du weißt, dass die anderen gleich kommen. Der Winkler ist eh nicht so gut auf mich zu sprechen", warnte William. Der Polizeichef hatte ihn erst vorher in der Morgenbesprechung zur Schnecke gemacht. Die Presse machte immer mehr Druck, den hatte er ungefiltert vom Chef abbekommen. Die Beamten stocherten im Nebel. Sie kamen auch mit dem Verdacht der Steuerhinterziehung bei der *Victor Bauer Energie GmbH* nicht weiter. Die Anwälte blockierten alles.

„Ein dringender Anruf für Herrn Herle", unterbrach ein Beamter die Runde. William schaute auf die Uhr. 10:04. Diese Uhrzeit sollte er so schnell nicht mehr vergessen.

„William Herle, Kriminalhauptkommissar", meldete er sich.

„Will, Anna ist verschwunden." William erstarrte, während die Worte seiner Frau in sein Bewusstsein drangen. Seine Kleine. Verschwunden?

„Was? Wer?“ Mehr konnte er nicht herausbekommen.

„Max wurde gestern Abend niedergeschlagen. Er ist vorhin erst aufgewacht. Aber Anna ist nicht da. Sie geht nicht an ihr Handy. Keiner weiß, wo sie ist“, erzählte Monika unter Tränen.

„Ich werde sie finden, Schatz. Hab keine Sorge. Ruf deine Mutter an. Sie soll dir beistehen. Ich melde mich, sobald ich etwas weiß.“

„Ja.“

„Schatz, ich finde sie. Versprochen. Ich liebe dich.“

„Danke“, antwortete seine Frau, wieder etwas gestärkt. Er legte auf.

„Flo, Ben, sofort alles auf die Seite legen!“

Die beiden blickten sich erstaunt an. Flo zog eine Augenbraue hoch.

„Annas Freund wurde niedergeschlagen aufgefunden und sie ist nicht erreichbar. Ich muss sie finden!“

William ließ einfach alles stehen und liegen. Er stürmte aus dem Zimmer, schnappte seine Autoschlüssel und fuhr nach Hause. Dort wartete Monika schon auf ihn. Er nahm sie in die Arme.

„Max liegt im Spullberger Krankenhaus und ist wach. Er wartet auf dich“, murmelte sie leise. William küsste sie auf die Stirn.

„Ich fahre zu ihm. Und dann werde ich erst ruhen, wenn Anna wieder bei uns ist.“

„Geh schon." Sie lächelte traurig. William drehte sich um. Im Gehen schrieb er eine Nachricht an Flo, mit der Bitte, sofort zum Krankenhaus zu fahren. Seine Sirene verschaffte ihm freie Bahn. So schnell war er noch nie im Krankenhaus gewesen. Flo und Ben warteten trotzdem bereits an der Eingangstür.

„Max liegt in Zimmer 207", beantwortete Flo seine unausgesprochene Frage. Ben hielt ein schwarzes, kleines Gerät in der Hand.

„Gibst du mir noch die Handynummer deiner Tochter?", fragte er. „Ich habe mir von einem Kumpel das neueste GPS-Gerät geliehen. Die Suche kann auf den Zentimeter genau eingeschränkt werden."

Stolz zeigte er William das Gerät.

„Super, dass ist ja klasse. Und komm ja nicht auf dumme Gedanken!"

Der war in der angespannten Situation doch von ihm beeindruckt. Gemeinsam gingen sie zu dem Zimmer, in dem Max lag. Flo und Ben warteten davor. Sie tippten die Nummer ein. William betrat das Zimmer. Max lag im hinteren Bett. Sein Kopf war halb bandagiert.

„Hallo, Max. Wie geht es dir?", fragte William besorgt. Er setzte sich zu ihm. Draußen strahlte höhnisch die Sonne, als gäbe es nichts Böses auf der Welt.

„Geht. Mein Schädel brummt trotz der Schmerzmittel. Ich … es tut mir leid, ich hätte besser auf Anna aufpassen müssen … Ich weiß nicht, was passiert ist."

Max machte sich große Vorwürfe. Er tat William irgendwie leid.

„Es ist meine Schuld. Ich wollte unbedingt am Wildsee schwimmen gehen und ihr die geheime Lichtung zeigen. Sie hat sich beim Gehen immer umgesehen, als ob uns jemand verfolgen würde. Ich dachte mir nichts dabei. Der Tag war so schön. Meine Mutter hat gemeint, dass ich großes Glück gehabt habe. Wenn der Typ stärker zugeschlagen hätte, wäre ich jetzt tot. Is´ nur ‘n Schädeltrauma. Bin eben ein Dickkopf.“

Sein schiefes Grinsen konnte nicht verbergen, wie wütend er auf sich war. So elend wie er dalag, konnte William ihm nicht böse sein.

„Ich finde sie. Jetzt erzähl mir genau, woran du dich erinnerst.“

„Okay“, meinte Max und versuchte sich zu konzentrieren. „So ein Mistkerl! Die Lichtung. Anna war es kalt und sie wollte gehen. Wir haben alles zusammengepackt und sind den kleinen Pfad zurückgegangen. Mir ist nichts aufgefallen. Ich habe die Taschen und den Korb in den Kofferraum gestellt. Sie hat so schön gelächelt. Da wollte ich sie drücken und nochmal küssen. Und dann, keine Ahnung. Die Lichter waren aus.“

William dachte nach. Sein Pokerface verriet keinen seiner Gedanken.

„Die große Frage ist das *Warum*. Hast du dich mit jemandem angelegt, der sich an dir rächen will?“

„Ich bin ein armer Student. Wer sollte mir etwas tun?“, lachte Max. Er hielt sich sofort den Kopf. „Autsch.

Wenn ich den erwische, kriegt der von mir eine gescheuert."

„Erstmal müssen wir ihn finden", unterbrach William Max' Androhung. Ben steckte plötzlich den Kopf herein.

„Entschuldige die Unterbrechung", meinte er aufgeregt. „Aber ich bekomme kein Signal von ihrem Handy. Der Akku ist bestimmt leer."

„Verdammt!", fluchte William. „Wann genau seid ihr gestern gegangen? Und warum wurde ich erst jetzt informiert?"

„Ich war bewusstlos", verteidigte sich Max. „Erst als ich vorhin aufgewacht bin, konnte ich nach Anna fragen. Mein Geldbeutel war nicht da. Keiner wusste, wer ich bin. Mama hat Monika sofort informiert. Es war schon nach neun gestern. Ich hätte sie ja direkt heimgefahren. Aber nein, der Arsch ..."

„Schon gut." Mit ungutem Gefühl dachte er an gestern Abend zurück. Seine Frau und er hatten sich gefreut, weil beide Kinder aus dem Haus waren. Anna war Schwimmen mit Max und Chris übernachtete bei einem Freund. Er war sich sicher, dass seiner Tochter nichts passieren würde, wenn Max dabei war, so wie bei der Party in Sebastians Haus.

„Vielleicht wollte jemand dir Angst einjagen?", fragte da Max plötzlich leise. „Du hast bestimmt einige verärgert."

William musste erstaunt zugeben, dass er damit nicht unrecht haben konnte. Ein paar Drohungen von Verbrechern waren ihm dunkel in Erinnerung. Daran hatte er überhaupt nicht gedacht. Doch wo sollte er da anfangen? So viele Leute waren von seinem Team überführt und auch verurteilt worden. Zuerst musste er an den Tatort.

„Wo hast du gestern geparkt?“

„Am Wanderparkplatz *Zum blauen Wald*. Mein Auto steht immer noch da. Ich hole es heute, wenn ich entlassen werde“, antwortete Max kleinlaut.

„Du gehst nirgendwohin!“, schlug William einen harten Tonfall an. „Jetzt wird sich ausgeruht! Ich werde sie finden und nicht ruhen, bis der Verantwortliche seine Strafe erhält!“

Er war inzwischen davon überzeugt, dass Anna entführt worden war. Sonst wäre sie längst wohlbehalten aufgetaucht. Sein klingelndes Telefon unterbrach die Stille. Als er abnahm, hörte er nur das Weinen seiner Frau.

„Ich komme, Schatz. Bis gleich“, sagte er beruhigend. „Ich muss los. Du bleibst schön hier und ruhst dich aus. Klar soweit?“

Max grinste.

„Aber nur, weil du es bist.“

William bekam das nicht mehr mit. Er rannte förmlich aus dem Zimmer. Irgendetwas stimmte nicht. Seine Frau warf so schnell nichts aus der Bahn.

Mit Blaulicht fuhr er zurück nach Hause. Ben und Flo waren ihm schweigend gefolgt. Fast stolperte er beim Weg ins Wohnzimmer. Die Drohung lag bereits wie ein schlechtes Omen auf dem Tisch. Sie stammte unverkennbar vom gleichen Absender wie bei Günther Schwab. Der Text lautete etwas anders:

„Du dreckiger Bulle!!! Lass die Finger von Dingen, die dich nichts angehen!! Baustellen absperren gehört dazu – deine Tochter wird es jetzt bereuen!!! XXX“

Es jagte ihm einen eiskalten Schauer über den Rücken. Seine schlimmste Befürchtung hatte sich bestätigt.

„Wer hat das Blatt angefasst?“, fragte Flo ruhig und trat mit Handschuhen und Beweismitteltüte näher.

„Ich habe den Brief eben im Briefkasten gefunden“, erklang die brüchige Stimme von Monikas Mutter. Die beiden Frauen saßen zusammengesunken auf dem Sofa, unfähig zu handeln. In William schwoll eine unbändige Wut heran.

„Gut, wir nehmen Ihre Fingerabdrücke, um Sie gleich ausschließen zu können“, antwortete Flo in seiner ruhigen, bedächtigen Art. Er packte das Papier in die Tüte und drückte es William in die Hand. Monikas Mutter Christine streckte ihm die Hände entgegen. Ruhig und mit einem leichten Lächeln auf den Lippen nahm er ihre Fingerabdrücke. Schließlich lächelte sie auch. Ben kam von draußen herein.

„Keine Fingerabdrücke auf dem Briefkasten, dem Tor, der Klingel, noch sonst irgendwo. Da hat jemand alles abgewischt. Nicht mal deine sind drauf.“

William nahm Bens Aussage kommentarlos entgegen. Stimmt, das Tor hatte er in der Eile weder geschlossen, noch anschließend geöffnet. Sie waren geschult, nichts anzufassen.

„Wie lange bist du schon hier, Christine?“, fragte er.

„Vielleicht seit zehn Minuten nach ihrem Anruf.“

„Aber ich habe die andere Post dazwischen reingeholt. Da war es noch nicht dabei“, warf seine Frau ein.

„Ich glaube, der Typ hat euch beobachtet. Solange war ich nicht weg“, sagte William aufgeregt. „Das bedeutet wahrscheinlich, dass er Anna ebenfalls beobachtet hat! Bloß seit wann? Wartet mal, in der Drohung stand doch was … ah. Da haben wir es ja. *Baustellen absperren gehört dazu.* Absperren. Damit ist doch die Biogasanlage gemeint. Der Bürgermeister ruft mich ständig an, um zu fragen, wie lange der Baustopp noch gilt. Der Mord an Herrn Schmidt ist ja erst 13 Tage her. Ich wollte noch ein paar Tage warten, bevor der Tatort freigegeben wird. Vielleicht haben wir etwas übersehen. Hm. Der Entführer muss ergo zu der Baufirma gehören. Jungs, die Firma wird sofort überprüft!“

Schweigend hatten alle zugehört, während William halblaut seine Vermutungen anstellte. Manchmal waren die Gedanken eben klarer, wenn man sie laut aussprach. Er war ganz wild, denn das war der erste Hinweis in die richtige Richtung. Das spürte er genau. Voller Tatendrang umarmte er Monika und ihre Mutter, rannte an Flo und Ben vorbei und fuhr mit quietschenden Reifen davon. Die beiden zuckten mit den Achseln und verabschiedeten sich von den beiden Frauen.

Auf dem Polizeirevier angekommen, rief er als erstes den Bürgermeister an.

„Hallo, Herr Kriminalhauptkommissar“, meldete der sich erst nach dem dritten Anruf. „Was gibt es so Dringendes, dass Sie meine Sekretärin derart terrorisieren?“

William musste die passende Antwort erstmal herunterschlucken, sonst hätte er den Bürgermeister ziemlich verärgert.

„Guten Tag“, mied er absichtlich jede Anrede, „den Namen des Verantwortlichen für den Bau der Biogasanlage brauche ich. Und zwar sofort.“

„Wäre es nicht besser, in der betreffenden Firma anzurufen?“, meinte der Bürgermeister überheblich.

„Ich will die Namen von Ihnen hören“, gab William genervt zurück.

„Nun gut, wenn das so ist. Ich werde erstmal meine Sekretärin fragen.“

Ein Klicken ertönte und William hing in der Warteschleife. Das steigerte seine Wut. Aber er konnte nichts tun.

Nur nicht unhöflich werden!, ermahnte er sich selbst.

„Hören Sie“, meldete sich der Bürgermeister zurück. „Der Verantwortliche bei der *Victor Bauer Energie GmbH* ist der Herr Eberle. Beim nächsten Mal können Sie Ihre Infos sonst wem aus der Nase ziehen! Für solchen Kleinkram habe ich keine Zeit! Und nun viel Erfolg. Ihr Name wird ansonsten in der Tratsch und Klatschspalte der Zeitung erscheinen. Das wollen wir ja nicht. Auf Wiederhören, Herr Herle.“

Aufgelegt. *Arschloch!*, dachte William wutentbrannt. Seine Information hatte er trotzdem. Flo trat ein.

„Ben ist schon dran, alles über die *Victor Bauer Energie GmbH* auszugraben", sagte der Hüne, bevor er wieder verschwand.

„Gut", murmelte William, stutzte kurz und griff dann zum Telefon.

„Ja, hier Klaus."

„Hallo, du hast es bestimmt schon gehört. Meine Tochter ist verschwunden."

„Leider. Tut mir leid, Kumpel. Wie kann ich behilflich sein?"

„Ich bin mir ziemlich sicher, der Täter stammt aus dem Umfeld der *Victor Bauer Energie GmbH.* Die bauen gerade im Auftrag von unserem ach so geschätzten Bürgermeister diese Biogasanlage."

„Dort, wo der Arbeiter im Beton gefunden wurde?", fragte Klaus nach kurzem Schweigen.

„Genau. Ein interessanter Zufall, findest du nicht auch?"

„Klingt plausibel. Von Anna gibt es keine Spur?"

Da erst erzählte er ihm von der Drohung, die im Briefkasten aufgetaucht war.

„Will, wenn dass derselbe Mann ist, schwebt Anna in größter Gefahr. Der Typ schreckt vor gar nichts zurück. Du erinnerst dich noch an die Spuren der Wut beim ersten Tatort? Pass auf und finde sie so schnell wie möglich“, warnte Klaus beunruhigt.

„Ben und Flo sind schon dran. Was mache ich, wenn ich sie nicht rechtzeitig finde?“

„He, Kopf hoch. Du findest sie. Denk so etwas niemals! Haben wir uns verstanden? Jetzt geh und hilf den beiden. Sechs Augen sehen mehr als vier.“

„Danke, Klaus“, murmelte William.

„Schon gut. Los, sie braucht dich mehr, als euch bewusst ist.“

Klaus‘ letzter Satz geisterte durch seinen Kopf. Die Sterne standen verdammt schlecht. Sie mussten handeln. Sofort. Ben schreckte hoch, als William eintrat.

„Wie sieht's aus?“

„Schau, das haben wir bereits herausgefunden!“ Er reichte William einige Blätter. „Die aktuelle Mitarbeiterliste kommt in den nächsten fünf Minuten per Fax. Inklusive der Adresse, Firmenangehörigkeit, Beruf und einigen Besonderheiten.“

William überflog die Daten. Die *Victor Bauer Energie GmbH* gab es seit etwa zehn Jahren. Hannes Meyer, ein promovierter Chemiker, war der aktuelle Geschäftsführer. Sie bauten seit einigen Jahren erfolgreich in ganz Deutschland Biogasanlagen. Vor zwei Jahren hatte es eine Explosion in einer der Anlagen gegeben, das Verfahren stand noch aus. Die Umsatzzahlen der letzten Jahre schaute er sich genau an. Sie machten ihn etwas stutzig.

„Irgendwas stimmt hier nicht. Sind die Geschäftsbücher schon geprüft worden?“, fragte er in die Runde.

„Sie sind dran“, antwortete Flo. „Ich habe die Zahlen mit der Branche verglichen. Das Wachstum und der Umsatz stimmen nicht ganz überein. Es gibt einige Unstimmigkeiten. Aber das braucht seine Zeit.“

William brummte nur. Flo hatte recht. Er konnte es nur nicht leiden, zur Untätigkeit verdammt zu sein. Er musste immer etwas tun, machen, die Dinge vorantreiben.

„Als nächstes werden wir von sämtlichen Mitarbeitern DNA-Proben nehmen. Bereitet auch die gerichtliche Beschlüsse vor, für den Fall, dass sich jemand weigern sollte. Es gibt keine Ausnahme, klar soweit?“

„Die Frage ist, ob wir da heute noch den Durchsuchungsbeschluss bekommen. Du weißt, dass Richter Eberle nicht gut auf dich zu sprechen ist“, gab Flo zu bedenken.

„Wieso, was hast du angestellt?“, fragte Ben belustigt.

„Er ist selber schuld, wenn er betrunken Auto fährt. Jeder wird dafür bestraft, auch ein Richter“, brummte William genervt. „Ich habe ihn angeschwärzt und er hätte beinahe seinen Job verloren. Daher dauert es manchmal, bis ich mein Zeug bekomme.“

„Ups. Dann viel Erfolg.“

„Ne, ne, Ben. DU wirst den Wisch holen gehen!“, meinte William scharf. „Meine Tochter ist in den Händen von irgendeinem Psychopathen! Also, fahr schon!“

Ben machte sich klein.

„Ist ja gut. Kein Stress. Ich fahr auf der Stelle."

Er verließ mitsamt seinen Unterlagen den Raum.

„Will, ich denke, dass es besser wäre …,", begann Flo seinen Satz, als Julius Winkler, der Polizeipräsident, in voller Größe hereinstürmte.

„Guten Tag, die Herren", tönte seine verrauchte Stimme. Seinen massigen Leib quetschte er ungefragt in einen der Stühle.

„Wir drei unterhalten uns jetzt. Herr Meier, bitte."

Der Beamte, der Herrn Winkler immer begleitete, ging hinaus und schloss leise die Tür.

„Herr Herle, man hat mich über die aktuelle Situation informiert. Die beiden Morde an dem Steuerberater und dem Arbeiter sind noch immer nicht aufgeklärt. Sie gehen davon aus, dass es derselbe Täter war, richtig? Und nun ist ihre Tochter in den Händen dieses Psychopathen. Korrigieren Sie mich, wenn ich falsch liege."

William kochte. Der Polizeipräsident hatte manchmal eine Art, alles auf das Sachliche und Unwichtige zu reduzieren. Beziehungsweise nur seine, Williams, Fehler zu sehen. Noch ein falsches Wort und er würde explodieren. Über die Konsequenzen machte er sich keine Gedanken. Im Moment war der massige Mensch vor ihm ein einziges, rotes Tuch.

„Herr Winkler, die Entführung ist eine Kurzschlussreaktion gewesen. Wir setzen selbstverständlich alle Hebel in Bewegung, um das Mädchen zu finden. Sie ist schließlich die Tochter des Kriminalhauptkommissars", sagte Flo mit seiner ruhigen, tiefen Stimme. „Sollte Ihr Nachwuchs in Schwierigkeiten stecken, werden wir alles tun, um sie zu finden. Versetzen Sie sich mal in seine Lage."

Sprachlos und mit offenem Mund hatten die beiden Flo zugehört. William war dankbar für die Unterstützung, Julius Winkler überrascht von der Direktheit.

„Ist ja alles schön und gut. Trotzdem wird Herr Herle von dem Fall abgezogen. Er ist privat betroffen und dadurch nicht mehr subjektiv. Sie sind beurlaubt, bis die drei Fälle gelöst sind. Ich übertrage Ihnen solange die gesamte Verantwortung. Wofür auch immer Sie Unterstützung brauchen, Herr Est, mein Sekretär wird es Ihnen besorgen. Haben wir uns verstanden? Sehe ich Sie auch nur in der Nähe des Polizeipräsidiums, wird das seine Konsequenzen haben."

Julius Winkler hob seinen massigen Leib aus dem Stuhl, zog die Hose nach oben und ging zur Tür.

„Letzte Warnung. Beeilen Sie sich." Damit verschwand er. William sprach kein Wort. Wütend packte er seine Akten und Blätter zusammen.

„Ich informiere dich über alles", sagte Flo. „Jetzt geh und ich kümmere mich um alles."

„Beurlaubung. Was fällt dem eigentlich ein? Ich bin privat betroffen? Ach was! Es geht hier um MEINE Tochter, die dieser Psychopath entführt hat! Er schert sich doch einen Dreck darum, wie es ihr geht!", platzte es aus William heraus. Immer noch auf 180 warf er die Akten auf seinen Schreibtisch und ging aus dem Gebäude. Dort atmete er tief durch und stieg in sein Auto. Zurück zuhause kam ihm sein Haus dunkel und bedrohlich vor. Annas helle Sonnenseite fehlte. Seine Frau wartete im Wohnzimmer auf ihn. So traurig und einsam hatte er sie noch nie erlebt.

„Wir finden sie. Versprochen.“ Er nahm sie in die Arme und brach damit den Damm. Während sie an seiner Schulter weinte, fragte er sich, ob Flo und Ben seine Kleine wohlbehalten finden würden.

Rasende Kopfschmerzen weckten mich. Ich schlug die Augen auf und wusste nicht, wo ich war. Dunkel erinnerte ich mich an einen süßen Geruch. Wie lange ich bewusstlos war, konnte ich nicht sagen. Ich ließ den Blick schweifen. Eine einfache Blockhütte. Ein Herd, daneben ein steinerner Kaminofen. Der runde Tisch in der Mitte hatte einige Schrammen. Zwei Flaschen Wasser und eine Bäckertüte standen darauf. Schränke mit unbekanntem Inhalt. Auf dem Bett in der Ecke lag ich, unfähig, mich zu bewegen. Ich setzte mich auf und alles drehte sich. Ein kurzer Blick auf die rettende Tür und schon lag ich wieder auf dem Rücken. Bloß die Augen geschlossen halten. Dabei hatte ich entdeckt, dass meine Arme und Beine jeweils mit einem Seil gefesselt waren. Wollte jemand eine Anspielung auf Papa, den Kriminalhauptkommissar bei der Spullberger Polizei, machen? Wenn ja, fand ich das nicht besonders komisch. Aber es bedeutete, dass ich mich im Raum einigermaßen bewegen konnte.

Tief durchgeatmet wagte ich einen neuen Versuch mit dem Aufstehen. Der Raum schwankte ziemlich. Aufgeben kam nicht in Frage. Schritt für Schritt schwankte ich in Richtung Tisch. Zitternd ergriffen meine Finger die Wasserflasche. Kühl und erfrischend glitt es meine Kehle hinab und stärkte mich. Der Schwindel ließ langsam nach. Neugierig schaute ich in die Tüte. Mehrere Brezeln waren darin.

Jackpot!, dachte ich erleichtert. Mitsamt Flasche und Brezel verzog ich mich wieder auf das Bett. Das Laufen mit den Fesseln erwies sich als sehr hinderlich. Die Decke roch etwas muffig. Ich zog sie trotzdem über mich. Aus dem Fenster neben der Tür schien trotz des weißen Vorhangs die helle Sonne herein.

„Offenbar war ich die ganze Nacht bewusstlos", murmelte ich. Die Uhrzeit nach demSonnenstand zu ermitteln, gehörte nicht zu meinen Stärken. Mein Handy war noch in der Hosentasche. Ich zog es heraus. Der Akku war leer.

Na toll, dachte ich frustriert. *Ausgeliefert*. Angestrengt und frisch gestärkt überlegte ich, wer mich denn so demütigen wollte. Niemand fiel mir ein. Tobias, dem das durchaus zuzutrauen wäre, lag immer noch im Krankenhaus mit uniformierten Beamten vor der Tür. Ich hoffte, dass es Max gut ging. Der Schlag auf seinen Kopf hatte sich nicht gut angehört.

Was sollte ich nur ohne ihn machen? Er hatte mir die Sonne, das Leben gezeigt. Etwas, das ich nach Tobias nie für möglich gehalten hätte: Glücklich zu sein, ohne

Druck. Tränen rollten meine Wange hinab. Schnell strich ich sie weg.

Die Gedanken zogen sich, drehten sich in alle Richtungen und im Kreis. Ohne Ergebnis.

Vielleicht wollte jemand mit meiner Entführung Papa schaden? Seine Fälle kannte ich kaum. Manchmal erzählte er mir ein paar Details. Nie Namen.

„Die tun nichts zur Sache", war stets die Antwort. Meistens erfuhr ich sie dann aus den Nachrichten. Die Reporter scheuten sich nicht, komplette Namen zu veröffentlichen. Man hatte den Eindruck, dass sie es gern taten, um die Leute an den Pranger zu stellen. Wer wusste schon, was in den Köpfen mancher Menschen vor sich ging?

Ich vermisste Jenny. Sie hätte genau gewusst, was zu tun war. Ihre spontane, freche Art hatte mir schon öfters aus der Klemme geholfen. Insbesondere wenn es darum ging, irgendwelche aufdringliche Jungs abzuservieren. Das konnte ich nicht. Ich war einfach zu gutmütig. Deswegen zog ich sie an wie das Licht die Motten. Ich war naiv und leicht zu durchschauen, wie Jennys trockene Antwort nach der Katastrophe im Café Blues lautete.

Ein Geräusch riss mich aus meinen Gedanken. Aufmerksam lauschte ich. Fetzen von Gelächter und Musik drangen an mein Ohr. Sprechen konnte ich kaum, geschweige denn schreien. Selbst das Wasser half nicht viel. Ich wusste nicht weiter.

Wie sollte ich hier nur herauskommen? Die Geräusche rissen nicht ab. Tränen liefen über meine Wangen. Ich schloss die Augen.

Walter ging mit einem sehr unguten Gefühl in den Probenraum des Ersten Orchesters. Die Spullberger Verwaltung hatte sie vor einiger Zeit in den Musikraum mit der großen Fensterfront der Grundschule versetzt, da das Kulturforum umgebaut wurde. Seitdem hatten sie es sich hier gemütlich gemacht. Als er in den Raum eintrat, begrüßten ihn gleich ein Dutzend der Spieler gleichzeitig. Die dunkelbraune Vertäfelung der Wand verstärkte sein ungutes Gefühl. Er sprach mit einigen über Alltägliches, war mit dem Kopf aber immer bei der ungeheuren Nachricht, die er erst vor ein paar Stunden erhalten hatte. Seine Gedanken streiften auch zu dem Demonstrationszug am Mittag zurück. Die anderen vertrauten darauf, dass man den Bau der Anlage noch stoppen konnte. Immerhin hatte es einen enormen Eindruck gemacht. Es waren auch einige Journalisten aus München, Köln und sogar Berlin vor Ort gewesen. Norbert hatte die Aufmerksamkeit bewusst auf die Demonstranten gelenkt. Die Anzeigen lagen ihm schwer im Magen. Da würden sie nicht so schnell davonkommen. Der Beamte, mit dem er gesprochen hatte, meinte besorgt, dass er schärfer durchgreifen musste, wenn die Leute sich nicht an die Grenzen hielten. Er schüttelte die Gedanken ab. Mittlerweile hatten sich die meisten Spieler eingefunden. Ralph, der Dirigent, begrüßte ihn mit einem starken Händedruck.

„Ich hab eine sehr schlechte Neuigkeit“, flüsterte Walter ihm zu.

„Oh, oh, was ist passiert?“, fragte Ralph leise zurück.

„Anna ist entführt worden.“

„Was? Nein!“

Unbeabsichtigt war er dabei lauter geworden und zog die ganze Aufmerksamkeit auf sich.

„Was ist los?“, fragte Johanna neugierig.

„Setzt euch erstmal alle. Ich habe diesmal leider keine gute Nachricht für euch“, sagte Walter schnell, bevor Ralph etwas sagen konnte. Der stellte sich mit verschränkten Armen und blassem Gesicht neben ihn an das Dirigentenpult. Die Spieler saßen schon auf ihren Plätzen im Halbkreis davor, beunruhigt über Walters erste Ansage.

„Tja, ich weiß nicht, wie ich es sagen soll … Unsere Anna ist verschwunden. William, ihr Vater, rief mich vorhin an und meinte, dass sie entführt worden ist. Sie wissen überhaupt nichts, nicht mal, ob sie noch lebt ...“

Ungläubigkeit, Entsetzen, Wut und Trauer waren die meisten Emotionen, die Walter auf den Gesichtern der Spieler entdecken konnte. Einige waren zu geschockt, um sofort zu reagieren. Die kurze Stille war unheimlich und bedrückend.

„Wie können wir helfen?“, fing sich Johanna am schnellsten. Die anderen begannen, wild durcheinander zu reden, als hätte sie mit ihrem Satz die Mauer durchbrochen. Wie ein Wasserfall sprudelte es aus ihnen heraus.

„Gar nicht“, antwortete Walter nachdenklich. „Die Kollegen von unserem Kriminalhauptkommissar arbeiten mit Hochdruck daran. Sie telefonieren alle Krankenhäuser ab, suchen in den Waldgebieten vom Wildberg, und ein Hubschrauber kreist seit Stunden über den Wildsee. Ihr Freund wurde niedergeschlagen und liegt selbst im Krankenhaus. Er hat bereits ausgesagt.“

„Woher weiß man, dass sie entführt wurde?“, fragte Olaf leichenblass.

„Es gab einen Brief.“

„Wie lange ist sie denn schon verschwunden?“, kam es nervös von Daniel aus der dritten Stimme.

„Seit gestern Abend. Dieser Mensch muss sie beobachtet haben.“ Walter zögerte kurz bei dem Wort Mensch. Irgendwie störte es ihn, den Entführer so zu bezeichnen.

„Ist ja gruselig.“ Birgit schüttelte sich und erhielt die gemurmelte Zustimmung der anderen.

„Wir können nur abwarten und hoffen. William hat versprochen, sofort Bescheid zu geben, wenn sie gefunden wird. Sie haben keinerlei Spuren. Mehr hat er nicht gesagt.“

Nachdem Walter endlich seine ungeheure Nachricht losgeworden war, fühlte er sich erleichtert.

Die bedrückte Stimmung im Orchester merkte man den Spielern an. Hier war es wie in einer Familie. Unterstützung, wenn jemand in Schwierigkeiten war. Zusammenhalt bei allem, was dem Verein schaden konnte. Sie waren eine Gemeinschaft. Tat man einem von ihnen was Böses, tat man es allen. So waren sie.

„Spielen wir ihr Lieblingslied? Damit zeigen wir am besten unser Mitgefühl, oder?", meinte Ralph in die Stille.

„Ja, wir können nichts tun außer Hoffen", meinte Olaf traurig.

„Wenn ich den Typen in die Finger bekomme, gibt es keine heile Zelle mehr in seinem Körper!" Norberts Drohung enthüllte seine ungebändigte Wut. Er zitterte schon.

„Na, die werden ihn schon finden", beschwichtigte Walter schnell. Norbert hatte ihm nicht zugehört und brummte weiter vor sich hin.

„Dann lasst uns *Flucht in die Karibik* spielen", mischte sich Ralph ein.

Ja, das war Annas Lieblingsstück. Die Titelmelodie von *Fluch der Karibik*. Ein Piratenfilm. Sie suchten das fünf Seiten lange Stück heraus. Ralph hob schon die Hände und Walter setzte sich auf einen Stuhl.

Dann ertönten die ersten leisen Töne, denen ein fulminanter Teil folgte. Man fühlte sich hineinversetzt in die damalige Zeit, etwas düster und doch hoffnungsvoll. Einfach nur episch. Mit lautem Schlag verklang der letzte Ton im Raum. Alle schwiegen.

„Das war nicht ganz gut, aber Anna würde sich bestimmt freuen“, meinte Ralph lachend und versuchte so, die Spieler etwas aufzumuntern.

„Bestimmt“ kam es von Walter zustimmend. „Ich verabschiede mich. Später noch ins Sportheim?“

„Ja, auf jeden Fall“, antwortete Heinz. Einige stimmten zu. Das war lange Tradition beim Verein. Nach der Orchesterprobe traf man sich noch gemütlich auf ein, zwei Bier im Sportheim und quatschte über Gott und die Welt.

„Auch wenn der Tag sehr traurig ist, müssen wir trotzdem etwas üben“, sagte da Ralph. „Wir gehen es langsam an.“

Die Spieler nickten. Zögerlich suchten sie die Noten heraus und legten die Blätter auf den Notenständer. Sie stellten ihre Finger auf der Klaviertastatur in die richtige Position. Ralph hob die Arme halb hoch und dann erklangen die Akkordeons. Trotzdem war jeder mit den Gedanken bei Anna.

26

SAMSTAG VORMITTAG

Heute war Samstag und das Wetter wieder wunderschön. Ein kurzer Blick auf die Uhr sagte ihm, dass es kurz nach neun Uhr war. Er saß in seinem silbernen Golf und starrte die Blockhütte vor sich an. Sie stand eingerahmt von zwei großen, mächtigen Buchen, die ihren Schatten im Sommer wohltuend auf das Häuschen warfen. Der weiße Vorhang am einzigen Fenster neben der Tür war zugezogen. Er fürchtete sich davor, hineinzugehen. Als es passiert war, hatte er sich wie ein Gott gefühlt. Wo war dieses Gefühl geblieben? Fast schien es, als hätte er Angst. Aber das war absurd. Er schüttelte den Kopf und atmete tief durch. Dem Mädchen sollte nichts passieren. Schließlich brauchte er sie als Druckmittel. Und das funktionierte bekanntlich nur, wenn derjenige am Leben war. Deswegen musste er nach ihr sehen. Gestern Mittag war sie noch bewusstlos gewesen. Ganz leicht hatte er ihre Atmung, ihre ruhigen, gleichmäßigen Atemzüge gespürt. Zuerst hatte er befürchtet, die Dosis des Chloroforms falsch berechnet zu haben. Wenn man zu viel nahm, konnte das Opfer sterben, hatte er gelesen.

Er stieg aus dem Auto und schaute sich nach allen Seiten um. Der Schlüssel steckte schnell im Schloss. Vorsichtig schaute er in das Blockhaus und erfasste die Situation mit einem Blick. Die Flasche und die Brezeltüte lagen nicht mehr auf dem Tisch, das Mädchen war wach und hatte die Decke bis zur Nase hochgezogen. Mit den Fesseln konnte es sich ja im Raum bewegen. Sonst war alles gleich.

Das Chloroform schien aber noch leicht zu wirken. Er zog die Tür hinter sich zu und schloss wieder ab, immer mit Blick zu dem Mädchen. Es beobachtete jeden seiner Handgriffe auf das Schärfste. Einen Moment der Unaufmerksamkeit könnte sie gnadenlos ausnutzen. Da war er sich sicher. Noch hatten beide kein Wort gesprochen. Er wartete noch ab und setzte sich dann an den Tisch. Sie sahen sich in die Augen.

„Warum?“, flüsterte sie. Er spürte ihre Angst. Er lachte. Es hallte durch den stillen Raum.

„Warum?“, wiederholte er ihre Frage. „Was davon meinst du? Dass ich dich entführt habe? Oder dass ich deinen Freund niedergeschlagen habe?“

Sein Lachen verstörte sie. Ihr ohnehin schon sehr blasses Gesicht wurde kalkweiß. Die braungrünen Augen schienen noch größer zu sein.

„Er war im Weg und musste weg. Ganz einfach. Der Ast hat gute Dienste geleistet.“

Eine Träne lief über ihre linke Wange.

„Du hast dich in ihn verliebt“, grinste er vergnügt. Damit konnte er sie quälen. „Süß. Trotzdem musste ich ihn aus dem Weg räumen. Ich brauch schließlich dich.“

Sie hustete und krächzte dann: „Lebt er noch?“

Er wusste es nicht. Nachdem der Typ vor ihm auf dem Boden lag und sich nicht mehr bewegte, hatte er sich nur noch um sie gekümmert. Das Tuch mit dem Chloroform hatte er schon in der Hand gehalten und in dem Schockmoment konnte er sie ohne weiteres greifen. Sie war rückwärts in seine Arme gefallen. Es war ein Leichtes für ihn gewesen, das Mädchen hochzunehmen und sie vorsichtig in den Kofferraum des Autos zu legen. Dort hatte er mehrere Decken ausgelegt gehabt, damit sie weich lag. Glücklicherweise war keiner mehr auf dem Parkplatz gewesen.

„Er ist tot", behauptete er daher und weidete sich an ihrer Trauer. Erst liefen nur einige Tränen. Ihr Gesicht war erstarrt. Ihr Schluchzen war kaum zu hören, bis sie sich verschluckte. Husten und gleichzeitiges Weinen konnte nicht gut gehen. Er wartete ab. Sie versuchte, den Rest aus der Flasche zu trinken. Das löste den Husten ein wenig.

„Ich habe deinem Vater einen Drohbrief geschickt. Er soll wissen, dass du bei mir bist." Gespannt schaute er, wie sie reagieren mochte. Sie sagte kein Wort mehr. Aber ihrem Gesicht war deutlich die große Trauer und Unverständnis abzulesen.

„Was hast du vor?", fragte sie plötzlich leise.

„Ich? Ach, eigentlich gar nichts." Entspannt lehnte er sich zurück. Sie sollte ruhig denken, was sie wollte. Vergewaltigen wollte er sie nicht. Zuerst sollte die Baustelle freigegeben werden. Allerdings hatte er nicht bedacht, dass sie ihn jetzt gesehen hatte. Das hieße, er musste sich später noch um sie kümmern. Nicht plump sollte es wirken. Jeder hatte seine Strafe verdient.

„Warten wir doch einfach den weiteren Verlauf ab“, sagte er und stand auf. Er näherte sich ihr langsam. Sie zog sich bei jedem Schritt weiter in die Ecke des Bettes zurück. Er setzte sich an die Kante, sah ihr unbeirrt weiter den Blick in die Augen. Vorsichtig streckte er die Hand aus. Die leichte Berührung an ihrer Wange verursachte einen elektrischen Stromschlag. Ein erregendes Gefühl.

„Fass mich nicht an!“, fauchte das Mädchen im selben Moment. Ihren hasserfüllten Blick hatte er bis dahin noch nicht wahrgenommen.

„Und wenn doch? Was willst du dagegen tun?“, fragte er spöttisch. Sein Zeigefinger näherte sich wieder ihrer Wange. Da durchzuckte ihn ein brennender Schmerz. Ungläubig starrte er sie an. Sein Blick wanderte zu seinem Finger.

„Du hast mich gebissen, du Schlampe!“, presste er wütend hervor. Bevor er wusste was er tat, hatte er ausgeholt und ihr eine heruntergehauen. Von ihr kam kein Schrei. Sie hielt sich die feuerrote Wange. Diesmal loderte der Hass förmlich in ihren Augen.

„Mach das nie wieder! Hast du mich verstanden?“ Er wich zurück.

Nur nicht aufregen. Er musste hier weg. Mit zitternden Händen brauchte er drei Anläufe, um die Tür zu öffnen. Draußen atmete er erstmal tief durch. Nach allen Seiten sah er sich um. Keine Menschenseele war zu sehen. Aus einem weit entfernten Gartenhäuschen tönte ein Lachen. Weit weg genug, um ungefährlich zu sein.

In seinem Auto sollte noch eine Schachtel Zigaretten sein. Tatsächlich, im Handschuhfach wurde er fündig. Sogar ein Feuerzeug lag daneben. Seine Sorgen blies er mit dem ersten Zug davon. Dass er sich manchmal nicht unter Kontrolle hatte, wurmte ihn. Dadurch kam er manches Mal in Schwierigkeiten. Die Kneipenschlägerei in einem irischen Pub hatte ihm fünf Jahre auf Bewährung eingebrockt. Was musste der Typ auch sein frisch bestelltes Guinness Bier umwerfen, auf das er sich den ganzen Tag gefreut hatte! Die Verurteilung hatte auf *schwere Körperverletzung* gelautet und ihm die Teilnahme an einem Anti-Aggressionstraining eingebracht.

Beinahe verbrannte er sich an der Asche seiner Zigarette. Er trat sie schnell aus und holte eine Tasche mit Wasser, Brezeln und Schokolade aus dem Kofferraum. Einen Moment lang dachte er daran, alles wieder mitzunehmen, verwarf den Gedanken aber sofort. Er durfte Anna nicht unnötig in Gefahr bringen. Im Blockhäusle war es ziemlich warm gewesen.

Er prüfte die Umgebung aufs Genaueste, anschließend schloss er die Tür erneut auf. Das Mädchen saß wie erwartet noch im Bett. Sie schien sich keinen Zentimeter bewegt zu haben. Ihre Wange war feuerrot. Nur die Decke hatte sie nicht mehr unter dem Kinn, sondern auf Taillenhöhe gezogen. Die leere Flasche lag neben ihr. Aus dem Augenwinkel beobachtete er sie, während der Inhalt der Tasche auf dem Tisch landete. Er ordnete die Dinge sorgfältig an.

„Ich werde die Klimaanlage einige Minuten anschalten." Er wartete auf ihre Antwort, aber sie sagte nichts. Als er die Klimaanlage in der Küchenzeile anschaltete, strömte kühle, erfrischende Luft durch das Blockhaus. Das Mädchen schloss kurz die Augen.

„Ich hab dich eine Weile beobachtet."

Seine Aussage verhallte im Raum.

„Du spielst gerne Akkordeon", probierte er es nach einer Weile noch einmal. „Ich habe dich gesehen da in eurem Probenraum."

Sie antwortete ihm nicht.

„Gut, wie du willst." Beleidigt schaltete er die Klimaanlage wieder aus, prüfte, ob das Fenster fest geschlossen war und ging zu ihr.

„Tja, Anna, du bist selber schuld. Los, zeig mir deine Fesseln."

Zögerlich streckte sie die Arme aus. Mit überheblichem Lachen zog er sie an sich. Das Seil saß fest an ihren schmalen Handgelenken. Sie duftete nach Sommer, Wasser und Shampoo, aber ihre Angst war stärker als alles andere. Sie überdeckte alles. Irgendwie machte ihn das an. Bis zur Wand wich sie zurück, dann gab es kein Entkommen mehr. Er strich ihr über die Wange und küsste sie auf die Stirn. Ihn wegzustoßen, gelang ihr nicht. Er lachte rau und sah sie finster an. Dann zog er die Fußfesseln fester und wollte sich verabschieden.

„Wir sehen uns wieder, Süße."

Mit einer schnellen Vorwärtsbewegung spuckte sie ihm ins Gesicht. Während er noch verarbeitete, was sie getan hatte, zog sie sich in die Ecke zurück. Wut stieg in ihm auf. Ohne zu überlegen, schlug er noch mal zu. Gnadenlos. Nach drei Schlägen war seine Wut verraucht. Er blickte entsetzt auf sie herab. Tränen liefen über ihre Wange. Eine Platzwunde zierte ihre rechte Unterlippe und eine bildete sich über dem Auge. Sie hielt sich die Schulter. Ihre Wange leuchtete immer noch feuerrot.

Wortlos drehte er sich um und ging zur Spüle. Das kleine Handtuch vom Haken hielt er unter das kalte Wasser. Er brachte es zu ihr und drückte es auf die obere Wunde. Als sich ihre schmale Hand an seiner vorbeischob, ließ er los. Nach einem letzten prüfenden Blick verließ er das Blockhäuschen.

Draußen zitterten seine Hände und er brauchte fünf Anläufe, um die Zigarette anzuzünden. Er blies den Rauch in den Himmel und schloss die Augen. Nach mehreren Zügen hatte er sich wieder unter Kontrolle. Die Zigarette war im Sand schnell ausgetreten. Mit quietschenden Reifen fuhr er los und wirbelte den Staub einige Meter hoch in die Luft.

William konnte nicht stillsitzen. Der Artikel der Spullberger Zeitung las sich wie jeder andere. Nur dass es ihn diesmal persönlich betraf. Auf dem Foto lächelte seine Kleine unbeschwert in die Kamera. Ihre langen braunen Haare, das schmale Gesicht und die grünbraunen Augen ließen ihn traurig und wütend zugleich werden.

*„**Mädchen verschwunden***

Die 18-jährige Tochter des Kriminalhauptkommissars William Herle wird seit Donnerstag Abend vermisst. Aus den Ermittlerkreisen heißt es, dass man sie nach einem Besuch beim Wildsee vom Wanderparkplatz Zum Blauen Wald *entführt hat. Ihr Freund wurde niedergeschlagen und liegt mit einer Gehirnerschütterung im Krankenhaus. Es wird vermutet, dass es sich um einen Racheakt handelt. Sie trug einen schwarzen Bikini, darüber ein graues T-Shirt und eine kurze Jeanshose. Sachdienliche Hinweise nimmt die Polizei unter der unten angegebenen Rufnummer entgegen. Alle, die an diesem Abend etwas Verdächtiges bemerkt haben, sollen sich schnellstmöglich melden."*

Alle paar Sekunden fixierte er die große Uhr im Esszimmer. Das Retrodesign gefiel ihm normalerweise ebenso wie das leise Ticken. Heute nervte es ihn nur. Tick. Tick. Tick. Eigentlich wollte er in Ruhe die Zeitung lesen. Flo hatte ihn bereits informiert, dass es keine neuen Ergebnisse gab. Sie beriefen gerade die Krisensitzung bei der *Victor Bauer Energie GmbH* ein. Sämtliche Mitarbeiter sollten sich in der Firma einfinden, um ihre Fingerabdrücke und eine DNA-Probe abzugeben.

Der zweite Anruf kam von Julius Winkler. Er wiederholte seine Anordnung nochmal ausdrücklich:

„Sie halten sich da raus. Haben Sie mich verstanden? Ich kann keinen Polizisten gebrauchen, der persönlich betroffen ist und womöglich durch unüberlegtes, wenn nicht gar emotionales Handeln Täter, Opfer und die Kollegen in Gefahr bringt. Wir brauchen keine Heldentaten, sondern präzise Zusammenarbeit. Herr Est hat alles im Griff. Kommt mir auch nur die kleinste Beteiligung zu Ohren, wird das seine Konsequenzen haben!“

Und so weiter. Der Wortschwall floss an William vorbei. Seine Frau tauchte in der Tür auf. Sie sah schrecklich aus. Blass, mager mit tiefen Augenringen. Wortlos stellte er das Telefon in die Station und zog sie an sich.

„Sie ist jetzt schon zwei Tage weg.“ Anklagend sah sie ihn an.

„Ich weiß doch“, flüsterte er. Das Klingeln hinderte ihn daran, mehr zu sagen. Er gab ihr einen Kuss und stand auf.

„Ist das ein schlechtes Zeichen?“, fragte sie ihn.

„Nein, nein, bestimmt nicht“, sagte er schnell. Die tiefe Trauer in ihren Augen musste verschwinden. Schnellstmöglich. Sein ungutes Gefühl verstärkte sich immer mehr. Er riss die Tür auf. Draußen stand kein Kollege, sondern Max.

„Ich halte es allein nicht aus“, gestand er. „Irgendetwas muss ich doch tun können.“

Er war noch ziemlich blass um die Nase.

„Komm rein.“ William hielt ihm die Tür auf. Max steuerte direkt auf Monika zu und nahm sie in die Arme.

„Es tut mir so leid. Ich hätte sie besser beschützen müssen. Meine Schuld. Ich hab nicht auf die Umgebung geachtet.“

„Schhh. Ist schon gut“, sagte Monika leise. Etwas verlegen lösten sie sich voneinander.

„Was kann ich helfen?“, fragte Max nach einigen Minuten, nachdem sie sich schweigend an den Esstisch gesetzt hatten.

„Man hat mich von den Ermittlungen ausgeschlossen“, antwortete William grimmig. „Ich bin angeblich eine Gefahr für meine Kollegen und jetzt bin ich dazu verdammt, hier zu sitzen und nichts zu tun!“

„Wenn wir ins Präsidium fahren und von dort aus Informationen suchen?“, schlug Max unbeeindruckt vor.

„Das ginge. Wenn wir uns bei Thomas verstecken, kann uns der Winkler nicht finden“, meinte William nachdenklich. Besser als hier herumzusitzen war es allemal. „Gut, fahren wir. Mehr als Ärger gibt es nicht. Und du wirst kein Wort sagen, wenn die uns entdecken, klar soweit?“

„Aye, aye, Käpt´n“, grinste Max. William musste lachen. Sein Tatendrang war ansteckend.

„Vorher rufen wir noch ein paar Leute an“, rief William und flitzte schon in die Küche. Er informierte Klaus und Flo über seinen Plan. Beide stimmten ihm zu. Flo hatte nicht viel zu berichten.

„Einige weigern sich zu kommen, fünf sind im Urlaub und zwei sind bei Kunden unterwegs und kommen erst später. Ich habe schon Streifen zu den Verweigerern geschickt. Sobald sie die Proben haben, gehen sie ins Labor. Der Richter hat Ben für alle die Durchsuchungsbeschlüsse ausgestellt. Ohne große Fragen.“

„Okay, das ist super." William war überrascht. Damit hatte er nicht gerechnet. „Wir fahren jetzt los. Ich muss einfach was tun."

„Ich weiß", unterbrach ihn Flo. „Thomas weiß Bescheid. Er wartet. Geh schon. Ich werde die Verantwortung übernehmen."

William fiel ein großer Stein vom Herzen. Auf den Hünen konnte man sich verlassen. Seine Loyalität war grenzen- und bedingungslos, seit sie sich kannten.

Bei ihrem ersten Treffen war Flo in eine Schlägerei geraten. Ein paar weiße Jugendliche verprügelten gerade den sanften, großen Schwarzen, nur weil er nicht von der Bank aufstehen wollte. Sie waren betrunken und bekifft. William hatte nur einem von ihnen einen Kinnhaken verpasst. Die Jugendlichen waren danach sofort abgehauen. Flo war ihm sehr dankbar gewesen und hatte es bis heute nicht vergessen. Gemeinsam hatten sie die Ausbildung absolviert.

Sie verabschiedeten sich. Wills ungutes Gefühl ging in eine Mischung aus Angst und Wut über.

„Los, Max, wir fahren." Ruckartig stand er auf, gab seiner Frau einen Kuss auf die Stirn und rannte fast zur Tür hinaus. Max verabschiedete sich weniger stürmisch. Will wartete schon ungeduldig im Auto.

„Du kriegst einen Besucherausweis. Mit dem darfst du fast überall hin. Du wirst mir nicht von der Seite weichen. Ich darf mich nämlich dem Polizeigebäude nicht nähern. Von Betreten ganz zu schweigen. Aber ich halte diese Untätigkeit nicht mehr aus. Es geht hier schließlich um meine Tochter!"

„Alles klar. Von mir erfährt keiner was“, meinte Max beruhigend. William fuhr so schnell wie möglich zum Polizeipräsidium. Zwei Autos überholte er ziemlich knapp. Schwungvoll und schräg parkte er seinen Wagen direkt neben dem Haupteingang.

„Ist das nicht zu auffällig?“, fragte Max, doch er erhielt keine Antwort. Neugierig betrat er das Gebäude. Philipp, der diensthabende Polizeibeamte, überreichte Max ohne große Worte den Besucherausweis. William unterrichtete ihn über den neuesten Stand.

„Viel Glück, Will. Ihr findet sie.“

William nickte nur nachdenklich und lief voraus. Max folgte ihm. Zwei Stockwerke hoch, ohne Aufzug. Durch Gänge mit vielen Türen. Teilweise standen sie offen und er konnte Blicke auf die arbeitenden Beamten in ihren Büros erhaschen. Einmal stolperte er beinahe über einen der Stühle, die bei fast jeder Tür standen. William klopfte schließlich an eine Tür, an der ein einfaches Schild hing, auf dem *Thomas Weis, Technischer Analyst* stand.

„Ist offen, kommt rein!“, rief die Stimme hinter der Tür. Dahinter befand sich ein quadratischer Raum ohne Fenster. Drei große Bildschirme hingen nebeneinander an der Wand. Davor nahm der Schreibtisch die gesamte Raumbreite ein. Ein kleiner Tisch mit zwei Stühlen stand mitten im Raum. Links war eine weiße Fläche für den Beamer, den Max an der Decke entdeckte. Rechts hing eine große Korkpinnwand, an der diverse Zettel und Fotos hingen. Die technische Ausrüstung war auf höchstem Niveau. Der spindeldürre und etwas blasse, schwarzhaarige Mann passte hier genau herein. Seine schwarze Kunststoffbrille war so groß, wie es die beiden noch nie gesehen hatten.

„Ja, meine neue Brille ist die größte, die ich im Laden finden konnte", grinste Thomas. William schüttelte skeptisch den Kopf. Er bevorzugte schmale oder gleich komplett randlose Brillen. Seine Frau drängte ihn immer zu den modischeren Kunststoffmodellen, doch bisher hatte er sich mit ihnen nicht anfreunden können.

„Wir gehen jetzt nochmal alle Daten durch, richtig?", erkundigte sich Thomas.

„Ja, bitte. Wir müssen etwas übersehen haben", meinte William zerstreut.

„Du bist dir sicher, dass er dabei sein sollte?", hakte Thomas nach und warf einen Blick auf Max. Der stand immer noch vor der Korkpinnwand.

„Er ist der Freund meiner Tochter und hat einen ungetrübten Blick. Als Außenstehender sieht er die Dinge anders. Falls der Winkler was spitzkriegt, übernehme ich die volle Verantwortung."

„Deine Sache", meine Thomas und zog einige Akten aus dem Turm heraus, der sich neben dem Schreibtisch stapelte.

„Definitiv. Hast du die Einverständniserklärung ausgedruckt?"

Wortlos reichte Thomas ihm ein einzelnes Blatt. Wenn der Kriminalhauptkommissar seine Entscheidung getroffen hatte, brachte ihn höchstens eine Naturkatastrophe zur Abweichung. Er konnte verdammt stur sein. Nicht immer zu seinem Besten.

„Max, du wirst dieses Blatt unterschreiben und dann gehen wir sämtliche grausamen Details durch“, bestimmte William. „Es gibt leider immer wieder Psychopathen, die unaussprechliche Dinge tun. Hast du ein Problem mit Blut oder Leichen, sag es bitte jetzt oder schweige.“

„Für immer“, ergänzte Max grinsend. Die beiden Beamten zogen jeder gleichzeitig die rechte Augenbraue hoch. Ihren Mienen war deutlich abzulesen, dass dieser Scherz angesichts des ständig lauernden Todes unangebracht war. Wie ein ertappter Schuljunge bei einem Streich setzte Max sich mit steinerner Miene an den Tisch. William zog aus seiner Tasche seine Notizen heraus, während Thomas die Akten ausbreitete.

„Wo fangen wir an?“, fragte Max in die Runde.

„Erst das Blatt“, ermahnte William. Max verdrehte die Augen, las quer über den Text und setzte seine Unterschrift darunter.

„Alles, was du hier siehst, unterliegt der Geheimhaltung“, erklärte William ungefragt. „Dringt etwas nach draußen, zeigen wir dich an. Ist der Mistkerl vor Gericht und die rufen dich als Zeugen, gehst du hin. Wenn nicht, zeigen wir dich an. Überhaupt ...“

„Schon gut, ich hab es kapiert“, unterbrach ihn Max. „Lasst uns lieber die wichtigen Sachen klären. Der Kram ist unwichtig.“

„Ist gut“, übernahm Thomas und nahm seine leuchtend blaue Fernbedienung. Nach und nach sprachen sie die Geschehnisse der letzten Wochen durch. Die Bilder der Tatorte liefen an der Wand nacheinander in einer Diashow ab. Max war fasziniert. Doch ohne weitere Hinweise, die das undurchsichtige Puzzle lösen konnten, brachte es nichts, die bisherigen Erkenntnisse mehrmals durchzugehen.

Williams Handy klingelte.

„Hallo, Will. Was macht der Papierkram?“, ertönte Bens fröhliche Stimme.

„Gibt es was neues oder willst du mir nur auf den Keks gehen?“, gab William bedrohlich zurück, als er die Stimme erkannt hatte.

„Nein, es gibt nichts Neues“, meinte Ben kleinlaut. „Die Proben sind alle genommen und werden gerade ins Labor gebracht. Klaus hat das persönlich übernommen.“

Gut, dachte William. Übernahm Klaus etwas, war garantiert, dass alles seine Richtigkeit hatte.

„Ich glaube, an das Auto erinnere ich mich!“, brach es aus Max plötzlich aufgeregt hervor. Bisher hatte er fast kein Wort gesprochen. Er hielt die Liste der BauEn-Mitarbeiter in der Hand. Der Chef hatte ganze Arbeit geleistet. Jeder Mitarbeiter war mit Namen, Adresse, Familie, Betriebszugehörigkeit, Automarke und Vorstrafen aufgeführt.

„Kannst du mir mal ein Bild von einem Golf 4 zeigen? Baujahr um 2000, glaube ich.“

Thomas stieß sich von dem Tisch ab und rutschte hinüber zu seinem Schreibtisch. Sein über alles geliebter Rollstuhl mit großer Rückenlehne ermöglichte ihm schnelle Bewegungen im Raum. Blitzschnell hackte er auf der Tastatur herum und keine zehn Sekunden später erschien an der weißen Wand das Bild eines schwarzen Golfs. Gespannt schauten die Beamten Max an. Der schloss die Augen, schaute das Auto an und schloss die Augen wieder.

„Ich bin mir sicher, dass ich am Parkplatz so einen gesehen habe", entschied er endlich, als die Spannung im Raum fast unerträglich geworden war. William betrachtete die beiden Namen auf der Liste.

„Zwei fahren so einen Wagen, beide silbern!", sagte er aufgeregt. „Das grenzt die Sache enorm ein. Thomas, such mir sofort alles über die beiden heraus! Jede Kleinigkeit kann von absoluter Wichtigkeit sein!"

Thomas nickte stumm und hackte wieder auf der Tastatur herum. Seiten öffneten sich blitzschnell und verschwanden genauso schnell wieder.

„Hast du noch etwas bemerkt, was, naja, sagen wir mal, einzigartig ist? Ein Aufkleber oder eine von diesen Wackelfiguren?", fragte William weiter und fixierte Max. Der zog verlegen die Schulter nach oben.

„Ich habe nicht sonderlich auf meine Umgebung geachtet. Mein Hauptaugenmerk lag auf Anna."

Sein Grinsen machte die Sache für William nicht einfacher. Seine Kleine wurde erwachsen, das sollte er so langsam akzeptieren.

„Trotzdem gut gemacht. Thomas, ich will Ergebnisse!“ Unruhig lief der Kommissar im Raum herum. Thomas' Finger flogen nur so über die Tasten. Mehr und mehr Seiten erschienen auf den Bildschirmen.

„Das Profil hast du auch mit eingearbeitet?“

„William, wenn ich das nicht hätte, säße ich nicht hier, sondern würde mich in die Datenbank des FBIs einhacken“, gab Thomas zurück. Der brummte nur ein paar unverständliche Worte vor sich hin. Max blätterte weiter in den Akten über den Mord an Günther Schwab. Besonders die Tatortfotos hatten es ihm angetan.

„Also, hört zu.“ Thomas schnappte seine Fernbedienung und ließ die ersten Informationen an der Wand erscheinen.

„Der erste ist ein gewisser Ludwig Rupprecht. 42 Jahre alt, 1,65 Meter groß, arbeitet bei der *Victor Bauer Energie GmbH* seit 14 Jahren, mittlerweile als Assistent der Geschäftsleitung in Stuttgart. Ist etwas fülliger um die Bauchgegend und kämpft gegen Diabetes. Er hat keine Vorstrafen, eine Frau und zwei Töchter und wohnt in einem Reihenhaus in Stuttgart. Ein Kredit auf das Haus ist erst zur Hälfte getilgt, er unterstützt finanziell seine Mutter, die in einem Altersheim in Tübingen wohnt. Sein Vater ist vor fünf Jahren an einem Herzinfarkt verstorben. Er engagiert sich im Fußballverein seiner kleinen Tochter in Stuttgart. Die große Tochter fährt den silbernen Golf, der ist aber auf ihn als Zweitwagen versichert. Er selbst fährt eine Mercedes-A-Klasse. Hier noch ein Bild des Herrn.“

Es zeigte einen Mann mittleren Alters. Die ersten grauen Haare durchzogen die braune Haarpracht. Ein Dreitagebart unterstrich seine Haltung. Seine Brille machte ihn älter, als er tatsächlich war.

„Der andere?“, brummte William.

„Da wird es interessanter. Patrick Baumann, 35 Jahre alt, 1,90 groß, wohnt in Spullberg und arbeitet seit zwei Jahren als Betriebstechniker mit Schwerpunkt Anlageelektronik bei der *Victor Bauer Energie GmbH*. Er ist oft unterwegs bei den Kunden für kleine Reparaturen an den Biogasanlagen. Er stellt zudem auch Angebote zusammen. Seine Eltern wohnen in München, er besucht sie kaum. Er hat eine Vorstrafe auf Bewährung wegen einer Schlägerei in einer Bar vor einigen Jahren. Die Jugendstrafe hat er mit 150 Sozialstunden verbüßt. Der Nachbar hat ihn angezeigt, weil er Giftköder ausgelegt hat und der Hund gestorben ist. Da war er elf. Hmmm, ich komme nicht an die Unterlagen aus der Psychiatrie. Mist, Moment, das kriege ich hin.“

William und Max sahen sich nur an und hüllten sich in Schweigen, während Thomas wieder auf die Tastatur einhackte.

„Na, also, die Firewall war doch nicht so stark, wie gedacht. Die könnten sie mal verbessern. Okay, also: Er wurde mit 21 Jahren eingewiesen. Hat Medikamente gegen Depressionen bekommen. Anscheinend hat er einen Selbstmordversuch unternommen. Die Giftköder hat er mehrmals ausgelegt. Interessant. Die Attacken hat er jedenfalls nie bereut. Durch sein arrogantes Verhalten war er schon in der Schule ein Außenseiter. Hat immer wieder gejobbt, aber nichts Festes oder lange an einem Ort.“

„Hm", meinte William aufgeregt, nachdem Thomas seine Informationen preisgegeben hatte. „Er ist es. Ich spüre es! Los, Max, wir fahren nach Stuttgart. Ich muss ihm in die Augen schauen!"

„Das halte ich für keine gute Idee", schaltete sich Thomas ein, bevor Max antworten konnte. William achtete nicht auf ihn und lies es bereits bei Flo anklingeln.

„Hier Flo", drang plötzlich laut dessen tiefe Stimme aus dem Handy. Will hatte vergessen, dass es noch auf Lautsprecher geschaltet war.

„Ich bin es. Wir haben ihn. Es kann nur der Patrick Baumann sein!"

„Der? Hm, er ist auch hier. Festhalten?"

„Auf jeden Fall. Ich fahre sofort los." Flos kurze Art war manchmal einfach ein Segen. Er wusste sofort, was William wollte und stellte seine Anweisungen nicht in Frage.

„Ich kümmere mich darum. Bis gleich."

William legte ohne ein weiteres Wort auf. Flo würde seine Bedenken vor Ort mit ihm persönlich klären. Selbst wenn der Polizeipräsident anwesend war, hinderte ihn nicht daran, dennoch hinzufahren. Er musste den Mann einfach sehen. Sein Instinkt sagte ihm mehr als deutlich, dass er der Täter sein musste. und der hatte ihn bisher selten getäuscht. Thomas ließen sie skeptisch zurück in seinem Technikraum. Er versprach, auf Abruf alle Informationen weiterzugeben und wollte gleich eine Akte für alle Fälle zusammenstellen. Mit raschen Schritten verließen die beiden das Polizeirevier.

„Programmiere das Navi auf diese Stuttgarter Adresse. Ist irgendwo in Feuerbach. Schnell“, meinte William nervös zu Max und drückte ihm gleichzeitig Handy, Zettel und das Navi in die Hand. Während Max die Adress eintippte, startete Will das Auto und fuhr bereits los. Das GPS des Navis fand sie fast sofort und so setzte er seine Fahrt mit Blaulicht und dem Fuß auf dem Gaspedal fort. Einmal musste er abrupt abbremsen, weil ein LKW die Straße blockierte.

Endlich erreichten sie das Gelände. William stellte den Wagen nachlässig neben dem Transporter der Beamten ab. Flo erwartete ihn bereits.

„Haben ihn festgesetzt. Der Herr Mayer hat uns freundlicherweise ein Zimmer zur Verfügung gestellt, sodass kein anderer etwas mitbekommt. Zwei Beamten sind im Raum und einer ist davor postiert.“, meldete er ruhig. „Bisher hat er kein Wort gesprochen. Max, sein Wagen steht vorn am Mitarbeiterparkplatz. Ben bringt dich hin.“

Max nickte und Ben zog eine Grimasse. Deutlich missfiel ihm die Vorstellung, mit dem Jungen ein Auto anzuschauen, während William den Täter in die Mangel nehmen wollte. Brummend machten sich die beiden auf den Weg. William ignorierte alles Weitere. So schnell wie möglich wollte er mit dem Mann sprechen, der seine Tochter entführt haben könnte. Zügig gingen sie zu dem kleinen Zimmer. Alle Fragen blockte Flo gekonnt ab. So nervös war William seit dem ersten Gespräch mit Herrn Winkler nicht gewesen.

„Einmal tief durchatmen. Dann kannst du rein.“

Flos gut gemeinter Ratschlag zeigte seine Wirkung. William wurde ruhiger. Er fühlte sich gewappnet, um dem Mann ruhig gegenüber zu treten. Ihm direkt den Kopf abzureißen, wäre unangebracht und definitiv nicht förderlich für die Suche. Die Beamten grüßten ihn mit einem Kopfnicken und stellten sich neben die Tür wie Zinnsoldaten. Die Hände hinter dem Rücken verschränkt, jederzeit einsatzbereit.

Schließlich wanderte sein Blick zu dem blassen, schlanken Mann. Er war fast zwei Meter groß. Seine schwarzen Haare waren verschwitzt. Sein Aftershave hing leicht in der Luft. Es war etwas stickig im Raum. Sie fixierten einander schweigend. Fast als wollten sie mit dem Anstarren einen Machtkampf ausüben. Den gewann William ohne Probleme. Der Mann wand sich ab. Keine Ahnung, weshalb, aber er wusste einfach, dass er den richtigen Mann vor sich hatte.

„Herr Baumann, haben Sie mir irgendetwas zu sagen?“, brach William die Stille. Der andere schaute unverwandt das kleine Loch in der Wand an.

„Herr Baumann, Sie können mit mir sprechen“, probierte er es nach einigen Minuten Schweigen erneut. Wieder erhielt er keine Antwort. Als die nächsten paar Versuche ebenfalls nichts brachten, verlor er die Geduld.

„Wenn Sie nicht bald was ausspucken, wird das große Konsequenzen haben, klar soweit?“, polterte er los. Der Mann blickte ihn ruhig an. Ein leichtes Lächeln huschte über sein Gesicht, sonst zeigte er keine Regung. William wurde es plötzlich heiß und kalt zugleich. Er musste hier raus! Sofort!

Der rechts stehende Beamte öffnete ihm die Tür. Dankbar verließ er den Raum. Im heißen Licht der Sonne atmete er tief durch. Max und Ben standen im nächsten Augenblick hinter ihm.

„Wir haben uns den silbernen Golf angesehen. Ich habe ihn definitiv an dem Abend gesehen. Da ist nämlich ein Aufkleber von der Firma drauf. Also das Logo. Das fiel mir noch ins Auge, bevor ich, ja, du weißt schon ..."

Max wirkte bedrückt und zeigte auf das Firmenlogo.

„Junge, das konnte doch keiner ahnen", beschwichtigte William ihn und warf einen kurzen Blick darauf. Es stimmte überein. „Das Wichtigste ist, dass wir sie finden. Und eines schwöre ich dir: Der Mann da drin ist unser Täter."

Im nächsten Moment verstummte er, den der massige Leib des Polizeipräsidenten baute sich vor ihm auf.

„Herr Herle, hatten Sie nicht eine klare Anweisung?", schnaufte Julius Winkler verärgert. Sein Kopf hatte eine ungesunde tiefrote Färbung angenommen. Jetzt bestand wirklich Grund zur Sorge. „Sie verlassen jetzt sofort das Gelände! Mitsamt dem Jungen! Das wird seine Konsequenzen haben, da können Sie sicher sein!"

„Er hat eben ein wichtiges Teil zum Puzzle in den Ermittlungen beigetragen", mischte sich Ben ungefragt ein. Julius Gesicht nahm eine noch tiefere Rotschattierung an.

„So!", lautete seine einzige Reaktion.

„Max hat das Auto erkannt, mit dem Anna entführt wurde“, beeilte sich Ben zu erklären. Er war sich der Gefahr offenbar nicht bewusst.

„Gut gemacht. Trotzdem werden Sie jetzt sofort das Gelände verlassen!“, schnaufte Julius verärgert.

„Es geht hier um MEINE Tochter! Ich werde nirgendwo hingehen!“, explodierte William wütend. „Erst wenn dieser Psychopath ihren Aufenthaltsort preisgibt!“

„Die Unterhaltung ist beendet“, signalisierte Julius mehr als bedrohlich. „Aufs Revier mit euch allen, aber zack zack! Herr Weißensee, den Herrn Est will ich sofort sprechen!“

Wie aufs Stichwort erschien Florian aus der Menge.

„Sie veranlassen, dass diese beiden Herren das Revier nicht verlassen. Der Tatverdächtige wird ebenfalls zum Verhör dorthin gebracht“, ordnete Julius mit einem bösen Blick auf William an. „Ich werde anwesend sein. Kein Wort zur Presse! Das muss nicht noch mehr Dreck aufwirbeln! Es reicht schon, wenn die uns ständig auf der Pelle sitzen!“

Das war ein Widerspruch, denn eigentlich war Julius Winkler der erste, der sich äußerte, sobald eine Kamera auf die Beamten gerichtet war. Er brauchte die Aufmerksamkeit und sonnte sich gern im Ruhm. Dass er dabei die Arbeit anderer als seine eigene ausgab, passierte häufig. Keiner traute sich jedoch, ihm das mal zu sagen. Ben lotse William und Max weg von ihm. Sie gingen zum Wagen und fuhren schweigend zum Revier. Dort warteten sie im Großraumbüro auf die Ankunft des Mannes. Julius höchstpersönlich führte ihn in den Verhörraum. William, Ben und Max sowie einige weitere Beamte aus der Sonderkommission bezogen nebenan Stellung und beobachteten schweigend und gespannt, wie Flo das Verhör begann.

Er stand mit klopfendem Herzen am Fenster und beobachtete das Treiben im Hof. Die Kinder der Nachbarin tollten und schrien schon wieder. Der Chef hatte vor etwa zwei Stunden angerufen und seinen Ärger an ihm ausgelassen.

„Die Herren von der Kriminalpolizei kommen vorbei. Sie wollen von allen Proben nehmen. Sie behaupten, sie hätten einen zwingenden Tatverdacht. Können Sie sich das vorstellen? In MEINER Firma! Ich bin mir sicher, die haben einen Tipp von innen bekommen, wegen der Steuerhinterziehung. Es geht ja schließlich nicht gerade um kleine Beträge. Sie kennen ja die Zahlen. Offensichtlich will uns jemand schaden. Reichen denn nicht schon die Proteste da in Tigersheim? Fakt ist, die schnüffeln hier den ganzen Tag herum. Herr Hartmann ist informiert und auf dem Weg hierher. Er hat uns dringend geraten, sich an die Anweisungen der Beamten zu halten, aber kein Wort zu sprechen, bis er hier ist. Er holt uns da wieder raus. Der kennt die Kniffe. Dass die das überhaupt dürfen, finde ich grenzwertig! Alle Mitarbeiter müssen anwesend sein. Ich werde es als Krisensitzung ausrufen. Seien Sie bitte um elf auf dem Gelände. Bis später."

Ohne, dass er etwas sagen konnte, hatte der Chef bereits aufgelegt. Eine Panikwelle erfasste plötzlich seinen Körper. Konnte es sein, dass diese Schnüffelei nur eine Tarnung für die Suche nach der Tochter des Polizeipräsidenten war? Sein Atem beschleunigte sich. Er musste Vorkehrungen treffen. Die Uhr verriet ihm, dass er nicht mal zwei Stunden Zeit dafür hatte.

Wo zum Henker hatte er nur seine Beruhigungspillen gelassen? Hektisch begann er, sämtliche Schubladen in der Küche zu durchwühlen. Sie waren nicht dort, wo er sie sonst aufbewahrte. Er vergrub sein Gesicht in den Händen und versuchte, sich zu erinnern. Da fiel es ihm ein. Natürlich. Sie waren im Schlafzimmer. Er hatte erst in der Nacht eine Panikattacke gehabt und war schweißgebadet aufgewacht. Die Pillen hatte er auf dem Nachttisch gestellt. Dort standen sie tatsächlich noch. Er warf direkt zwei ein. Der Arzt hatte ihm verboten, mehr als zwei auf einmal zu nehmen, denn die Nebenwirkungen konnten ungeahnte Folgen haben. Sie wirkten fast sofort und ließen ihn wieder ruhiger werden. Dadurch konnte er klarer denken. Er musste unbedingt unauffällig bleiben. Zuerst wollte er nochmal nach dem Mädchen sehen und die Spuren verwischen.

Mit frischem Elan schnappte er sich seine Schlüssel und seinen Geldbeutel und fuhr auf direktem Weg nach Wildberg. Aufmerksam beobachtete er die Umgebung, bevor er auf den schmalen, steinigen Weg in Richtung der Gärten fuhr. Nachlässig parkte er und steckte sich eine Zigarette an. Das Häusle sah aus, wie er es verlassen hatte. Der weiße Vorhang war zugezogen, das

Schloss zugesperrt. Kein Mensch war zu sehen. Er schloss schnell auf und hielt sein Messer griffbereit. Das Mädchen saß immer noch auf dem Bett. Außer den Augen bewegte sich nichts an ihr. Sie lebte also. Wenn sie nicht reden wollte, konnte er das auch durchziehen. Mit einem Lappen wischte er alle Flächen ab, die er in der letzten Zeit angefasst hatte, nur für alle Fälle. Auch das Schloss reinigte er und zog seine Handschuhe an, um keine weiteren Spuren zu hinterlassen. An die Seile, mit denen er das Mädchen gefesselt hatte, dachte er in dem Moment nicht.

Ein letzter prüfender Blick auf sie und er verließ die Hütte. Sorgfältig schloss er ab. Keiner sollte sich unbefugt Zutritt verschaffen. Und das Mädchen konnte nicht fliehen. Es gab kaum jemanden, der noch von der Hütte wusste. Er war der einzige, der ab und zu nach ihr sah und den kleinen Garten richtete. Beruhigt stieg er in sein Auto und tippte die Adresse seiner Arbeitsstelle in sein Navi. Das GPS fand ihn fast sofort, trotz der Abgeschiedenheit des blauen Waldes. Es waren etwa dreißig Minuten bis zum Ziel.

Auf dem Weg dachte er kaum nach. Seine Gedanken konnten ihm gefährlich werden, vor allem wenn er sie unbedacht laut aussprach. Das hatte ihm schon einigen Ärger eingebracht.

Da kaum Verkehr herrschte, war er schnell in der Firma.

Die meisten Kollegen waren schon anwesend. Die einheitlichen hellblauen Hemden mit schwarzen Krawatten verrieten die Polizeibeamten. Er begrüßte die anderen so freundlich, wie er konnte. Hannes Meyer hatte er in

der Menge schnell entdeckt und ging zielstrebig auf ihn zu.
„Gut, dass Sie da sind, Herr Baumann. Die Beamten machen mich noch verrückt. Sie werden nacheinander allen Proben abnehmen. Weigern kannst du dich nicht. Herr Hartmann hat bereits alle Hebel in Bewegung gesetzt, um uns da rauszuholen. Leider haben die einen zwingenden Tatverdacht, oder wie sich das schimpft, und so darf ich nur zusehen.“

Hannes Meyer blickte nach seinen leisen Worten erwartungsvoll zu einem der Beamten, einem schwarzen großen Mann mit sehr dunkler Stimme. Er schien das Sagen zu haben. Seine Art war ruhig und bedächtig. Ohne große Worte führten die Beamten jede seiner Anweisungen sofort aus. Das war ihm unheimlich. Vor den Stillen fürchtete er sich am meisten. Sein Vater war auch so gewesen. Ruhig. Doch wehe, etwas hatte ihn erzürnt. Dann schlug er ohne Vorwarnung zu. Egal, was in der Nähe lag, es diente als Schläger. Blitzschnell schüttelte er weitere Gedanken ab.

Das ist Vergangenheit, ermahnte er sich streng.

„Gut, ich werde nun im Foyer meine Ansprache halten“, unterbrach der Chef alle umliegende Gespräche. „Wenn Sie mir bitte folgen würden.

Der übertrieben höfliche Ton verriet seinen Unmut.

Im Foyer hatte man ein schwarzes Rednerpult auf einer kleinen Bühne platziert. Dort stellten sich nun der Chef und zwei Polizisten auf, außerdem noch Rechtsanwalt Hartmann.

„Die meisten sind anwesend. Ich bitte nochmals um Verzeihung, dass ich Sie aus dem Wochenende reißen musste, aber diese Situation erfordert spezielle Maßnahmen. Folgendes wird mir und somit auch Ihnen vorgeworfen: Es gab einen anonymen Hinweis, dass bei uns Steuern hinterzogen werden sollen.“

Laute Rufe und Gemurmel unterbrachen den Chef.

„Bitte, meine Damen und Herren!“, übertönte er die Unruhe. „Es gibt keinen Grund zur Verunsicherung! Die Polizeibeamten werden jedem von Ihnen einige Fragen stellen und auch DNA-Proben nehmen. Herr Hartmann hat die richterliche Anordnung, alles zu überwachen. Es ist alles abgestimmt. Ich bitte Sie, machen Sie die Situation für uns nicht noch schlimmer, indem sie sich weigern, zu kooperieren. Vielen Dank.“

Das Gemurmel schwoll wieder an, endete aber abrupt, als der schwarze Hüne an das Pult trat.

„Mein Name ist Florian Est. Ich bin der leitende Kriminalkommissar.“ Seine dunkle, ruhige Stimme zeigte augenblicklich Wirkung. Alle verstummten und lauschten dem Mann.

„Die Steuerhinterziehung läuft hier schon eine Weile. Wir werden sämtliche Finanzen überprüfen. Der anonyme Tipp kam aus unseren Reihen. Das heißt, Sie brauchen sich nicht gegenseitig zu verdächtigen. Folgendes wird nun passieren: Jeder einzelne wird vernommen. Herr Meyer stellt uns freundlicherweise einige Büroräume zur Verfügung. Sie werden aufgerufen und geben uns die Auskunft, die wir haben möchten. Einige Fragen werden auch die Kollegen betreffen. Bedenken Sie, dass jede Falschaussage eine Anzeige nach sich ziehen kann. Überlegen Sie genau, was Sie sagen. Abschließend wird bei jedem eine DNA-Probe genommen. Die richterliche Anordnung wird Ihnen auf Wunsch von Herrn Hartmann und den Beamten Herrn Weber und Herrn Reiz ausgehändigt. Die Verweigerung ist ausgeschlossen. Es steht alles auf dem Blatt. Nun kommen wir zum eigentlichen Grund der DNA-Proben. Wie die meisten wahrscheinlich bereits wissen, ist die Tochter des Polizeipräsidenten entführt worden. Der Mord an dem Steuerberater Günther Schwab und der ermordete Arbeiter Holger Schmidt hängen mit der Biogasanlage zusammen. Somit auch mit Ihrer Firma, Ihnen persönlich. Der Mörder könnte einer von Ihnen sein."

Im Foyer herrschte eine unheimliche Stille. Die meisten waren sprachlos. Das hatte niemand erwartet. In seinem Inneren spielte alles verrückt. Ihm wurde heiß und kalt. Konnte es wirklich sein, dass er einen Fehler begangen hatte? Woher sollten sie etwas wissen? Er war sich sicher, keine Spuren hinterlassen zu haben und hatte alle Eventualitäten miteingerechnet. Was hatte er übersehen? Er versuchte sich zu erinnern, aber ihm fiel nichts ein. Das einzige, was er mitgenommen hatte, war dic blutüberströmte Tasche von Herrn Schwab gewesen. Die hatte er ohne Inhalt in Stuttgart in einer öffentlichen Mülltonne entsorgt. Sein Kopf raste. Oder hatte er womöglich Zeugen gehabt? Ihm wurde schlecht.

Weg hier!, dachte er panisch. Ohne Rücksicht drängte er sich durch die Kollegen. Draußen konnte er etwas aufatmen.

„Geht es Ihnen nicht gut?", sprach ihn einer der Beamten an. Der beunruhigte Blick in seinen Augen zwang ihn zur Vorsicht.

„Zu wenig getrunken wahrscheinlich“, antwortete er daher ausweichend.

„Kein Problem. Bitte schön.“

Der Beamte drückte ihm freundlich eine kalte Flasche Wasser in die Hand. Dankend ging er weiter und trank ein paar Schlucke. Er musste sich klar darüber werden, was er sagen würde, und außerdem seine Pillen nehmen.

Sie lagen im Handschuhfach. Er genehmigte sich nur eine, übertreiben wollte er es nicht. Sie wirkte schnell. Langsam schlenderte er zurück.

Nach und nach wurden die einzelnen Kollegen aufgerufen. Als er schließlich an der Reihe war, fühlte er sich so ruhig wie schon lange nicht mehr.

Sie hatten keinerlei Beweise, sagte er sich. Es war alles nur Machtdemonstration. Eine verdammt gute allerdings.

Der Beamte führte ihn in ein kleines Besprechungszimmer. Es war angenehm klimatisiert. Der leitende Beamte wies ihm mit der Hand den Platz gegenüber an. Schweigend setzte er sich. Innerlich war er nervös, doch er setzte sein Pokerface auf. Niemand konnte ihm etwas anhaben, schon gar nicht so ein dahergelaufener Bulle.

„Guten Tag, Herr Baumann“, brach der Schwarze die Stille. „Sie wissen bereits, weshalb Sie hier sind. Also können wir direkt starten. Sie sind hier der Betriebstechniker mit dem Schwerpunkt Anlageelektronik und seit genau zwei Jahren hier angestellt?“

„Das ist korrekt“, antwortete er gelassen. „Ich bin 35 Jahre alt, ledig, Single und wohne in Spullberg. Die kleineren Reparaturen an den Biogasanlagen führe ich selbständig durch. Eine Vorstrafe wegen einer Schlägerei. Die Kollegen sind soweit in Ordnung. Der Herr Meyer ist ein sehr angenehmer Vorgesetzter und kulant, was Stunden und Fehler angeht.“

„Erzählen Sie mir bitte mehr über die inneren Strukturen. Wer ist wofür verantwortlich, welche Probleme gibt es untereinander?“

Was die alles wissen wollen, dachte er sich, bevor er die wichtigsten Dinge umriss. Die Informationen, die er ihm gab, würden ihm die anderen auch geben. Die Fakten, die er in Bezug auf die Steuerhinterziehung verschwieg, waren nur einer Handvoll Leute bekannt. Der Chef hatte klar ausgedrückt, dass jede weitere Person, die man einweihte, eine Gefahr für die Sache darstellte. Um das Risiko so gering wie möglich zu halten, waren nur die direkt Betroffenen informiert worden und die letzten Jahre war alles gut gelaufen.

„Gut, das war alles fürs Erste“, beendete der Polizist das Gespräch. „Geben Sie noch Ihre DNA-Probe bei dem Beamten dort ab.“

Als er sich nochmal umdrehte, saß der Hüne nachdenklich über seinen Unterlagen. Ob ihm die Täuschung gelungen war? Brav ließ er sich von dem Beamten eine Speichelprobe abnehmen. Anschließend gesellte er sich wieder zu den Kollegen. Die standen in kleineren Grüppchen beisammen und diskutierten die Ereignisse der letzten Stunden. Besonders der anonyme Tippgeber war ein heißes Eisen. Er hörte fast schweigend zu und warf immer wieder flüchtige Blicke zu den Beamten, die geschäftig hin und her liefen.

„Herr Baumann, kommen Sie bitte mit uns mit“, befahl plötzlich ein an ihn herangetretener Beamter. „Es haben sich einige Fragen ergeben. Folgen Sie mir bitte.“

Die erschrockenen und ungläubigen Ausdrücke in den Gesichtern der Kollegen nahm er kaum wahr. Wie im Nebel folgte er den Beamten zurück in das kleine Besprechungszimmer. Dort saß der Hüne noch immer am selben Platz. Er schien sich kaum bewegt zu haben.

„So sieht man sich wieder“, sagte er, als er hochblickte. Ohne eine Antwort zu erwarten, las er konzentriert das oberste Blatt. Die Tür öffnete sich und ein weiterer Beamter trat ein.

„Hier sind die Daten, die Thomas geschickt hat, Herr Est.“ Er übergab dem Hünen einen Stapel Papier. Das verhieß nichts Gutes.

„Wir werden nun auf die Ankunft des Kriminalhauptkommissars warten. Er hat einige Fragen an Sie.“ Damit verließ auch der Schwarze den Raum und ließ ihn nervös und mit einem Anflug von Verzweiflung zurück.

Er trommelte mit den Fingern auf dem Tisch. Die beiden Beamten, die sich an der Tür mit verschränkten Armen postiert hatten, zeigten keine Regung. Er fuhr sich durch die schwarzen Haare und trank erstmal aus seiner Flasche. Mittlerweile war das Wasser lauwarm und schmeckte zum Kotzen.

Wie lange er dort saß, wusste er nicht. Irgendwann öffnete sich die Tür und der Schwarze sowie ein weiterer

Mann in Jeans und weißem T-Shirt betraten den Raum. Die beiden Beamten postierten sich wieder schweigend neben der Tür. Er betrachtete neugierig den Mann vor sich. Das war also der berühmte Kriminalhauptkommissar William Herle. Seine schon leicht angegrauten Haare waren verwuschelt und standen in alle Richtungen ab. Rote Flecken leuchteten unregelmäßig auf seinen Wangen. Leichte Schweißflecken an seinem T-Shirt zeichneten sich unter den Achseln ab. Ein gut gebauter Körper. Er schien viel zu trainieren.

Sie fixierten einander schweigend. Patrick wusste, dass der Mann vor ihm nicht locker lassen würde. Wie ein Hund, der seine Fährte stur verfolgt. Trotzdem wollte er keine Informationen preisgeben. Sollte er ruhig noch eine Weile leiden. Das Machtgefühl jener dunklen Nacht regte sich tief in seinem Inneren. Er hatte die Macht über Leben und Tod. Er wandte sich ab, damit der Kommissar sein Grinsen nicht sehen konnte.

„Herr Baumann, haben Sie mir irgendetwas zu sagen?“, brach William Herle die Stille. Er antwortete nicht und betrachtete ein kleines Loch in der Wand. Was das wohl verursacht hatte? Ein Nagel für ein Bild vielleicht.

„Herr Baumann, Sie können mit mir sprechen“, hörte er nach einigen Minuten Schweigen die Stimme des Kommissars. Er hatte aber keine Lust mit ihm zu reden.

„Wenn Sie nicht bald was ausspucken, wird das große Konsequenzen haben, klar soweit?“, polterte der Kommissar los. Patrick schaute ihn ruhig an. Er wusste plötzlich, dass sie keine Beweise für seine Schuld hatten. Das veranlasste ihn zu einem kleinen Lächeln. Deutlich sah er, wie dem Mann unwohl wurde. Ob er ahnte, dass er nur bluffte? Es schien fast unmöglich. Der rechts stehende Beamte öffnete ihm die Tür und er verließ den Raum. Er lachte laut los. Der schwarze Hüne bedachte ihn noch mit einem langen, schweigenden Blick, bevor auch er den Raum verließ. Was er wohl dachte? Hoffentlich hatte er sich nicht irgendwie verraten. Einige Zeit später erschien der schwarze Hüne wieder an der Tür.

„Herr Baumann, Sie werden nun auf das Revier zum Verhör gebracht.“ Er nickte den beiden Beamten zu. Sie gingen auf ihn zu und der eine verbog ihm die Hände auf dem Rücken. Die Handschellen klickten metallisch. Das kalte Metall war fast angenehm auf der Haut. Der Grund allerdings nicht. Sie führten ihn vorbei an den Kollegen, dem Chef und den Beamten. Die Emotionen in ihren Gesichtern konnte er in dem Moment nicht deuten.

„Was passiert hier?“, brüllte Hannes Meyer durch den Raum.

„Herr Meyer, wir werden ihn mit auf das Revier nehmen“, antwortete der Schwarze.

„Da werde ich aber mitkommen! Herr Hartmann, Sie ebenfalls! Herr Anders, Sie übernehmen hier!“

Mehr hörte er nicht. Die Beamten hatten ihn schnell durch die Menge zu einem ihrer Streifenwagen gelotst. Die Fahrt verlief ruhig. Als sie am Revier ankamen, warteten bereits mehrere Beamte. Ein Mann mit massigem Leib und einem hochroten Gesicht stach ihm ins Auge. Der kam ihm auch bekannt vor.

„So, der Herr. Ich bin Julius Winkler, Polizeipräsident“, begrüßte ihn der Mann. Eine leichte Verärgerung schwang unverkennbar in seiner Stimme mit. Er packte ihn an den Handschellen und führte ihn durch ein Großraumbüro direkt in einen Verhörraum. Dort wartete der schwarze Polizist, zwei weitere Beamte und Herr Weiß, der Rechtsanwalt auf ihn. Schweigend nahm er neben dem Anwalt Platz, in unruhiger Erwartung dessen, was in den nächsten Minuten und Stunden passieren sollte.

Je später es wurde, desto schlechter fühlte ich mich. Meine Arme und Beine taten von den Fesseln weh. Er hatte sie fester gezogen, wie in den Tagen davor. Wie lange ich schon hier war, konnte ich nicht sagen. Die Kopfschmerzen nahm ich kaum noch wahr. Alles fühlte sich dumpf an, wie im Nebel. Nach der Schokolade war es vorerst besser gewesen. Mein Blutzucker war gestiegen und mit ihm meine Motivation. Vorsichtig war ich aufgestanden. Der Schwindel hatte mich fast wieder umgehauen. Aber so schnell wollte ich nicht aufgeben. Ich trank aus der Flasche. Es war die letzte. Ich wollte sie am Waschbecken wieder auffüllen. Schritt für Schritt kämpfte ich mich die Wand entlang. Mit den Fesseln war das nicht so einfach. Sie schnitten in die bloße Haut. Mittlerweile war alles rot, wund und teilweise blutete ich leicht. Auf dem Bettlaken waren schon ein paar Flecken verteilt.

Immer horchend, ob der Mann zurückkam, erreichte ich endlich das Waschbecken. Klares, kühles Wasser floss aus dem Wasserhahn. Ich war erleichtert.

Was wäre gewesen, wenn er das Wasser von außen abgestellt hätte? Dann wäre ich jetzt blöd dagestanden. Die Flasche war schnell gefüllt. Es war eine Wohltat.

Über den Tag hatte die Sonne das Blockhäuschen aufgeheizt.

Vielleicht kann ich ja das Fenster öffnen, dachte ich, nachdem mein Blick darauf gefallen war. Es befand sich neben der Tür und war mit einem weißen Vorhang vor neugierigen Blicken in das Innere geschützt. Frisch gestärkt nahm ich das Fenster ins Visier und hangelte mich an der Tür vorbei, bis ich den Vorhang zu fassen bekam. Aus reiner Gewohnheit griff ich zum Türgriff. Doch vergebens. Sie ließ sich nicht öffnen. Ich hörte ein leicht metallisches Klappern.

Das ist abgeschlossen, dachte ich frustriert. Mit den gefesselten Händen vor meinem Körper zog ich den Vorhang etwas zur Seite und spähte hinaus.

Ein Vorplatz mit kleinen Kieselsteinen, umgeben von einer mannshohen grünen Buschhecke. Bäume und einen Waldweg erkannte ich auch. Doch die Sonne blendete mich so stark, dass ich den Vorhang wieder zufallen ließ. Ich schloss kurz die Augen und schaute dann nach dem Griff. Er befand sich auf der linken Seite. Ich stellte erfreut fest, dass das Fenster sich ganz einfach öffnen ließ. Frische Luft umgab mein Gesicht. Warm, aber angenehmer als die stickige, heiße Luft im Blockhäuschen. Ich überlegte, wann der Mann wiederkommen würde. Konnte ich es wagen, das Fenster eine Weile offen zu lassen? Was, wenn jemand einbrechen wollte? Ich konnte mich in dem Zustand ja nicht mal verteidigen. Angestrengt versuchte ich, Papas Abwehrmaßnahmen zu rekonstruieren. Mein Kopf raste; ohne klare Gedanken hatte das keinen Sinn. Nachdenklich blickte ich auf die kleine Küchenzeile.

Eigentlich musste doch jede Küche mit Messern ausgestattet sein, oder?

Wenn man die Hütte ab und zu zum Grillen nutzen wollte, war es ja unpraktisch, immer alles mitzuschleppen, solange es hier genug Stauraum gab.

Langsam schleppte ich mich wieder in Richtung Küche. Das Fenster ließ ich offen stehen. Nachdem ich die frische Luft eingeatmet hatte, wollte ich nicht mehr auf sie verzichten.

Die Aktion kostete mich meine ganze restliche Kraft. Schwer atmend blieb ich auf halber Strecke stehen. Ich hielt mich fest und schloss die Augen. Das Bild meiner Familie stieg in mir auf. Tränen rollten meine Wange hinab, als ich die Gesichter meiner Eltern vor mir sah. Ich musste sie doch bald wiedersehen!

Das Ganze hat sowieso keinen erkennbaren Sinn, schoss es mir plötzlich durch den Kopf. *Was wollte der Typ überhaupt von mir?*

Ich öffnete meine Augen und fixierte die Schubladen in der Küche. Die Fesseln waren aus einem dickeren Seil. Da brauchte ich schon ein großes, scharfes Messer. Beim nächsten Schritt stieß ich mir den kleinen Zeh an dem Tischbein. Der Schmerz schoss hinein und entlockte mir weitere Tränen. Wenigstens war mein Kopf jetzt etwas klarer. Vorsichtiger als vorher schleppte ich mich weiter. Die oberste Schublade klemmte etwas. Ich ruckelte und dann konnte ich sie herausziehen. Enttäuscht blickte ich auf die Handtücher. Wäre ja auch ein großer Zufall gewesen, wenn da gleich ein Messer gelegen hätte. Ich zog noch die anderen Schubladen auf. Das Besteck taugte nicht viel. Auch die Messer waren stumpf und nicht zu gebrauchen. Ich warf die Schublade wieder zu. Jeder vernünftige Haushalt hatte mindestens ein oder zwei scharfe Messer. Die mussten hier sein. Nur wo?

Ich streckte mich nach oben zu den Hängeschränken. Einige Flaschen mit Gewürzen, Öl und Essig sowie allerlei Eingemachtes in Dosen stapelte sich im ersten Schrank. Daneben das restliche Geschirr, Teller, Tassen und Gläser. Die Dunstabzugshaube konnte keinen Inhalt fassen, daher wandte ich mich dem letzen Schrank zu. Auch keine Messer. Fast musste ich heulen, so enttäuscht war ich.

Ich betrachtete den restlichen Raum. Dann fiel mein Blick auf den Tisch. Wie bei Oma war es ein alter Tisch. Und auch dieser hatte eine einzelne versteckte Schublade. *Sind dort die scharfen Messer?* Adrenalin schoss durch meinen Körper und gab mir einen Ruck. Die zwei Meter schaffte ich gerade noch, ohne mich abstützen zu müssen. Ich bekam den Griff zu fassen und zerrte daran. Sie ging schwer und ich hatte kaum noch Kraft, doch als ich den Inhalt sah, konnte ich kaum glücklicher sein: Verschieden große, scharfe Messer lagen fein säuberlich in ihren bunten Scheiden in einem Schaumstoff. Jetzt liefen mir wieder Tränen über die Wangen, aber es war mir egal.

Schnell nahm ich das kleinste und das zweitgrößte Messer heraus. Ich musste sie verstecken, bevor der Mann wiederkam. Erschrocken stellte ich fest, dass ich gar nicht mehr auf meine Umgebung geachtet hatte. Da konnte ich froh sein, dass er nicht gekommen war.

Tief durchatmen!, befahl ich mir. Mit den Messern und der Flasche unter dem Arm schleppte ich mich zum Bett zurück. Ich musste sie an einem Platz verstecken, an den er nicht kam, ich aber schnellen Zugriff hatte. Ich ließ mich erleichtert nieder. Da es so heiß war, hatte ich nur Sandaletten an. Meine Hose war bereits durchgeschwitzt. Aufs Klo hatte ich nicht müssen, weil das Wasser im Körper benötigt wurde. Ich beschloss, das große Messer in die Ritze zwischen Bett und Matratze zu schieben. An der Wandseite, falls der Mann sich wieder zu mir setzen wollte. Das kleine hielt ich unschlüssig in der Hand. Ich legte es unter das Kopfkissen. Weil mir schwindelig war, beschloss ich, mich etwas hinzulegen. Ohne es wirklich zu wollen, schlief ich ein.

Als ich erwachte, wusste ich erst nicht, wo ich war. Panisch blickte ich mich im Raum um. Langsam kehrten die Erinnerungen zurück. Ich war entführt worden. Gefesselt saß ich in der Blockhütte fest. Das Gesicht des Mannes schob sich vor mein inneres Auge. Seine schwarzen Haare, das jugendliche Gesicht und der leichte Bartansatz. Die lange, hagere Gestalt. Seine leichte Berührung an meiner Wange, als er die Fesseln überprüft hatte. Sein Geruch, der sich in meiner Nase festgesetzt hatte. Er roch gut. Nicht ganz so gut wie Max, aber ähnlich. Ich wollte sein Gesicht nicht vergessen. Daher vergrub ich mein Gesicht in meinen Händen. Wie lange hatte ich wohl geschlafen? Es hatte mir gut getan. Vorsichtig schaute ich zwischen meinen Fingern hindurch. Der Mann schien nicht da gewesen zu sein. Zumindest lag keine Bäckertüte auf dem Tisch. Bisher hatte er immer eine mitgebracht. Das Licht war auch nicht mehr so hell.

Ich beschloss, zunächst etwas zu essen. Die halbe Brezel war schnell verschlungen. Von der Schokolade war nur noch eine verlaufene Masse in der Verpackung übrig. Trotzdem brauchte ich den Zucker und spülte sie mit viel Wasser nach. Da bemerkte ich auch erst, dass das Fenster offen stand. Zuerst erschrak ich. War jemand eingebrochen? Hatte man mir etwas angetan? Nein, ich war angezogen und es tat mir auch nichts weh unten. Lachend fiel mir ein, dass ich selbst das Fenster offen gelassen hatte.

Wurde ich schon verrückt? Ich schüttelte den Gedanken ab.

Angestrengt überlegte ich meine weiteren Schritte. Sollte ich warten, bis es dunkel war, bevor ich versuchte, aus dem Fenster zu klettern? Oder doch jetzt gleich? Wann der Mann kommen würde, stand in den Sternen. Da ich keine Uhr hatte, konnte ich es sowieso nicht sagen. Daher war es völlig egal. Also würde ich sofort gehen. Schlimmstenfalls erwischte er mich, während ich aus dem Fenster kletterte.

Zuerst musste ich die Fesseln aufschneiden. Ich zog das Messer aus der Spalte hervor. Vorsichtig berührte ich die Messerspitze mit dem Zeigefinger.

Eindeutig scharf!, schimpfte ich in Gedanken, als die Spitze in meine Haut drang. Das Seil ließ sich nicht ohne weiteres durchschneiden. Ich musste meine Beine fest an die Kante drücken, damit ich den Widerstand ausnutzen konnte. Zwar hatte ich schon früher Seile durchtrennt, jedoch nie mit zusammengebundenen Händen. Doch Zug und Druck taten ihre Wirkung und die Fesseln fielen ab. Meine Finger fuhren vorsichtig über die roten Wundränder, die das Seil hinterlassen hatte. Es brannte höllisch. Das große Messer war nicht handlich genug für die Handfesseln. Ich konnte es nicht richtig halten, wenn es zwischen meinen Handgelenken hing, geschweige denn genug Kraft aufwenden, um sie zu zerschneiden.

Da fiel mein Blick auf das kleine Messer. Es war unter dem Kopfkissen hervor gerutscht. Ohne nachzudenken, ergriff ich es. Die Klinge war auch scharf, wie mein Zeigefinger erneut schmerzvoll erfahren musste. Handlicher war es allemal.

Konzentriert versuchte ich, es in die richtige Position zu bringen. Mit der Spitze nach oben und zu mir. So konnte ich meine rechte Hand nach vorne biegen und Druck ausüben. Zuerst wollte das Seil nicht nachgeben. Die scharfe Klinge des Messers zerriss eine Faser nach der anderen. Das Seil schnitt mir noch etwas tiefer in die Haut. Äußerst schmerzhaft, aber ich wollte nicht aufgeben. Es strengte mich an und ich bekam einen hochroten Kopf. Schließlich gab die letzte Faser nach und mehr als erleichtert ließ ich mich rückwärts auf das Bett fallen.

Tränen liefen meine Wangen herab. Papa wäre stolz auf mich. Jetzt war ich dem Entführer nicht mehr wehrlos ausgeliefert! Mit neuem Elan stand ich auf. Der Schwindel ließ mich wanken, doch ich atmete tief durch, dann ging es wieder. Mein Blick streifte durch das Blockhäusle.

Was sollte ich mitnehmen, um zu überleben? Ich hatte schließlich keine Ahnung, wo ich war.

Kurz entschlossen packte ich die Flasche Wasser und die beiden Messer in die Tasche, die der Mann dagelassen hatte. Die schmale Decke stopfte ich ebenfalls hinein. Zu Essen hatte ich allerdings nichts mehr, doch im Moment bereitete mir das keine Sorgen. Ich ging langsam zum Fenster. Der Schwindel hatte etwas nachgelassen. Der Vorhang ließ sich nicht so einfach zurückschieben. Er klemmte etwas. Das Fenster war zum Glück keines, das unüberwindbar war. Ich ließ die Tasche in das Blumenbeet darunter fallen. Dass es Schaden nahm, war mir völlig egal. Das Hochziehen am Fensterbrett funktionierte nicht so ganz. Ich hatte kaum noch Kraft, mich hochzuziehen, geschweige denn, meinen kompletten Körper zu stemmen.

Als mein Blick durch das Innere des Blockhäuschen fiel, fackelte ich nicht länger. Ich zog den Stuhl an das Fenster, kletterte darauf und konnte mich so auf das Fensterbrett setzen. Dann sprang ich hinab. Der Aufprall kam überraschend. Beinahe knickte mein Fuß um, aber ich konnte mich rechtzeitig fangen. Schwer atmend saß ich auf dem Boden. Glücklich stemmte ich mich in die Höhe. Mein Knöchel schmerzte leicht. Die Wunden an den Waden und den Handgelenken pochten. Ich nahm die Tasche und schaute mich um.

Ein schönes Blockhäuschen war es ja, musste ich mir eingestehen. Sofern man nicht darin gefangen war. Ein einfacher Kiesweg führte zu einer geteerten Straße. Da ich nicht wusste, wo ich war, ging ich spontan nach rechts. Langsam, im Schatten der Bäume, ging ich vorwärts. Mittlerweile wurde es schnell dunkel. Ich musste mir einen Unterschlupf suchen. Die Nächte konnten mittlerweile ziemlich kalt werden. Da war die Decke hilfreich.

Plötzlich entdeckte ich einen schmalen Trampelpfad. Dem folgte ich ohne Zögern. Durch das Gestrüpp war es nicht so einfach. Offenbar wurde der Pfad nicht oft genutzt. Die Äste und Zweige strichen über meine nackten Beine und Arme. Sie hinterließen schmale, rote Striemen.

Alleine im Wald war es unheimlich. Ich wünschte mir irgendjemanden an meiner Seite. Mit Lasse hätte ich keine Angst, er würde mich beschützen. Mehrmals stolperte ich über Wurzeln oder Steine. Meine Augen schmerzten und waren kaum offen zu halten. Dadurch war der Weg nicht gut zu erkennen. Es musste doch irgendwo eine kleine Höhle oder wenigstens einen Unterschlupf geben?

Schritt für Schritt kämpfte ich mich vorwärts. Die Geräusche wurden lauter, je dunkler es wurde. Es raschelte im Gebüsch neben mir. Starr vor Schreck blieb ich stehen. Erneut raschelte es und dann hüpfte ein Eichhörnchen vor mir auf den Weg. Es guckte mich schief an und verschwand hinter dem nächsten Baum. Erleichtert wagte ich mich weiter. Ein leichter Wind wehte nun. Er ließ die Baumwipfel hin und her schwanken. Nach einer Weile nahm ich es kaum noch wahr.

Irgendwann, nach einigen Kurven mal links und mal rechts herum, stand ich auf einer kleinen Lichtung. Eine Felswand auf der rechten Seite, der Rest von Tannen gesäumt. Der Pfad führte schräg darüber und dann verlor er sich neben der Felswand im Dunkeln. Ich blickte nach oben. In etwa drei Metern Höhe meinte ich eine kleine Öffnung zu erkennen. Ich schaute mir die Beschaffenheit der Felswand an. Tatsächlich gab es so etwas wie eine Treppe nach oben. Sollte ich Glück haben und eine geheime Höhle entdeckt haben? Vielleicht mit Spuren aus der Vergangenheit?

Kurz entschlossen zog ich mich an den leichten Vorsprüngen hinauf. Es war nicht so einfach, wie ich gedacht hatte. Sie waren glatt und durch Regen glitschig geworden. Eine Ranke wuchs parallel hinauf. An ihr hielt ich mich wie an einem Geländer fest. Ich zog mich den letzten Vorsprung hinauf. Erfreut blickte ich auf eine kleine Fläche. Hier konnte man gut sitzen. Ich krabbelte auf allen vieren, mehr Kraft hatte ich nicht mehr. Vorsichtig blickte ich hinunter. Es waren nur ungefähr drei Meter, aber mir kam es viel höher vor. Ich zog mich zurück.

Da entdeckte ich hinter mir eine Öffnung. Ich kroch ohne nachzudenken hinein und landete in einer Höhle. Klein, aber sie bot ausreichend Schutz vor Regen und Kälte. Es war angenehm. Ich zog die Decke aus der Tasche und legte sie auf den Boden. Tiere schienen hier nicht hereingekommen zu sein. Zumindest roch es nicht danach und es waren keine Kotspuren auf dem Boden zu sehen.

Erleichtert ließ ich mich nach der kleinen Inspektion auf die Decke fallen. Die Hälfte zog ich über mich drüber. Mein nutzloses Handy legte ich in die Tasche, damit es mich beim Schlafen nicht störte.

Nachdenklich schaute ich durch die Öffnung in den dunklen Himmel. Leichter Regen begann zu fallen.

Er wird meine Spuren verwischen, dachte ich traurig. *Wird man mich hier je finden?*

Langsam rollte die erste Träne über meine Wange. Ich wischte sie nicht weg und vergrub mein Gesicht in meinen Armen.

27

SAMSTAG ABEND

Walter stellte das Telefon auf die Ladestation. Es gab immer noch keine neuen Informationen darüber, wo Anna sich befand. Seine Hilfe hatte William dankend abgelehnt. Sämtliche Polizeieinheiten durchkämmten auch heute mit einer groß angelegten Suche den Blauen Wald, die alte Ruine und bekannte Stellen in Spullberg, Tigersheim und Wildberg. Viele Freiwillige beteiligten sich an der Suche. Doch ohne einen Anhaltspunkt vom Täter konnte sie überall sein. Eben hatte William ihm mitgeteilt, dass sie den mutmaßlichen Täter festgenommen hatten. Walter wusste den Wert der Information zu schätzen. Hoffentlich gab er Annas Aufenthaltsort schnell preis. Wer wusste, wie groß ihre Angst war, oder ob sie überhaupt noch lebte. Er hatte mal gelesen, dass die ersten 24 Stunden nach einer Entführung entscheidend waren. Danach sank die Überlebenschance des Opfers sehr schnell. Mittlerweile war sie fast 48 Stunden verschwunden. Niemand hatte sie seit Donnerstag Abend gesehen.

Er schob die Gedanken beiseite und nahm seinen Autoschlüssel. Der Kern der Gruppe wollte sich heute treffen, um über die Anzeigen zu beraten, und darüber, wie man die anderen von größeren Dummheiten abhalten oder den aktuellen Baustopp nutzen konnte. Schweigend und ohne Musik fuhr er nach Spullberg. Dort angekommen, begegnete er als erstes Norbert.

„Die Anzeigen laufen“, meinte der anstatt einer Begrüßung grimmig.

„Okay, naja, mal schauen was dabei rauskommt.“

„Ich habe vorhin gehört, dass man einen Verdächtigen in den beiden Mordfällen verhaftet hat.“

Woher Norbert auch diese Information hatte, Walter nickte nur.

„Ich hoffe, er bekommt seine gerechte Strafe!“, brummte Norbert, während er ein paar Stühle an einen kleinen Tisch stellte. „Die haben mir allen Ernstes eine Anzeige wegen Aufhetzung aufgegeben. Ich sei die treibende Kraft, die Schuld daran hätte, dass die anderen Gesetze übertreten haben. Ohne mich wäre die Gruppe schon vor Wochen auseinandergefallen!“

Bevor Walter etwas entgegnen konnte, betraten Thomas und Gunther den Raum.

„Hallo, ihr beiden“, grüßte Thomas fröhlich.

„Was verschafft dir so gute Laune?“, fragte Norbert angriffslustig.

„Unsere Unterschriftenaktion hat ihr Ziel erreicht“, entgegnete Thomas gelassen. Ihm schien die unterschwellige Aggression gar nicht aufzufallen.

„Ja, das ist doch eine gute Neuigkeit“, freute sich Walter.

„Angesichts dessen, dass der Täter anscheinend gefasst wurde, könnte man es so bezeichnen."

„Norbert!", schimpfte Walter genervt. „Was ist dein Problem?"

Thomas und Gunther hielten die Luft an, als Norbert explodierte.

„Was mein Problem ist, fragst du? Diese verdammte Biogasanlage wird immer noch gebaut, auf einem Gelände, welches eigentlich unter Schutz stehen sollte! Der Lebensraum der Baumfalken wird verschwinden! Man hat mich angezeigt! Wegen Hetzerei, Behinderung der Arbeiter, Sachbeschädigung und Rufmord! Nur weil so ein dahergelaufener Bürgermeister meint, seine Meinung durchsetzen zu müssen!"

Sie ließen ihn toben. Norbert ließ noch einige Flüche vom Stapel, die seine Wut auf das gesamte Vorhaben und die Beteiligten durchblitzen ließ. Allmählich beruhigte er sich.

„Wie sollen wir weiter vorgehen?", fragte Thomas nach einer Weile.

„Ganz einfach. Wenn die weiterbauen, werde ich das Teil in die Luft jagen!", entschied Norbert grimmig. Die anderen blickten sich entsetzt an.

„Das wird aber eine böse Anzeige geben", meinte Thomas.

„Mir egal. Ich jag' das Scheißteil in die Luft und niemand wird mich aufhalten!", schimpfte Norbert. „Ich habe bereits Vorbereitungen getroffen! Sie werden bald in die Tat umgesetzt! Verlasst euch darauf!“

Damit verließ er den Raum und ließ drei entgeisterte Gruppenmitglieder sitzen.

„Wir müssen ihn stoppen“, fing sich Gunter als erster.

„Das hat keinen Sinn“, unterbrach Walter sofort. „Wenn der sich etwas in den Kopf gesetzt hat, ist es vorbei. Das zieht der mit allen Mitteln durch. Ihr kennt ihn doch!“

„Schätze, da hast du recht“, meinte Thomas bedrückt.

„Wenn er es tut, wissen wir von nichts. Ich werde mich nicht einmischen“, sagte Walter energisch. Die anderen nickten zustimmend. Sie besprachen noch den Rest, weshalb sie gekommen waren.

Als Walter das Rathaus verließ, fühlte er sich machtlos. Weder war es ihm gelungen, den Bau der Anlage zu verhindern, noch Norbert davon abzuhalten, sie möglicherweise in die Luft zu sprengen. Zuhause im Bett lag er noch lange wach und versuchte zu begreifen, was das für Konsequenzen haben mochte.

Er schwieg. Was sollte er auch sonst tun? Der Anwalt Hartmann hatte ihm klar gesagt, es wäre das Beste für ihn. Die beiden Beamten kannte er nicht. Sie hatten sich an der Tür postiert, so wie in dem Besprechungszimmer.

Der schwarze Polizist saß wieder vor ihm. Er las ihm den Tatvorwurf vor.

„Sie, Herr Baumann, stehen unter Verdacht, die Tochter des Polizeipräsidenten entführt zu haben. Was sagen Sie dazu?“

„Herr Baumann, Sie sagen erstmal gar nichts“, mischte sich Herr Hartmann ein. „Der Tatvorwurf muss begründet sein. Ansonsten können Sie ihn nicht festhalten!“

„Genügt Ihnen ein Zeuge, der sein Fahrzeug am Abend des 16. Juni gegen 21.30 Uhr auf dem Wanderparkplatz *Zum Blauen Wald* gesehen hat?“, entgegnete der Polizist gelassen. „Die Spurensicherung hat zudem von besagtem Platz Reifenspuren nehmen lassen. Diese werden im Augenblick mit denen des Verdächtigen verglichen. Das Ergebnis ist jeden Moment zu erwarten. Außerdem habe ich hier den Gerichtsbeschluss.“

Ohne weitere Worte überreichte er dem Anwalt zwei Blätter. Der las sie durch und nickte grimmig.

„Gut, das geht dann wohl in Ordnung.“

„Herr Baumann, äußern Sie sich“, wiederholte der Polizeibeamte. „Nun gut. Wir prüfen jetzt Ihre Daten. Sie heißen Patrick Baumann, sind 35 Jahre alt und ledig. Korrekt?“

Er nickte nur. Die konnten ihm gar nichts nachweisen. Obwohl ihm war kurz das Herz in die Hose gerutscht, als der Schwarze von einem Zeugen gesprochen hatte. Den Jungen hatte er doch niedergeschlagen! Der dürfte nichts wissen. Der Schlag war fest gewesen. Er hatte auch weiter entfernt geparkt.

Der Polizist fragte ihn nach seiner Karriere, der Bewährungsstrafe und seiner Position in der *Victor Bauer Energie GmbH.* Mehr war aus ihm nicht herauszubekommen. Der Beamte versuchte noch einige weitere Tricks. Schließlich schwieg auch er. Sie starrten einander an. Auf seinen Widerstand war er stolz. Keiner war stark genug, um ihn zu brechen.

Wie viel Zeit vergangen war, konnte er nicht sagen. Irgendwann, nach einem langen Schweigen, welches sogar der Anwalt nicht zu unterbrechen wagte, öffnete sich die Tür. Ein junger Mann trat ein. Den hatte er vorhin schon gesehen. Er legte ein Blatt vor den Ermittler.

„Anweisung vom Chef", erklärte er knapp.

„Herr Baumann, wir nehmen jetzt Fingerabdrücke von Ihnen", wandte sich der Polizist an ihn. Unbeeindruckt schaute er auf den Boden.

„Mit welcher Begründung?", fragte der Anwalt.

„Standardverfahren", behauptete der Ermittler. „Bitte schön."

Der junge Mann trat näher und nahm ein Döschen schwarzer Tinte und eine vorgefertigte Schablone für die einzelnen Finger aus seiner Tasche. Patrick tunkte sie widerwillig in die Farbe und setzte sie auf die Schablone. Dann zog der junge Mann ein großes Wattestäbchen aus einem weiteren Döschen und hielt es vor seinen Mund.

„Mund auf, Stäbchen rein", zitierte er die Werbung der DKMS. Das fand Patrick gar nicht lustig. Trotzdem öffnete er brav seinen Mund. Der junge Mann rieb das Stäbchen an der Innenseite seiner Wange.

„Das war's auch schon", verkündete er grinsend. Er schien der Einzige mit guter Laune zu sein. Die anderen verzogen keine Miene. Der Schwarze betrachtete ihn immer noch. Er begann, sich unwohl zu fühlen. Der junge Mann verließ den Raum.

„Herr Baumann, haben Sie Herrn Schwab und Herrn Schmidt ermordet?"

Die Frage des Ermittlers ließ ihm das Herz in die Hose rutschen. Sie kam so unerwartet, dass er unbewusst nach Luft schnappte. Seine Gedanken rasten im Kreis. Was hatten sie in der Hand? Er war sich so sicher gewesen, dass keine Beweise gegen ihn vorlagen. Das leicht triumphale Lächeln im Gesicht des Schwarzen war ihm nicht entgangen. Sie wollten seine Reaktion prüfen. Seine Handflächen waren schweißbedeckt. Schnell wischte er sie an der Hose ab.

„Haben Sie etwas zu sagen?", fragte der Hüne. Seine Anspannung war im Raum förmlich zu spüren. Auch der Anwalt setzte bereits zum Sprechen an. Er kam ihm zuvor.

„Nein. Ich war's nicht", antwortete er mit fester Stimme. Es war unmöglich, dass sie ihm das nachweisen konnten. Er musste nur fest daran glauben. Die hochgezogenen Augenbrauen des glatzköpfigen Schwarzen sahen so lustig aus, dass er beinahe loslachen musste. Seine Kopfschmerzen meldeten sich wieder. Jenes Machtgefühl aus der dunklen Nacht wurde wieder stärker. Er war Gott. Allein von seiner Entscheidung hing ab, ob er erwischt werden würde oder nicht.

„Ich glaube Ihnen nicht."

„Das ist Verleumdung!", platzte es da wütend aus ihm heraus. Mussten ihn die Leute immer provozieren? Das hatte er als Kind schon gehasst. Aus dem Augenwinkel sah er den Anwalt zustimmend nicken.

„Dafür brauchen Sie einen Beweis", stellte der Anwalt klar.

„Die sind in Arbeit", sagte der Polizist ruhig und stand auf. Seine große, breitschultrige Gestalt wirkte einschüchternd auf ihn. Plötzlich fühlte er sich wieder klein. Wie damals, als sein Vater ihn wegen des toten Hundes befragt hatte. Dieses Gefühl wollte er nie wieder erleben. Er streckte seinen Rücken durch.

Ganz ruhig, ermahnte er sich. Schließlich hatte ihn niemand gesehen.

Der Hüne schaute noch einmal nachdenklich auf ihn herab und verließ den Raum. Klackend fiel die Tür ins Schloss.

„Ohne Beweise können die Ihnen gar nichts. Aber jetzt mal ganz im Ernst. Haben Sie die Taten begangen?"

Er schwieg. Die konnten ihn bestimmt durch die Wand hören.

„Nein", antwortete er nach einer Weile. Der Anwalt seufzte.

„Ich kann Ihnen nicht helfen, wenn Sie mir nicht die Wahrheit sagen. Ich hole mir die Akten und schaue mal, was da los ist."

Damit ging auch der Anwalt und ließ ihn allein zurück. Er trommelte mit den Fingern auf den Tisch. Was sollte er nur tun? Sie konnten keine Beweise haben.

Unmöglich. Oder doch? Verdammt!

Im dem Moment, in dem seine Faust auf den Tisch knallte, drehte ihm jemand den Arm auf den Rücken. Bevor er wusste, wie ihm geschah, hörte er das metallische Klicken von Handschellen. Die Kälte drang durch seine Handgelenken in seinen Körper und ließ ihn wieder ruhig werden. Der Beamte warf ihm einen strengen Blick zu. Wortlos ging er zurück zu seinem Posten. Auch der zweite, der sich auf die andere Seite gestellt hatte, ging langsam zurück. Perplex saß er da. Vorsichtig bewegte er seine Arme. Viel Spielraum hatte er nicht. Die Handschellen saßen fest. Das metallische Klirren zeigte ihm deutlich, dass der Stuhl ebenfalls angekettet war. Es gab kein Entrinnen.

Frustriert lehnte er sich zurück. Die konnten ihn mal alle am Arsch lecken! Sein Blick schweifte durch den Raum. Ein Verhörraum, wie man es aus den Filmen kannte. Ein schmuckloser, quadratischer kleiner Raum mit einem Tisch und vier Stühlen. Eine große Spiegelwand, direkt neben der Tür. Dahinter vermutete er weitere Beamte, die ihn beobachten konnten. Eine Seite war durchlässig, die andere nicht. Die Wände waren grau gestrichen. Es war ungemütlich und ohne Fenster, damit man wenigstens den Sonnenstand nachvollziehen konnte. Ohne Uhr war man aufgeschmissen. Sein Handy hatten sie ihm im Auto abgenommen.

Irgendwann begann er, die unregelmäßigen Flecken an der Wand zu zählen. Die Untätigkeit machte ihn nervös.

Zu gerne wäre er aufgestanden. Seine Unruhe bemerkten nun auch die Beamten. Sie sahen sich kurz an und einer verließ den Raum. Er kehrte mit einer Flasche Wasser und einer Brezel zurück. Das stellte er vor ihn hin und ging zurück an seinen Posten. Ohne zu danken, verleibte er sich alles ein. Vor allem die Flüssigkeit tat ihm gut. Währenddessen überlegte er, wie er hier herauskommen konnte. Das Mädchen war in der Hütte gut aufgehoben. Keiner würde sich an das Häuschen erinnern, das er von einer entfernten Tante geerbt hatte. Allerdings gingen die Lebensmittel zur Neige, weil er nichts nachgekauft hatte. Er hatte nicht damit gerechnet, auf dem Polizeirevier zu landen. Ihm fiel immer noch nichts ein, was sie gegen ihn in der Hand haben konnten.

Ein kurzes Klopfen riss ihn aus den Gedanken. Der Schwarze trat mit ernster Miene ein. Hinter ihm erschienen der junge Mann und der Anwalt Weiß. Sie nahmen wieder ihre Plätze ein. Der Schwarze verzog keine Miene. Eine dunkle Maske.

„Herr Baumann, Sie haben mich belogen“, schoss es aus ihm heraus. Sein Herz rutschte in die Hose.

Nein!, dachte er entsetzt. *Das konnte nicht sein!*

Wortlos legte der Polizist mehrere Fotos vor ihn hin. Mit zittrigen Händen nahm er das erste in die Hand. Es zeigte eine Glasscherbe, an der Blut haftete. Er wagte es nicht, an den Kratzer an seinem rechten Unterarm zu denken. Den hatte er erst zuhause bemerkt, nach der Sache mit dem Arbeiter. Schnell legte er das Bild auf die Seite. Das zweite zeigte eine Fläche mit weißem

Pulver. Die darin enthaltenen Spuren erkannte er als Fingerabdrücke.

Seine? Unmöglich! Die Handschuhe hatte er doch nie abgelegt. Auf dem nächsten Foto war ein Messer abgebildet. Eiskalt durchfuhr es ihn: Sein Taschenmesser! Das lag zuhause in der Schublade. Sorgfältig verwahrt in der obersten Schublade im Flur, allzeit griffbereit. Er hatte es in jener dunklen Nacht dabeigehabt.

Woher hatten die es? In seine Wohnung durfte niemand ohne Erlaubnis. Nicht mal der Vermieter, der gerne unangemeldet vor der Tür stand. Der hatte die Beamten reingelassen, da war er sich sicher. Das vierte zeigte erneut das Messer. Diesmal leuchtete es im Halbdunkel pink. Fast die gesamte Fläche von der Spitze abwärts.

Was hatte das zu bedeuten? Ihm wurde schlecht. Auf dem nächsten war ein Haus abgebildet. Das Haus seiner Eltern. Sie wussten nichts davon. Das letzte zeigte eine Reifenspur.

Etwa die von seinem Auto? Unmöglich. Der sandige Platz konnte keine Spuren konserviert haben.

Er blickte auf. Der Anwalt schaute besorgt auf seinen Aktenstapel und blätterte unruhig darin herum. Der Ermittler musterte ihn, ohne eine erkenntliche Reaktion zu zeigen. Der junge Mann, dessen Namen er immer noch nicht wusste, grinste triumphierend. Dem würde er schon noch das Grinsen aus dem Gesicht schlagen. Er ballte die Faust.

„Herr Baumann, Sie sind sehr blass“, begann der Schwarze. „Ist Ihnen nicht gut? Nun, mir ist auch nicht wohl. Irgendwo da draußen sitzt ein Mädchen allein und ängstigt sich, während wir uns unterhalten. Ich denke, Sie wissen, was ich erwarte."

Die Wahrheit wollte er wissen. Diesen Gerechtigkeitswahn hatte er schon bei anderen Polizisten erlebt. Jeder, der sich nicht an die Gesetze hielt, wurde zu einer Strafe herangezogen. Er hatte nicht vor, darauf einzugehen.

„Haben Sie ein Alibi für die Nächte des 08. Juni, des 11. Juli und den Abend der Entführung am 16. Juli?"

Er zuckte nur mit den Schultern. Kein Blick zum Ermittler, sonst würde sein Widerstand brechen. Das wusste er zu gut.

Bloß nicht auf die Spielchen einlassen!

„Herr Baumann, antworten Sie. Das ist besser", ermahnte ihn der Anwalt.

„Ich war zuhause. Im Bett. Allein." Wütend funkelte er den Polizisten an. Ein Fehler, den er sofort bereute.

„Das heißt, Sie haben kein Alibi", stellte der Schwarze gelassen fest. „Gut, denn Sie haben die Taten ja begangen. Es gibt Spuren von Ihnen an allen drei Tatorten."

Zufrieden lehnte er sich zurück und betrachtete ihn. Ihm wurde heiß und kalt. Wie ein Blitz schoss Adrenalin durch seinen Körper.

„Die Glasscherbe haben wir bei dem einbetonierten Arbeiter gefunden", gab der junge Mann nun preis und hielt ihm jedes Foto dabei einzeln unter die Nase. „Ihr Blut, Ihre DNA haftet daran. Die Fingerabdrücke sind von der Betongrube. Das bedeutet, wir wissen von Ihrer Anwesenheit. Das Taschenmesser befand sich in der obersten Schublade im Flur Ihrer Wohnung. Ihre Eltern und Ihr Vermieter haben uns freundlicherweise die Durchsuchung gestattet. Als wir das Messer im Labor untersucht haben, zeigte uns das Luminol, dass es in Blut getaucht worden ist. Die gefundene DNA stammt von dem ermordeten Steuerberater. Das Haus Ihrer Eltern kennen Sie ja. Sie haben mir erzählt, es sei vermietet und die darunter liegende Einliegerwohnung würde gerade renoviert. Einen Schlüssel haben Sie ja. Haben Sie das entführte Mädchen dort hingebracht? Die Reifenspur haben wir am Wanderparkplatz gefunden. Dort, wo man sie zuletzt gesehen hat. Ihr silberner Golf ist einigen Zeugen aufgefallen."

Je länger der junge Mann sprach, desto bewusster wurde ihm, dass die Beamten ihm auf der Spur waren. Dichter, als er es für möglich gehalten hatte. Die Technik konnte ihm jetzt zum Verhängnis werden. Sein Herz raste.

„Herr Baumann, das sind sehr belastende Beweise, die hier vorgebracht worden sind. Sie wurden alle sorgfältig geprüft. Ich bitte Sie inständig, die Wahrheit zu sagen. Es sieht verdammt schlecht für Sie aus." Der Anwalt stellte sich also auf die Seite der Bullen.

Interessant, dachte er.

Etwas brummte. Der junge Mann zog mit wichtiger Miene sein Handy aus der Tasche. Er zeigte dem Polizisten die Nachricht. Der nickte.

„Ihre Eltern sind soeben angekommen", ließ der die Bombe platzen. Er schloss die Augen. Weshalb denn das? Wollten sie ihn weich klopfen? Das würde nicht funktionieren. Als er die Augen öffnete, verließ der junge Mann gerade den Raum.

„Ihre Eltern haben der Durchsuchung der Wohnung zugestimmt“, sagte der Hüne bedrohlich. „Antworten Sie auf meine Frage!“

Das konnte er sich sonst wohin stecken. Er würde nicht antworten.

„Wie Sie wünschen.“

Der Schwarze stand auf und wirkte mit seiner großen Gestalt plötzlich so einschüchternd auf ihn, dass er schlucken musste. Seine Gedanken rasten im Kreis. Hier kam er nicht so einfach raus wie damals bei der Sache mit den Giftködern. Was sollte er nur tun? Der Anwalt tat so, als sei er in die Unterlagen vertieft. Die ersten Schweißtropfen liefen ihm über die Stirn. Der Schwarze bedachte ihn mit einem bitterbösen Blick, bevor er aus dem Raum ging.

„Herr Baumann, zum letzten Mal. Sagen Sie bitte die Wahrheit!“, ließ sich der Anwalt leise vernehmen. Er antwortete nicht. Im nächsten Moment ging die Tür auf und seine Eltern betraten den Raum. Sein Vater, schweigsam und mit versteinertem Gesicht nahm ihm gegenüber Platz. Seine Mutter, die emotionale, hatte vom Weinen gerötete Augen, als sie sich daneben setzte.

„Bub, was machst du denn?“, fragte sie ihn entsetzt. Sanft zog sie seine Hände in ihre Richtung. Er ließ es geschehen.

„Hast du das Mädchen entführt?“ Ihre Augen drückten eine Mischung aus Trauer und Schmerz aus, der schwache Hoffnungsschimmer war kaum wahrnehmbar. Hoffte sie immer noch, dass er der kleine unschuldige Junge von früher war? Der niemandem etwas Böses wollte?

Selbst als die Sache mit den Giftködern herausgekommen war, hatte keiner sie überzeugen können, dass er alles allein gemacht hatte.

„Junge, antworte mir“, flehte sie ihn an. Er musste die Zähne aufeinanderpressen, um nicht alles zu erzählen. Das fehlte ihm gerade noch.

„Die Beamten sind schon auf dem Weg zu unserem Haus“, plauderte sie aus. „Sie werden alles auf den Kopf stellen. Wenn sie das Mädchen finden, dann ist es vorbei. Die sperren dich diesmal richtig ein. Nicht nur in dieses weiße Haus, sondern ins Gefängnis. Tu mir das nicht an, bitte!“

Der flehende Hundeblick aus ihren großen braunen Augen brachte ihn aus dem Takt. Schneller, als er es begriffen hatte, drang sie in sein Herz und trieb ihm eine Träne in die Augen.

Alle zuckten zusammen, denn in diesem Moment ging die Tür auf und der Polizist stand wieder im Raum.

„Herr und Frau Baumann, ich muss Sie nun bitten, den Raum zu verlassen.“

Seine dunkle Stimme zeigte ihre Wirkung. Seine Eltern standen auf und verließen wortlos den Raum. Seine Mutter drehte sich noch einmal um.

„Es tut mir leid“, sagte sie leise. Dann fiel die Tür hinter ihr ins Schloss. Der Schwarze strahlte eine Kälte aus, die ihn plötzlich frösteln ließ. Von einem Moment auf den anderen schien die Zeit im Raum stillzustehen.

„Wo ist sie?“

In seiner dunklen Stimme klang eine Bedrohung mit, die darauf schließen ließ, dass er sich besser nicht mit ihm anlegen sollte.

„Ich weiß es nicht“, antwortete er eingeschüchtert. Wie nahe er der Wahrheit hier war, ahnte er selbst nicht.

„Sie wissen es“, beharrte der Hüne dickköpfig.

„Herr Est, dass, was Sie da behaupten, finde ich hochgegriffen. Die Reifenspuren sind nur Indizien. An dem See sind schließlich viele Leute unterwegs. Wäre es nicht denkbar, dass die Spuren von einem anderen Fahrzeug stammen könnten?“, gab der Anwalt zu bedenken.

„Wir ziehen alle Möglichkeiten in Betracht“, antwortete der Polizist mit einem bösen Blick. „Es gibt einen Zeugen, der das Fahrzeug Ihres Mandanten am fraglichen Abend dort gesehen hat.“

„Etwa der schwarzhaarige Junge?“, rutschte es ihm heraus. Das Adrenalin schoss im selben Moment durch seinen Körper, als er realisierte, was er eben getan hatte. Das konnte doch nicht wahr sein! Wie blöd war er nur! Stocksteif saß er da und erwartete sein Urteil.

„Faszinierend“, sagte der Polizist scharf. „Ich erwähnte in keiner Weise das Geschlecht oder die Haarfarbe des Zeugen. Geben Sie nun zu, an besagtem Abend in der Nähe des Entführungsortes gewesen zu sein?“

„Herr Baumann, ist das Ihr Ernst?“, kam ihm der Anwalt zuvor.

„Ich werde nichts mehr sagen“, blockte er.

„Die Aussage zu verweigern, bringt Ihnen rein gar nichts. Das sollte aber klar sein“, meinte der Schwarze. Das Blitzen in seinen Augen konnte nichts Gutes bedeuten.

Plötzlich ging die Tür auf. Der junge Mann stürzte aufgeregt herein.

„Florian, es gibt einen weiteren Anhaltspunkt! Die Mutter hat es uns eben erzählt.“

Nach Luft schnappend stand er neben dem Hünen. Der nahm unbeeindruckt das Blatt Papier entgegen.

„Interessant“, meinte er, als er es gelesen hatte. „Geben Sie das sofort an William weiter. Er soll dorthin fahren.“

Der junge Mann nickte und verließ schnell den Raum. Der Anwalt und der Polizist blickten einander an.

„Herr Baumann, Ihre Mutter gab uns eben die Information, dass es im Blauen Wald oberhalb Wildbergs eine kleine Gartenhaussiedlung gibt. Dort haben Sie ein kleines Blockhäuschen, welches von Ihrer verstorbenen Tante vererbt wurde. Korrigieren Sie mich, falls nötig.“

Der Hüne lehnte sich zurück, wie eine Raubkatze kurz vor dem Angriff.

„Es stimmt. Die Blockhütte gibt es“, gab er nach einigen Minuten zu. Der Anwalt schlug seine Akte zu. Florian hatte schon sein Handy in der Hand.

„Will, ich bin‘s“, sagte er. „Fahrt nach Wildberg. Es gibt eine Gartenhaussiedlung etwas oberhalb der großen Felswand. Eine davon gehört unserem Verdächtigen.

Ben schickt dir die genaue Adresse und Lage. Durchsuchungsbeschluss ist auf dem Weg. Beeil dich!“

Als er auflegte, war sein Gesicht eine wutverzerrte Fratze.

„Sie haben einigen Ärger am Hals“, polterte er los. „Ich verhafte Sie wegen zweifachen Mordes und der Entführung von Anna Herrle. Wehe, das Mädchen lebt nicht mehr! Keiner kann Ihnen dann noch helfen! Los, abführen!“

Der Anwalt protestierte, doch die Beamten führten Florians Befehl sofort aus. Sie zogen ihn an den Handschellen hoch und führten ihn nach unten zu den Zellen. Dort schoben sie ihn in die erstbeste leere hinein. Der Schlüssel drehte sich mit einem metallischen Knacken.

Erschöpft ließ er sich auf die Pritsche fallen. Was war nur passiert? Er war doch Gott. Wo war dieses Machtgefühl jener Nacht geblieben? Es hatte ihn im Stich gelassen, so wie alle, immer schon. Er drehte sich um und vergrub sein Gesicht in seinen Armen und dem Kissen. Jetzt konnte er nur noch hoffen. Wenn sie das Mädchen fanden, hatte er verloren. Er war wütend, auf sich selbst und auf die anderen. Warum brachten sie ihn immer dazu, solche Sachen zu machen? Seine Hilflosigkeit lähmte ihn. Und das machte ihm am meisten zu schaffen ...

28

SAMSTAG NACHT

Mit bangem Herzen startete William zur gleichen Zeit, als sie vom Elternhaus der Baumanns erfuhren, seinen Wagen und fuhr mit quietschenden Reifen los. Die kleine Hoffnung, an die er sich die letzten Stunden geklammert hatte, wurde wieder größer. Anna musste einfach dort sein und leben! Es durfte nicht anders sein. Sein Kopf weigerte sich andere Möglichkeiten in Betracht zu ziehen. Grausame Bilder tauchten vor seinem inneren Auge auf. Anna tot, nackt, irgendwo halb im Wald verscharrt. Auf anderen gefesselt, mit blutunterlaufenen Augen und Striemen auf dem Rücken. Schnell schob er die Gedanken beiseite. Die Nacht war bereits hereingebrochen. Mit Blaulicht fuhr eine ganze Wagenkolonne auf dem schnellsten Weg in Richtung Stuttgart. Auf der Autobahn war nicht viel Verkehr und das blaue, kreisende Licht der Wagen tat sein Übriges. Zügig kamen sie voran. Sie bogen ab und es ging durch ein kleines Industriegebiet. Mehrere hochangesehene Firmen hatten hier ihren Sitz.

Der Wagen vor ihm bog links in die Straße ein. Ein blauer BMW mit Stuttgarter Kennzeichen war stehen geblieben, um die Kolonne durchzulassen. Vor einem Haus mit großem Garten hielt der erste der schwarzen Sprinter. Alle anderen hielten dahinter, dort, wo es gerade ging. Sie blockierten die gesamte Straße. Aus den

Sprintern stiegen die Männer des Sondereinsatzkommandos aus, das Spezialteam für Geiselnahmen, Entführungen, Terrorismusbekämpfung und Zeugenschutz.

Der Hauptmann Wolfgang Schneider gab nur ein paar Handzeichen und die Männer in ihren schwarzen schusshemmenden Westen, bewaffnet mit Maschinenpistolen, bewegten sich lautlos. Ihre Helme schimmerten im Licht. Sie huschten durch das kleine Tor auf das Gelände, links entlang an der Mauer zur Terrasse, die von vorn einsehbar war. Fünf weitere taten dasselbe auf der rechten Seite. Dort führte eine kleine Treppe hinab. Möglicherweise war da der Eingang zur Einliegerwohnung.

William folgte dem Hauptmann an die große weiße Eingangstür. Er klingelte und ein tiefer Gong ertönte. Mehrere Minuten vergingen. Wolfgang Schneider zeigte keine Regung, während William schon begann, unruhig mit den Füßen zu wippen. Endlich erlöste ihn der Hausbewohner. Ein Mann mittleren Alters mit angegrauten Haaren und einer verrauchten Stimme öffnete die Tür.

„Ja, bitte schön?"

Fragend schaute er die beiden Beamten an. Der Hauptmann hielt ihm den Durchsuchungsbeschluss unter die Nase.

„Es wird vermutet, dass sich hier auf dem Gelände ein entführtes Mädchen aufhält. Wir werden jeden Raum, jede Ecke und jeden Schrank auseinandernehmen. Ihre Kooperation ist wünschenswert, ansonsten tragen Sie die resultierenden Folgen."

Der Mann war bei den Worten immer blasser geworden.

„Ich habe niemanden entführt!“, protestierte er schwach. Es schien, als kippe er gleich um.

„Habe ich nie behauptet. Der Tatverdächtige sitzt sicher verwahrt im Spullberger Gefängnis.“

Diese Information sollte der Hauptmann eigentlich nicht preisgeben. William holte die Schlüssel aus seiner Hosentasche. Sie passten für den Hauseingang, die große Garage und die Einliegerwohnung. Frau Baumann hatte sie William mit folgenden Worten überreicht:

„Wissen Sie, nehmen‘s gleich die Schlüssel. Wir haben das Haus vor Jahren vermietet und sind weggezogen. Das war nicht zu ertragen. Jeder wusste, dass die Giftköder von meinem Sohn gelegt worden waren. Die Blicke, böse und verachtend. Mein Mann hat immer länger gearbeitet, um das nicht zu sehen. Er schämte sich für ihn. Die Familie, die jetzt dort lebt, ist sehr freundlich, die macht keine Schwierigkeiten. Bitte, Herr Kriminalhauptkommissar, finden Sie Ihr Mädchen! Es ist unerträglich, wenn man nichts für seine Kinder tun kann. Es lähmt einen. Lassen Sie das nicht zu!“

Er hatte nur nicken können. Selbst jetzt war er noch gerührt. Was musste sie schon durchgemacht haben? Und trotzdem war ihr Glaube an das Gute im Menschen nicht erloschen.

Bei mir ist das anders, schoss es ihm plötzlich durch den Kopf. All die Abgründe der menschlichen Psyche, die er schon mitbekommen hatte, ließen ihn seit langem zweifeln.

„Gut. Ich hole meine Familie heraus. Wie lange dauert es?“, fragte der Mieter.

„Wir gehen so schnell und präzise wie möglich vor“, gab der Hauptmann die Standardantwort. „Geben Sie bitte die Schlüssel an Holger. Sie starten die Durchsuchung in der kleinen Wohnung“, sagte er zu William.

Der nickte, ging die Treppe hinab und nach rechts. Dort erwartete ihn bereits die kleine Suchmannschaft. Wortlos überreichte er einem der Männer die Schlüssel. Ein schriller Pfiff schallte durch die Nacht. Der vorderste Mann nickte, winkte und sofort setzte sich die ganze Truppe in Bewegung.

„Schon Sichtkontakt?“, fragte der Hauptmann. Er stand mit dem Mann an der Eingangstür. Hinter ihnen tauchten eine blonde Frau und zwei blonde Jungen im Alter von etwa vierzehn und achtzehn Jahren auf.

„Papa, was ist hier los?“, fragte der ältere beunruhigt.

„Wir durchsuchen das Haus. Jemand hat ein Mädchen entführt und es besteht der Verdacht, dass sie hier sein könnte“, kam Wolfgang Schneider dem Mann zuvor.

„Negativ“, drang es aus dem Funkgerät.

„Weitermachen“, befahl der Hauptmann. Die blassen Gesichter der Familie zeigten ihr Mitgefühl.

„Es ist meine Tochter“, antwortete William, ohne weiter darüber nachzudenken.

„Oje, das tut mir leid. Sie Armer. Kommen Sie, ich mache uns einen Tee!“

Die blonde Frau drückte sanft Williams Arm und zog ihn in Richtung Eingangstür. Der warf einen Blick auf den Hauptmann. Er nickte. Alle folgten sie in die geräumige Küche. Das SEK-Team war bereits mit dem Raum fertig. Die meisten Schranktüren standen sperrangelweit offen. Einige waren ausgeräumt und der Inhalt davor gestapelt. Seufzend füllte die Frau den Wasserkocher und stellte ihn an. Die beiden Jungs halfen ihr, die Schränke wieder einzuräumen. Töpfe, Pfannen, Kuchenformen, der Mülleimer sowie diverse trocken lagerbare Lebensmittel kehrten an ihre Plätze zurück. William achtete nicht weiter darauf. Sein Herz war wie versteinert. Bisher hatten sie seine Kleine nicht gefunden. Und nur das zählte für ihn.

„Ihr Pfefferminztee", sagte die Frau nach einer Weile. William war in die Fotos an der Wand vertieft. Sie zeigten Familienbilder im Urlaub, an Geburtstagen und Halloween. Sein Hals war trocken. Der Kloß saß tief. Dankbar nahm er die heiße Tasse, aus der es noch dampfte. Vorsichtig pustete er etwas und probierte den ersten Schluck. Fast rutschte ihm ein Fluch heraus, so heiß war es. Er konnte sich gerade noch zurückhalten.

„Wie sieht es aus?", fragte Wolfgang Schneider durch das Funkgerät.

„Truppe 1, negativ, Sir."

„Truppe 2, negativ, Sir."

Die Antworten kamen prompt. Leider ohne das erhoffte Ergebnis. William wurde schlecht. Was, wenn er sie woanders hingebracht hatte? An einen Ort, der nicht so einfach zu finden war? Von dem vielleicht außer dem Entführer niemand wusste?

„Truppe 1 durchsucht die Scheune", kam es aus dem Funkgerät.

„Truppe 2 hat Wohnung durchsucht. Negativ. Geht jetzt den Pfad in den Wald entlang“, gab auch das andere Team durch.

„Truppe 1, Scheune auch umrunden“, befahl der Hauptmann. „Truppe 2, bei jedweder Sichtung sofort Meldung an mich.“

„Verstanden, Hauptmann“, antworteten beide Teams.

In diesem Moment klingelte Williams Handy. Ben war dran.

„Hey, und habt ihr sie gefunden?“, fragte er vorsichtig.

„Nein.“ Williams Antwort fiel sehr knapp aus. Sein Gaumen nahm ihm den Schluck des heißen Tee immer noch übel.

„Er sagt immer noch nichts. Florian ist dran. Der knackt ihn.“ Bens Optimismus war nicht besonders ansteckend. „Ich melde mich, wenn ich was Neues weiß. Tschüss.“

Kaum hatte William aufgelegt, kam eine SMS von Florian.

„Er ist es. Zeuge benannt.“

William durchfuhr es heiß und kalt. Seine Vermutung hatte sich bestätigt. Diese zwei Sätze löschten alle weiteren Gedanken aus. Er konnte kaum atmen, so stark brodelte es in seinem Innern.

„Er ist es“, gab er schnell die Nachricht an den Hauptmann weiter. Der blickte William an, nickte und gab sie an seine Truppen weiter.

„Verstanden“, antworteten beide sofort. Schweigend warteten die beiden nun auf weitere Meldungen. Die Minuten verliefen zäh. William trank weiter den Tee, doch er beruhigte seine Nerven kaum. Unruhig begann er, im Raum umherzulaufen. Der Hauptmann legte ihm nach einer Weile die Hand auf die Schulter.

„Setzten Sie sich. Das bringt nichts“, meinte er beruhigend. William nickte und tat, wie ihm geheißen wurde. Kaum saß er jedoch, wollte er am liebsten wieder aufspringen. Wie zum Henker sollte er ruhig bleiben, wenn es in seinem Inneren brodelte? Seine Kleine war irgendwo da draußen, keiner wusste, ob sie überhaupt noch lebte. Die Familie war ebenso unruhig geworden. Daher waren die beiden Jungs nach oben geschickt worden, denn sie sollten das alles nicht mitbekommen.

„Ihr werdet Sie finden. Ich weiß es“, sagte die Frau nach langem Schweigen. Sie berührte William leicht am Arm. Der reagierte kaum. Zu sehr quälten ihn die Gedanken, dass er die Schuld an allem trug. Wenn er nur besser auf sie aufgepasst hätte! Oder Max. Aber der war noch ein junger Mann, ihm fehlte die Reife. Williams pessimistisches Gemüt, in allem und jedem etwas Böses zu vermuten, war auch nicht hilfreich.

„Truppe 1 an Hauptmann. Scheune umrundet und durchsucht. Negativ“, kam es aus dem Funkgerät.

„Verstanden“, antwortete Wolfgang Schneider. „Unterstützt Truppe 2.“

„Sind unterwegs“, gab das Team durch.

Wieder kehrte die unheimliche Stille in den Raum zurück. Keiner wusste so recht, was er sagen sollte. Das

Läuten von Williams Handy unterbrach sie. Kerzengerade saß er da und hatte plötzlich Angst, es in die Hand zu nehmen. Er atmete tief durch, schalt sich einen Angsthasen und nahm an.

„Will, ich bin‘s“, sprach Florian. „Fahrt nach Wildberg. Es gibt eine Gartenhaussiedlung etwas oberhalb der großen Felswand. Eine davon gehört unserem Verdächtigen. Ben schickt dir die genaue Adresse und Lage. Durchsuchungsbeschluss ist auf dem Weg. Beeil dich.“

Schon hatte Florian wieder aufgelegt. William war perplex. Wie hatte er das herausbekommen? An die Siedlung hatte er nicht gedacht.

„Neue Informationen?“, fragte der Hauptmann und holte ihn aus seiner Erstarrung.

„Ben schickt uns eine Adresse von einer Gartenhaussiedlung bei Wildberg. Dort könnte sie sein.“

„Gut.“ Er gab es an die Truppen weiter. „Truppen, sofortiger Abzug. Neuer Einsatzort. Gebt der Hundestaffel Bescheid. Es geht um ein Waldgebiet mit Gartenhaussiedlung. Treffpunkt ist an der Adresse, die gleich folgt.“

„Verstanden“, antworteten die Truppen.

William wollte am liebsten sofort losstürmen. Der Hauptmann bremste ihn wohlweislich.

„Langsam“, befahl er. „Jede unüberlegte Handlung kann gefährliche Nachwirkungen haben. Wir warten, bis die Adresse da ist. Ich kenne Tom von der Hundestaffel. Er ist der Beste. Vertrauen Sie mir.“

William blickte ihn an und gab ihm recht. Sein Handy piepste. Ben hatte ihm die genaue Adresse geschickt, mit den GPS-Koordinaten.

„Hier ist sie. Wir können los“, sagte er aufgeregt.

„In Ordnung“, meinte der Hauptmann und wandte sich an die Familie. „Wir gehen und entschuldigen uns für die Unannehmlichkeiten. Leider gibt es immer wieder Menschen, die Grenzen überschreiten. Die anderen sind dann die Leidtragenden. Auf Wiedersehen.“

„Solange Sie das Mädchen finden, ist alles gut“, antwortete die Frau und milderte seine großen Zweifel dadurch ein wenig. Sie mussten sie einfach finden! Es konnte nicht anders sein! Er durfte nicht daran denken, dass er ihr Lachen vielleicht nie wieder hören würde.

„Kommen Sie jetzt endlich?“, riss der Hauptmann ihn aus seinen Gedanken. Schnell und etwas schuldbewusst verabschiedete er sich von der Frau und ihrem Mann. Draußen atmete er die kühle Luft ein. Die Männer der Teams saßen abfahrbereit in den Sprintern. Einige wendeten bereits, um schneller losfahren zu können und um andere Autos vorbeizulassen, die aufgrund des nachlässigen Parkens warten mussten, da es keine Wendemöglichkeit gab.

Der Hauptmann gab die Adresse an die Fahrer weiter. William tippte sie in sein Navi ein. Der erste Wagen setzte sich in Bewegung. Das blaue Licht ließ die Straße in unheimlichem Licht erstrahlen.

Fast wie ein böses Omen, schoss es ihm durch den Kopf. Er reihte sich hinter den Sprintern ein.

Selten war die Autobahn so leergefegt gewesen wie heute. Als ob alle wüssten, dass sie schnell sein mussten. Williams Tacho zeigte fast 180 Stundenkilometer an. Ihm kam es dennoch zu langsam vor. Übertreiben durfte er es nicht. Es war niemandem geholfen, wenn er jetzt einen Unfall baute.

Nach der nächsten Kurve erschienen die vertrauten Lichter von Spullberg. Der Wildbach, die Stadtkirche, die Straße, all das nahm er kaum wahr. Obwohl sie das Tempo gedrosselt hatten, wurden sie geblitzt, aber das war in diesem Moment egal. Das knallorangene Licht blendete ihn beinahe, so plötzlich tauchte es aus der Dunkelheit auf.

Sie schossen die Straße entlang nach Wildberg. Der blaue Wald kam ihm heute bedrohlich vor. Zwischen den Tannen glitzerte der Wildsee hervor. Oben auf der großen Felswand thronte die alte Ruine Wildberg. Der schmale, geteerte Weg führte direkt in den blauen Wald. Mehrere enge Kurven zwangen die Fahrer, ihre Geschwindigkeit erneut zu drosseln. Die Gartenhaussiedlung lag ziemlich weit im Wald versteckt. Die meisten der Blockhäuser erkannte man in der Dunkelheit kaum. Nur die beleuchteten waren gut zu erkennen.

Der erste der vier Sprinter hielt links am Rand, die anderen direkt dahinter. Offenbar war das Ziel erreicht. Williams Navi war schon am Anfang des Waldes ausgefallen. Er sollte sich dringend ein neues zulegen.

Die Männer stiegen aus. Der Hauptmann gab schon die ersten Befehle. Sie huschten in der Dunkelheit in eine Einfahrt hinein. Ihre hellen Taschenlampen leuchteten.

Die grüne, mannshohe Hecke verbarg die Vorgänge vor neugierigen Blicken.

„William, Sie bleiben bitte bei mir“, befahl der Hauptmann. „Ich will nicht zu viele Spuren zerstören. Truppe 1, Meldung!“

„Truppe 1 meldet Sichtkontakt zur Blockhütte“, drang es aus dem Funkgerät. „Kein Auto. Keine Alarmanlage. Das Fenster steht offen. Tür ist verschlossen. Truppe 2 umrundet Gebäude.“

„Hier Truppe 2. Kein Lebewesen. Alles abgesichert.“

„Sehr gut“, antwortete der Hauptmann. „Truppe 1, bereithalten zum Betreten der Hütte.“

„Verstanden.“

Das Handy des Hauptmanns klingelte.

„Hallo, Tom“, sagte er, nachdem er den Anruf angenommen hatte. „Ja. Wir sind bereit. Folgt der Straße. Genau. Wir stehen am Rand. Seid vorsichtig, die Straße ist etwas eng. Wir gehen jetzt rein. Bis gleich.“

„Truppe 1, Hütte betreten!“, befahl er direkt, nachdem das Telefonat mit dem Chef der Hundestaffel beendet war.

„Truppe 1 betritt die Hütte“, ertönte die Stimme. Ein Krachen war zu hören. Offenbar hatten sie die Tür einfach eingetreten. Im selben Moment schien Licht aus dem Inneren der Hütte, langgezogene Schatten erschienen auf dem Boden. William wagte sich ein paar Schritte näher an die Einfahrt. Er sah ein einfaches Blockhäuschen, umringt von zwei mächtigen alten Buchen.

Davor war ein kleiner Parkplatz mit Kieselsteinen, gerade groß genug für zwei Autos. In der Mitte der Wand war die offene Tür, daneben ein Fenster. Der weiße Vorhang dahinter bewegte sich.

„Truppe 1, bitte Meldung“, befahl der Hauptmann.

„Truppe 1 hier. Negativ. Kein Mädchen. Aber zerschnittene Fesseln, leere Bäckertüten und Flaschen. Die Decke fehlt. Hier war jemand gefangen.“

„Verstanden. Rückzug. Durchsucht das Gelände in der Gegend. Tom ist mit den Hunden gleich da. Unterstützt ihn dann.“

„Verstanden. Sind unterwegs.“

„William“, wandte sich Wolfgang Schneider an ihn. „Wir werden nicht hineingehen. Sie fordern umgehend ein Spurenteam an, verstanden?“

Der nickte nur und rief Florian an.

„Sie ist nicht hier. Es ist aber jemand hier festgehalten worden, höchstwahrscheinlich meine Kleine. Ich brauche ein Team zur Spurensicherung. Tom von der Hundestaffel ist auch gleich da“, informierte er ihn.

„Das Team ist schon auf dem Weg. Ich habe sie kurz nach euch angefordert. Der Mann redet immer noch nicht. Dr. Haas hat sich bereiterklärt, vor Ort zu sein, falls sie medizinische Hilfe benötigt. Sie ist da irgendwo. Das weißt du.“

Florians Worte berührten ihn. Ihm fiel ein großer Stein vom Herzen, weil ihm ein so loyaler Partner beistand.

Er hatte schnell geschalten und das Nötigste veranlasst. Sirenengeräusche rissen ihn aus dem Telefonat.

„Sie sind da. Ich melde mich“, meinte William hastig und legte auf. Aufgrund der Kurve konnte er nicht sagen, welches der Teams zuerst da war. Toms stämmige Gestalt entdeckte er als erstes. Hundegebell vermischte sich mit den nicht abgestellten Sirenen. Der Hauptmann brüllte Befehle, die kaum zu verstehen waren. Ohne weiteres hatte er sich zum Einsatzleiter gemacht. William war das recht. Er konnte keine Entscheidungen treffen. Die Situation überforderte ihn zunehmend.

„Hallo, ihr beiden“, begrüßte Tom den Hauptmann und William. Der mittelgroße mit gelblichem Fell ausgestattete Hund an seiner Seite wedelte fröhlich mit dem Schwanz.

„Das ist Rudi, ein Golden Retriever. Er ist der Beste. Komm!“, zwinkerte Tom Will zu. Der Hund hüpfte ein paar Mal hoch und runter, begann aber schon, zu schnüffeln. Geschäftig lief er hin und her. Wäre die Situation nicht so angespannt, hätte William über den Namen des Hundes gelacht.

„Wie ist der Stand?“, fragte plötzlich jemand hinter ihnen. Die drei erschraken. So konzentriert war ihr Fokus auf dem Golden Retriever gewesen. Richard, der Chef der Spurensicherung, stand bereits startklar mit seinem Koffer da.

„Seine Tochter wurde vermutlich von unserem bereits inhaftierten Tatverdächtigen hier gefangen gehalten. Es gibt keine Spur von ihr selbst, aber einige Anzeichen, dass sie hier gewesen ist“, antwortete der Hauptmann. „Sie sichern alle Spuren. William, haben Sie ein getragenes Kleidungsstück Ihrer Tochter dabei? Der Hund soll die Witterung aufnehmen."

Das schwarze T-Shirt hatte ihm seine Frau noch zugesteckt. Er hätte es schlichtweg vergessen. Dabei wusste er doch, wie wichtig so ein Fetzen Stoff sein konnte. Wortlos ging er zum Wagen und holte die Plastiktüte, in welcher der Geruch gut erhalten geblieben war.

Richard sicherte bereits die ersten Spuren. Sein fünfköpfiges Team sah mit seinen weißen Schutzanzügen etwas fremdartig aus, als kämen sie von einem anderen Stern. Das SEK-Team durchkämmte immer noch die Umgebung. William musste gähnen. Mittlerweile war es halb zwei nachts. Der Sonntag war schon angebrochen. Keine Uhrzeit, zu der er gerne wach war. Als hätte der Hauptmann seine Gedanken gelesen, kam er mit einer Kaffeekanne und zwei Tassen zu ihm.

„Trinken Sie. Ist allerdings schwarz. Die Jungs haben Milch und Zucker vergessen."

„Danke, kein Problem", meinte William erfreut. Das Koffein regte seine grauen Zellen wieder an.

„William!", rief Richard da auch schon. „Schau dir das mal an."

Vorsichtig, um so wenig Spuren wie möglich zu zerstören, näherte sich William dem Team. Richard stand am Blumenbeet unter dem Fenster.

„Da muss jemand heruntergesprungen sein." Die schmalen Fußabdrücke in der Erde des Beetes zeigten in ihre Richtung.

„Da dass Fenster von innen geöffnet wurde und keine sonstigen Einbruchsspuren vorhanden sind, gehen wir davon aus, dass jemand geflohen sein muss."

„Chef, da steht direkt unter dem Fenster ein Stuhl auf der Innenseite." Mit diesen Worten tauchte über den beiden ein grinsender Kopf mit schwarzen Haaren auf. Der Mann sah mit der Schutzhaube fast wie ein Alien aus. Sie mussten sich erst von dem Schreck erholen, bevor sie den neuen Sachverhalt verarbeiten konnten.

„Du willst damit andeuten, dass meine Tochter da drin gefangen war, sich aber selbst befreit hat, indem sie aus dem Fenster gestiegen ist?", fragte William und fixierte Richard. Der nickte.

„Ist sehr gut möglich."

„Kann ich rein in das Blockhäusle?"

„Nur mit Schutzanzug", meinte Richard verschwörerisch. „Eigentlich habe ich die Anweisung vom Winkler, dich fernzuhalten. Aber ein Blick schadet nie. Du bist ja schließlich der Kriminalhauptkommissar."

William grinste schief. Die Schutzanzüge mochte er überhaupt nicht. Noch weniger mochte er allerdings kontaminierte Tatorte, an denen Unbefugte Spuren verwischt hatten. Auch unabsichtlich verwischte Spuren konnten einem Fall zum Verhängnis werden. Brummend lief er zum Wagen. An Tom hatte er nicht mehr gedacht. Der stand mit Rudi am Rand.

„Er wittert. Bin mir noch nicht ganz sicher wegen dem Regen. Er verwischt die Gerüche."

„Hm, das ist nicht gut“, meinte William besorgt. „Ich schau mich in der Hütte um. Lass ihn weitersuchen. Sie war hier.“

William spürte, dass seine Kleine in dem Blockhäusle gewesen war. In dem starren, weißen, ungemütlichen Einmaloverall, der seine gesamte Kleidung und die Haare bedeckte, trat er langsam in die Hütte. Schnell noch die verhassten Gummihandschuhe übergestreift, dann erfasste sein Blick die Situation. Links war die kleine Küche, daneben der Kaminofen. Holz lag daneben, sauber gestapelt. Über dem Spülbecken ein kleines Fenster zum Lüften. Der runde Tisch in der Mitte hatte Platz für etwa sieben Personen. Rechts war ein schmales Bett. Es lag nur ein zusammengedrücktes Kissen darauf. Die Decke fehlte.

„Zerschnittene Fesseln“, meinte ein Beamter am Fenster. Er hielt William zwei Tüten unter die Nase. Das Seil war faserig zerschnitten. Die festen Knoten offenbarten ihm die Brutalität, mit der seine Kleine gefesselt gewesen sein musste.

Er schaute sich weiter um. Viel zu entdecken gab es nicht. Einfache Ausstattung für einige Tage im Jahr. In den Schränken befanden sich kaum Lebensmittel, nur ein paar Dosen. Der Stuhl unter dem Fenster sah einsam und fehl am Platz aus. Am Tisch fand er die Schublade mit den Messern sofort. Sie quietschte etwas beim Öffnen. Schweigend starrte er die beiden fehlenden Stellen an. Die Messer waren säuberlich der Größe nach geordnet. Das zweitgrößte sowie das kleinste fehlten. Einzig die Abdrücke zeugten von ihrer Existenz. Ob sie der Mann benutzt hatte? War seine Kleine auf Entdeckungstour gewesen und hatte sie mitgenommen? Er konnte es nicht sagen. Da riss ihn das Bellen des Hundes aus seinen Gedanken.

„William, komm raus!“, rief Tom. Der folgte ohne zu Zögern. Draußen waren mittlerweile helle Scheinwerfer aufgestellt. Sie beleuchteten alles. Immer noch hielt Tom Annas schwarzes T-Shirt in der Hand.

„Rudi hat eine Spur. Er läuft im Kreis. Ich lasse ihn jetzt los. Richard weiß Bescheid. Los, such!“

Der Hund bellte und fing an zu schnüffeln. Fast zielgerichtet steuerte er auf das Blumenbeet zu. Dort machte er Männchen und klopfte mit seinem Schwanz auf den Boden.

„Weiter. Such!“, feuerte Tom ihn an. Rudi wedelte mit dem Schwanz und drückte seine Nase förmlich in den Boden.

„Findet er die Spuren, wenn es geregnet hat, überhaupt?“, fragte William zweifelnd und zog den Overall aus. Tom beobachtete den Hund, wie er sich mehrmals im Kreis drehte und in Richtung Straße lief.

„Unmöglich ist es nicht“, meinte Tom. „Wolfgang, ein Team Rudi nach.“

„Verstanden. Truppe 2, Verfolgung des Hundes. Möglicherweise eine konkrete Spur“, gab der Hauptmann den Befehl weiter.

„Sind bereit“, drang die bekannte Stimme aus dem Funkgerät. William wurde auch eins in die Hand gedrückt.

„Melden Sie sich sofort bei mir, wenn was ist, verstanden?“

„Ja, mache ich.“

William fühlte sich wie ein bevormundetes kleines Kind. Da er jedoch wusste, dass der Handyempfang hier am Berg oft ausfiel, war er dem Hauptmann insgeheim dankbar. Ohne ein weiteres Wort folgte er Tom und dem SEK-Team. Rudi lief voraus, die Nase dicht auf der Straße.

Plötzlich verschwand der Golden Retriever im Gebüsch. Bevor William reagieren konnte, hörte er eine Stimme rufen.

„Ein schmaler Trampelpfad führt hier entlang. Der Hund folgt ihm ohne sich umzusehen.“

„Sehr gut“, lobte Tom den vordersten SEK-Mann. „Im Gebüsch halten sich die Gerüche viel länger. Hier kann der Regen nicht alles abwaschen, weil alles dicht an dicht steht.“

William folgte als letzter. Der schmale Weg war halb zugewachsen. Daher vermutete er, dass ihn kaum jemand benutzte. Äste und Zweige streiften die Männer an Armen, Beinen und den Helmen der schwarz gekleideten SEK Truppe.

Die hellen Taschenlampen hellten die Umgebung auf. Ein paar Eichhörnchen flitzten ins tiefere, dunklere Gebüsch. Wurzeln und Steine tauchten auf, über die der eine oder andere gelegentlich stolperte. Der Pfad schlang sich um einige Kurven. Dann standen sie auf einer kleinen Lichtung. Rudi schnüffelte an der Felswand auf der rechten Seite und sprang auf und ab.

„Schau mal, William. Er hat etwas gefunden. Dass da sieht doch aus wie eine Treppe, oder?“, fragte Tom leise. William sah sich die Wand näher an. Tom hatte recht. Als ob jemand eine fast unsichtbare Treppe mit ein paar Stufen in den Felsen gehauen hätte. Der SEK-Mann schob William beiseite. Er drückte seine Maschinenpistole einem anderen in die Hand.

„Ich steige mal hoch“, sagte er und begann auch schon mit dem Aufstieg.

„Hier ist ein Vorsprung“, rief er aus etwa drei Metern Höhe herab. „Ich habe etwas entdeckt. Moment.“

Ein gellender Schrei zerriss die stille, dunkle Nacht.

„Anna!“, brüllte William erfreut. „Wir sind es!“ Ihre Stimme würde er unter Millionen erkennen.

Da tauchten an dem Vorsprung zwei Gestalten auf. Der SEK-Mann hielt ein Mädchen im Arm. Die braunen, langen Haare hingen wirr in alle Richtungen. Es war eindeutig seine Kleine.

„Los, ruft einen Krankenwagen, sie ist ganz kalt!“, rief der Mann.

„Papa!“, erklang ihre brüchige, leise Stimme.

„Ich bin da!“, rief William erleichtert.

Die SEK-Männer hatten sich schon formiert, um sie vorsichtig herunterzuheben. William schloss sie sofort überglücklich in seine Arme. Sie zitterte am ganzen

Körper. Er war heilfroh, sie unversehrt wiedergefunden zu haben.

„Alles wird gut. Du bist in Sicherheit!“, sprach er leise und strich ihr über den Kopf. Die ersten Tränen liefen ihr über die Wangen.

„Truppe 2 meldet, wir haben sie gefunden.“

„Super gemacht, Truppe 2“, antwortete der Hauptmann sofort. „Dr. Haas wartet schon auf euch. Bringt sie so schnell wie möglich her.“

„Rudi, gut gemacht“, lobte Tom den Golden Retriever. Der wedelte mit dem Schwanz und hüpfte auf und ab. Die Leckereien hatte er sich definitiv verdient.

Langsam machten sie sich auf den schwierigen Rückweg. Als sie durch das letzte Gebüsch traten, warteten an der Straße schon einige Leute auf sie. Der Hauptmann hatte den Notarzt vorgeschickt. Der nahm das Mädchen gleich an sich und brachte sie in den Wagen.

„Wir werden sie ins Krankenhaus bringen. Sie ist unterkühlt. Du kommst gleich mit, oder?“, fragte Dr. Haas William.

„Ich rufe zuerst meine Frau an, dann komme ich mit meinem Auto nach“, meinte William und hielt schon sein Handy in der Hand. Sie ging beim ersten Klingeln ran.

„Schatz, wir haben sie gefunden. Sie lebt.“

Weiter kam er nicht, denn ihr Jubelschrei und das anschließende Weinen übertönten alles. Daher beendete er schnell das Gespräch. Der Hauptmann trat neben ihn.

„Ich freue mich für Sie. Wir ziehen uns jetzt zurück."

„Ja. Ich danke euch für alles."

William warf noch einen letzten Blick auf die Blockhütte und informierte Richard über die Neuigkeit. Der freute sich ebenso.

„Ich mach' hier fertig. Die Ergebnisse schick ich dir so schnell wie möglich."

Er nickte und drehte sich erleichtert um. Nie hätte er es sich verziehen, wenn seiner Kleinen etwas zugestoßen wäre. Im Auto rief er Florian an und erzählte ihm von der guten Neuigkeit.

„Gib die Nachricht an alle weiter. Richard sichert die restlichen Beweise."

Als er auflegte, fiel ihm auf, dass der Mond hell schien. Sein Licht tauchte die Umgebung in einen schaurigen helldunklen Kontrast. Ein Schauer lief ihm über den Rücken. Rasch schob er sein unangenehmes Gefühl beiseite und fuhr auf dem schnellsten Weg zum Spullberger Krankenhaus. Dort erwarteten ihn bereits seine Frau, Max, Christine, Florian, Ben und Klaus. Er schloss Monika fest in die Arme. Gemeinsam betraten sie das Foyer. Eine Schwester wies ihnen den Weg in das Zimmer.

Annas blasses Gesicht war kaum vom weißen Kissen zu unterscheiden. Sie lächelte schwach. Erleichterung schwappte wie eine Welle durch seinen Körper. Während er die anderen beobachtete, wie sich freuten und umarmten, machte er sich schon wieder Gedanken über den Täter.

„Mach dir keinen Kopf wegen dem Mann. Er wird seine gerechte Strafe erhalten!“, sagte Florian verschwörerisch. „Dafür sorge ich.“

William war froh, ihn an seiner Seite zu haben. Er beschloss, den Augenblick zu genießen. Später konnte er sich immer noch mit seinen Problemen beschäftigen. Seine Frau lächelte ihm zu. Er zog sie an sich und hielt sie fest.

29

3 WOCHEN SPÄTER

Als ich aufwachte, wusste ich im ersten Moment nicht, wo ich war. Leises, gleichmäßiges Atmen drang an mein Ohr. Panik stieg in mir auf. Der fremde Arm lag locker über meiner Hüfte. Im schwachen Sonnenlicht stellte ich jedoch erleichtert fest, dass es Max war. Sein schlafendes Gesicht wirkte so friedlich. Mein laut pochendes Herz beruhigte sich ein wenig. Irgendetwas hatte mich geweckt. Immer wieder schreckte ich in den letzten Tagen aus Albträumen auf. Die tiefen Ringe unter meinen Augen gaben meinem blassen Gesicht einen unnatürlichen Kontrast.

„Das ist völlig normal. Aber es legt sich wieder", hatte Papa gemeint.

Vor drei Wochen hatte ich mich selbst aus den Händen meines Entführers befreit. War einfach aus dem Fenster geklettert, nachdem ich mir mit einem Messer die Fesseln zerschnitten hatte. Und hatte mich dann im Wald in einer kalten Höhle versteckt. Das Fieber war schnell gesunken und so war ich nach vier Tagen aus dem Krankenhaus entlassen worden. Sonst gab es kaum Nachwirkungen, abgesehen von den schrecklichen Albträumen. Jedes Mal war ich irgendwo gefesselt. Das Messer fand ich immer und anschließend hastete ich durch dunkle Gänge, Waldwege oder durch ein Labyrinth aus lauter Türen. Ohne Ausweg. Hinter einer Kurve oder einer Tür verbarg sich immer das Gesicht des Mannes. Dadurch erschrak ich so sehr, dass ich aufwachte. Ich versuchte mich zu erinnern, was ich diesmal geträumt hatte. Doch die Gedankenfetzen ließen sich nicht festhalten. Sie verschwammen und verloren sich. Glücklich, dass nichts passiert war, schmiegte ich mich an Max. Er bewegte sich ein bisschen im Schlaf. Die letzten Wochen war er nicht von meiner Seite gewichen. Fast jeden Tag schlief er bei mir. Es war beruhigend zu wissen, dass jemand auf mich aufpasste.

Als hätte er ein schlechtes Gewissen, dachte ich manchmal. Oder einfach nur Angst, ich könnte wieder entführt werden. Mama handelte ähnlich. Auch sie ließ mich kaum allein irgendwohin gehen. Ich nahm das locker. Wem einmal so etwas zugestoßen war, dem würde es wohl kaum ein zweites Mal passieren.

„Man ist nie sicher", hatte Mama mit Tränen in den Augen gesagt. Von da an beschloss ich, diesen Gedanken nicht wieder zu erwähnen. Sie sollte beruhigt sein, wenn ich allein das Haus verließ.

Ich hielt es im Bett nicht mehr aus und musste aufstehen. Leise, um Max nicht zu wecken, wand ich mich aus seinem Arm heraus. Im Bad betrachtete ich mein Gesicht. Die Platzwunde über der Stirn verheilte gut. Von den anderen Schlägen sah man auch kaum mehr etwas. Das wenige ließ sich gut unter Make-up verstecken. Die Fesselspuren von dem Seil waren nur noch als leichte, hellrote Striemen sichtbar. Sie erinnerten mich dennoch jedes Mal an die Tage in der Hütte. Ich stieg unter die Dusche und ließ das warme Wasser über meinen Körper laufen. Es war beruhigend.

Beim Abtrocknen stellte ich fest, dass ich frische Klamotten hätte mitnehmen müssen. Vorsichtig, das Handtuch fest um meinen Körper gehüllt, linste ich aus der Tür. Max lag noch so da, wie ich ihn verlassen hatte. Leise tapste ich zum Schrank und zog die obersten Sachen heraus, die ich erwischen konnte. Zurück im Bad zog ich mich erleichtert an und legte etwas Make-up auf. Mein blasses Gesicht sah gleich besser aus.

Der Hunger trieb mich aus meinem Zimmer. Max bewegte sich nicht. Ich war noch nicht so weit, mich auf irgendjemanden komplett einzulassen. Im ganzen Haus war es still. Papa war schon früh zur Arbeit gefahren. Den Tisch hatte er für alle gedeckt. Mama hatte einen Termin beim Friseur, fiel mir ein. Die Küchenuhr zeigte halb zehn. Die Zeitung hatte Papa offen liegen lassen. Der erste Artikel, der mir ins Auge sprang, war der über die Verhandlung meines Entführers. Ausgerechnet. Ich zögerte kurz, ob ich ihn lesen wollte oder nicht.

> „***Doppelmörder vor Gericht***
>
> *Der vor drei Wochen gefasste P. Baumann, der für die beiden Morde in Spullberg verantwortlich ist, wird heute Nachmittag dem Richter vorgeführt. Demnach hat er den Steuerberater G.Schwab erstochen, weil dieser eine Steuerhinterziehung der* Victor Bauer Energie GmbH *melden wollte. H. Schmidt, ein Arbeiter an der Tigersheimer Biogasanlage, hat er wahrscheinlich in flüssigem Beton ersticken lassen. Die Entführung der Tochter des Kriminalhauptkommissars William Herle hat er ebenfalls zu verantworten. Er wollte sie als Druckmittel benutzen, um die Freigabe des Baugeländes der Biogasanlage zu erpressen. Das Mädchen konnte sich nach zwei Tagen selbst aus den Händen ihres Peinigers befrei-*

en. Die Gerichtsverhandlung findet unter Ausschluss der Öffentlichkeit statt. Es wird ein hartes Urteil erwartet für den Mann, der wochenlang die Polizei auf Trab gehalten hat. Der Richter spricht von unfassbar brutalen Taten. Sein Anwalt beteuert, dass sein Mandant einen depressiven Zusammenbruch hatte und überfordert war. Nur so sei es dazu gekommen. Er plädiert auf Schuldunfähigkeit. Beobachter rechnen mit einer Haftstrafe von bis zu 25 Jahren ohne Möglichkeit auf vorzeitige Entlassung.

Biogasanlage fliegt in die Luft

Am vergangenen Sonntag wurden die Bewohner von Tigersheim und dem kleinen Außenbezirk von Spullberg gegen zwei Uhr nachts unsanft aus dem Schlaf gerissen. Es gab einen großen, sehr lauten Knall. Einige noch wach gebliebene Anwohner berichteten von einem großen Feuerball, der die gerade im Bau befindliche Biogasanlage am Tigersheimer Gatter in die Luft sprengte. Bürgermeister Hermann Knapp sprach von einem unvorhergesehenen Zwischenfall. Der Bau musste zuerst einmal gestoppt werden. Verletzt wurde niemand, da sich an diesem Abend die wachhabenden Polizisten auf Patrouille außerhalb des Geländes befanden. Offenbar wurden sie durch Geräusche weggelockt. Die genauen Ausmaße sind noch nicht endgültig geklärt. Die Widerstandsgruppe TIP *um Walter Richter nutzt den Vorfall, um weiter auf die Gefahren einer solchen Anlage hinzuweisen. Sie behaupten, ein Fluch läge auf der Biogasanlage und würde jeden Fortschritt zerstören. Das Landgericht Stuttgart prüft nun, wie es zu diesem Unfall kommen konnte. Die Baugenehmigung wurde am späten Nachmittag entzogen und das Bauvorhaben erstmal auf Eis gelegt.“*

Ich schlug die Zeitung zu. Es war schon etwas beunruhigend. In der Verhandlung musste ich nicht als Zeugin aussagen, denn der Mann hatte alles gestanden. Darüber war ich sehr froh. Der große Knall in der vorherigen Nacht hatte auch mich geweckt. Max musste mich beruhigen. Papa war im Einsatz gewesen. Ein paar Brocken hatte er später berichtet, dass es die umstrittene Anlage erwischt hatte. Mir war das Ding sowieso egal.

Plötzlich umarme mich jemand von hinten. Panisch versuchte ich, mich zu wehren.

„Sch“, flüsterte Max hinter mir. Der Schreck ließ gleich etwas nach. Mein Herz klopfte noch heftig. Sein Geruch hing in meiner Nase. Wunderbar. Glücklich schaute ich ihm zu, wie er sich setzte, ein Brötchen nahm, es aufschnitt und mit Wurst belegte. Als er hineinbiss, flogen die Krümel in alle Richtungen. Seine schwarzen verwuschelten Haare standen in alle Richtungen ab.

„Was?“, fragte er und hielt beim Kauen inne.

„Nichts“, lachte ich. Er schüttelte den Kopf und aß weiter.

Womit habe ich das nur verdient?, schoss es mir durch den Kopf. Aber wie Oscar Wilde vor langer Zeit einmal gesagt hat: Am Ende wird alles gut. Wenn es nicht gut wird, ist es auch noch nicht das

ENDE.

DANKSAGUNG

Irgendjemand sagte mir mal, dass man seine Träume verwirklichen soll. Das Leben ist schließlich zu kurz, um immer nur zu arbeiten.

Schon lange hegte ich den Traum, mein eigenes Buch in den Händen zu halten.

Ich habe es tatsächlich geschafft.
Zwischen schwankenden Gefühlen von himmelhochjauchzend bis zu Tode getrübt, mit vielen kreativen Schüben, Motivation von anderen, vieler Stunden Recherche, Ärger mit dem Laptop, Durchhaltevermögen und egal, wo ich unterwegs war, konnte ich ein paar Minuten tippen und das Buch Wort für Wort schreiben.

Als ich mit dem HHC Großbettlingen auf dem jährlichen Vereinsausflug war, bat mich unser erster Vorstand Werner, meine jüngst erschienene Kurzgeschichte vorzulesen. Danach entbrannte eine große Diskussion, worüber man den schreiben könnte, in dem der Verein eine Rolle spielte. Die Sache mit der Biogasanlage setzte sich fest in meinen Gedanken wie ein Parasit. Irgendwann war der erste Satz in meinem Kopf und die Geschichte begann, eine Form anzunehmen.

Danke an alle:
Mama und Papa für ihre Beständigkeit, ihr Wissen und die Herzlichkeit.

Mark und Amelie für die besten Geschwister der Welt, die einen auch gerne wieder auf den Boden der Tatsachen bringen.
Jessica, weil sie einfach die beste Freundin ist, vielen guten Ideen und nicht mal lange Distanzen können verhindern, dass sie da ist, wenn man sie braucht.
Niky für ihre unbändige Reise- und Abenteuerlust und dass sie ebenfalls immer da ist, wenn man sie braucht.
Meinen Kumpels für ihren sehr schwarzen Humor und die Tatsache, dass sie mich immer zum Lachen bringen.
Allen voran Werner und Sanne vom HHC Großbettlingen für ihre Unterstützung jedweder Art, der Organisation und dem unerschütterlichen Glauben an mich.
Robert für seine immer währende gute Laune. Dem gesamten Orchester für ihr unglaubliches Talent, aus allem das Beste zu machen, den Zusammenhalt und die Beständigkeit.
Norbert für seine fachlichen Ausführungen, die Fähigkeit, einen mit seiner unbeirrten Art auf gewisse Dinge zu stoßen.
Angelo für seine nicht endende Motivation und seiner Begeisterung für Musik und alles technische, was dazu gehört.
Meiner Lektorin Margrita Hägele für die tolle Arbeit und den vielen Tipps für besseres Schreiben.
Epubli für die Möglichkeit, mein eigenes Buch zu veröffentlichen und die vielen Tipps und Tricks, mit denen man als Anfänger sicher durch den steinigen Weg bis zum Ziel gelangt.
Und allen anderen, die mir gezeigt haben mit ihrer Art, wie ich niemals werden will.

Eure

Ann-Katrin Zellner

NASSER VERDACHT

Schwabenkrimi Nr.2

Unterirdische Höhlen faszinieren Menschen schon lange. Daher wundert es Holger nicht, als eines Tages Matthias Holzapfel vor seiner Gaststätte steht. Er will in die Höhlen unterhalb des Wildsees tauchen. Sie sind seit Jahren gesperrt und kaum erforscht.

Als der Sturm aufzieht, überschlägt sich alles. William Herle, der Hauptkommissar, hat alle Hände voll zu tun. Töchterchen Anna-Luisa wird von ihrem Ex-Freund verfolgt. Der Fund eines Skelettes lässt ihn in einen alten Fall eintauchen. Dieser beschäftigt William mehr, als er zugeben will ...

EISIGER VERDACHT

Schwabenkrimi Nr.3

Veröffentlichung 2021

Im frisch gefallenen Schnee werden zwei Leichen gefunden. Als ein paar Tage später eine weitere Leiche gefunden wird, steht plötzlich ein österreichischer Ermittler im Büro des Kriminalhauptkommissars William Herle. Er ist fest davon überzeugt, dass sie es mit einem Serienmörder zu tun haben. William ist skeptisch, bis der Rechtsmediziner den Beweis findet …